삼포시대

3

삼포시대 3권

1판 1쇄 발행   2016. 6. 10

지은이   문성근
발행인   한수흥
발행처   효민디앤피 http://www.hyomindnp.com
            47283 부산광역시 부산진구 신천대로 102번길 17 (부전동)
            Tel. 051) 807-5100

디자인   이영환, 윤서영, 이윤아
교정·교열 윤망울
출판등록 3-329호
ISBN   979-11-85654-38-6 04810
            979-11-85654-35-5 (세트)

값 11,000원

삼포시대

오늘을 움직일 혁신적인 역사소설
THREE PORTS TIME

문성근 지음

효민디앤피

삼포시대

차례

28장

황금

황금

영학이 대마도에 온 지 벌써 스무날이 지났다. 그런데 왠지 요시토시의 표정이 어두워보였다. 요시토시의 얼굴을 본 영학은 무언가 할 말이 있다는 것을 직감적으로 알아차리고 그에게 말했다.

"할 말이 있으면, 우물거리지 말고 솔직히 말해보십시오."

영학의 재촉에 요시토시는 더 이상 망설이지 않고 말을 꺼냈다.

"지금 일본은 100년이 넘는 내전상태를 끝내고, 바야흐로 통일을 눈앞에 두고 있습니다. 한두 달 뒤에는 히데요시가 규슈정벌을 단행할 것이고, 규슈정벌은 한 달도 걸리지 않아 끝날 것입니다. 그런데 히데요시는 지금 규슈정벌이 끝나는 대로 규슈를 전진기지로 삼아, 바로 대륙으로 쳐들어가겠다고 큰소리 치고 있습니다. 히데요시의 말이 실현될 경우 일본과 조선은 전대미문의 큰 싸움에 돌입하고, 대마도는 일본의 최전방 기지가 될 수밖에 없습니다. 그렇게 되면 대마도 민들은 모두 지옥에 빠지게 되지요."

"아니, 전쟁이 그렇게 빨리 시작된단 말입니까?"

"일찍이 예상은 했지만 점점 더 현실로 다가오는 것이 문제입니다. 그래서 우리도 전쟁을 막기 위해 뭔가 행동을 개시해야 할 것 같습니다."

"그렇게 말하는 걸 보니 무슨 방법이 있나 보군요."

"될지 안 될지 모르지만 이제 실행을 해야겠습니다. 그렇지만 저의 경륜과 능력으로써는 해결이 불가능합니다. 그래서 양아버지인 소요시시게에게 이제 그만 은둔생활을 끝내고, 대마도주로 복귀해 줄 것을 간청했습니다."

"그거 좋은 방법인 것 같습니다. 그대의 양아버지라면 이 어려운 난관을 돌파할 수 있을 겁니다. 그런데 복귀하는 데 무슨 문제가 있는 것입니까? 설마 양아버지께서 은둔생활을 계속 고집하시는 건 아니겠지요?"

"그렇지는 않습니다. 양아버지께서는 대마도주에 복귀하여 책임을 다 하려 하십니다."

"그런데 그대 표정을 보니 무슨 문제가 있는 것 같은데……."

"실은 양아버지의 건강이 문제입니다. 몸은 55세의 노인이라고는 믿기지 않을 정도로 곧고 정정하지만, 최근 시력을 거의 잃어가고 있습니다. 바로 앞의 사람도 흐릿하게 형체만 보일 뿐 목소리를 듣지 않고는 누군지 분별하기 어려울 정도지요. 게다가 한 개의 사물이 흐릿하게 여러 개로 보여 사물을 분간할 수도 없습니다."

"눈이 제대로 안 보이는 상태로 어떻게 대마도주로 복귀할 수 있단 말입니까?"

"그런데 지금 일본에는 양아버지가 아니면 조선과의 전쟁을 막을 역량을 가진 인물이 없습니다. 양아버지께서는 규슈정벌에 참여하여 공을 세움으로써 정치적 발언권을 얻고, 그 발언권을 이용하여 교토의 중앙정부에 반전여론을 조성하려고 합니다. 그런데 눈이 안 보이는데 어떻게 전투에 나갈 수 있겠습니까? 참으로 곤혹스러운 상황이지요."

"의원에게 진단을 받아 보았습니까?"

"왜 안 했겠습니까. 일본에서 용하다는 의원은 다 불러서 진단을 해봤지만 모두 다 고개를 흔들면서 자신이 없다고 물러서 버렸습니다. 그래서 하는 말인데, 그대가 치료를 좀 해줄 수 없겠습니까?"

영학은 예상은 했지만 막상 그 말을 듣게 되자 큰 부담을 느꼈다. 그래서 주저하면서 말했다.

"아직 어리고 경험도 일천한 제가 어떻게 그렇게 어려운 치료를 할 수 있겠습니까."

"그렇지 않습니다. 선생의 실력이라면 해볼 만하다고 생각합니다. 물론 일본의 의원들이 치료를 포기한 만큼 치료에 성공하지 못한다고 해서 그대를 원망하는 일은 없을 겁니다. 그러니 결과는 하늘에 맡기고, 최선을 다해주십시오."

요시토시의 말을 듣고 보니 영학은 슬그머니 욕심이 생겼다. 사실 영학에게는 눈병 치료 경험이 여러 번 있었다. 스승의 증조부이신 전순의 대감이 청송에 내려 갔을 때 가장 공들여 연구를 했던 분야가 피부병과 눈병이었다. 전순의 대감이 어의로 있을 때 가장 골머리를 앓았던 질환이 바로 피부병과 눈병이었기 때문이다.

학문을 좋아하고, 밤새 책읽기를 즐겼던 세종과 문종은 눈병을 거의 달고 살았다. 세종은 심각한 눈병으로 거의 모든 정무를 세자에게 맡겼고, 이 때문에 문종은 세자로서 10년 이상 섭정을 했다. 그러나 그 역시 끊임없는 눈병으로 고통을 받았다.

세종은 병을 앓는 동안 정무를 믿고 맡길 세자가 있어 든든했다. 그러나 문종은 아들이 너무 어렸기에 병을 앓아도 정무를 믿고 맡길 세자가 없었다. 이 때문에 문종은 눈병을 앓으면서도 쉴 수가 없었고, 결국 과로로 인해 변고를 당했다.

눈병과 종기로 고생한 것은 세종과 문종뿐만이 아니었다. 어린 조카를 쫓아내고 왕위에 오른 세조는 수많은 정적을 죽인 업보와 암살의 위협에 시달리면서 신체의 면역력이 약화됐고, 이로 인해 시력의 약화와 함께 온몸에 종기가 돋아 평생 고통을 받았다.

그러다 보니 눈병과 종기는 전순의에게 가슴 속 평생의 응어리였다. 이 때문에 전순의는 청송에서 은거할 때 눈병과 종기 연구에 몰두했다. 그리고 그 연구결과는 대대로 내려와 스승에게 전해졌던 것이다. 그러나 영학이 스승으로부터 배웠던 눈병에 대한 지식은 아직 단편적이었다.

하지만 요시토시의 청을 받은 영학으로서는 다른 선택의 길이 없었다. 그리고 요시시게의 눈병을 치료하는 것은 어쩌면 하늘이 내린 기회인지도 모른다고 생각했다. 영학은 결과는 하늘에 맡기고 최선을 다할 것을 다짐했다.

다음날 영학은 대마도성으로 거처를 옮겼다. 대마도성은 영학이 머무는 여관으로부터 10리 정도 떨어진 거리였다. 가까이서 보니 대마도성은 성이라기보다는 한 길이 넘는 높이의 축대 위에 지어진 전각처럼 보였다.

영학은 성문으로 들어서자마자 안채로 들어가 요시시게에게 인사를 했고, 요시시게는 이미 영학을 잘 알고 있다는 듯 영학의 두 손을 잡으며 반겨주었다.

영학은 인사를 마치자마자 바로 진맥을 했다. 55세의 늙은이라고 믿기 어려울 정도로 맥박은 힘 있게 뛰고 있었다. 그렇지만 간과 신장이 약한 상태였다.

얼굴을 살펴보니 눈이 튀어 나오거나 커지지 않은 것으로 보아 안압은 정상이라고 진단했다. 등불을 밝히고 눈동자를 자세히 살폈다. 각막이나 결막에 염증은 보이지 않았지만, 눈동자는 희뿌연 색을 띠고 있었다. 발병한 지 몇 년은 되어 보이는 심한 백내장으로 보였다.

영학이 눈에 뻑뻑한 느낌이나 통증은 없냐고 묻자 요시시게는 눈물이 자주 나오기는 하지만 그런 증상은 없다고 했다. 몸이 마르거나 얼굴의 살이 빠져 움푹한 모양새도 아니고, 머리카락도 나이에 비해 가늘지 않은 것으로 보아 소갈증도 없어 보였다. 다행히 구토나 어지럼증도 없다고 했다. 영학은 요시시계의 시력저하가 심한 백내장 질환 때문이라고 최종적으로 진단했다. 그리고 백내장 질환이라면 그나마 다행이라고 생각했다.

사람 눈의 수정체는 동공을 통과한 빛에 의해 사물의 형상이 비춰지는 곳이다. 그렇기 때문에 눈 속의 수정체가 맑지 못하고 혼탁해지면 사물이 혼탁하게 보일 수밖에 없다. 수정체는 눈동자의 내부에 있기는 하나 눈동자를 통해 수정체의 혼탁도를 가늠할 수가 있다. 그래서 눈 안 깊은 곳의 황반이나 신경이상으로 발병하는 녹내장 질환이나 황반변성 질환보다는 치료하기가 훨씬 쉽다. 치료효과도 눈으로 바로 확인할 수 있기 때문에 치료법을 찾기도 그만큼 쉬웠다.

영학은 치료할 수 있다는 자신감이 들었다. 그러나 그 말을 섣불리 입 밖에 꺼내지는 않았다.

영학은 치료를 시작하기 전에 먼저 요시시계의 식단부터 짜기 시작했다. 현미를 섞은 쌀로 밥을 짓게 하고, 반찬에 미나리 나물무침을 추가하며, 마늘을 평소보다 조금 더 넣어서 요리를 하라고 일렀다. 그리고 과일과 녹황색 채소의 양을 늘리고, 음식을 짜지 않게 조리하라고 했다. 빙초산보다는 사과식초나 현미식초를 이용하도록 했다. 이러한 식단은 음식으로써 간과 신장을 튼튼하게 하기 위함이었다.

아침밥을 먹고 난 후에는 헛개나무 달인 물을 차로 마시게 하고, 점심식사 후에는 남가새풀의 열매인 백질려 가루를 탄 차를 마시게 했다. 그러나 저녁식사 후에는 마시고 싶은 차를 마음대로 마시도록 했다.

영학은 열흘 동안의 식단을 짠 뒤 이것을 계속 반복하도록 했다. 그리고 마셨을 때 갈증을 느끼지 않을 정도의 깨끗한 소금물을 만들어, 치료를 받는 동안 요시시게에게 소금물로 세수를 하고 양치질을 하도록 했다. 그리고 하루에 대여섯 번씩 소금물로 눈을 씻으라고 했다. 또 수시로 인삼 달인 물을 마시게 하고, 하루에 서너 번씩 인삼 달인 물을 눈에 넣도록 했다.

영학은 빠른 치료효과를 위해 안구에 직접 시침하기도 했다. 눈동자의 혼탁도가 심한 곳에 아주 가는 극침을 찔러 수정체에 맺혀져 있는 어혈을 풀어주어 수정체를 좀 더 빨리 맑아지게 하기 위함이었다.

사람의 눈을 빤히 바라보면서 그 눈동자에 침을 놓는 것은 망설여지는 일이었다. 하지만 영학은 예전에 치료했던 기억을 되살려 조심스럽게 침을 놓았다. 의술을 배우기 시작한 지 몇 달 되지 않아 스승이 극침으로 환자의 시력을 회복시켰던 일을 본 적이 있었고, 하동에서 본인이 직접 백내장 질환 환자의 눈에 극침을 놓은 적이 몇 번 있었다. 물론 그때는 바로 곁에 등불을 밝히고 지켜보는 스승이 있었기에 아무런 두려움이 없었다.

그러나 막상 혼자서 시침을 하려고 하니 보통 곤욕스러운 일이 아니었다. 어느 곳에 침을 놓고, 얼마 동안 기다려야 하며, 며칠 만에 침을 놓아야 하고, 몇 번이나 침을 놓아야 하는지 결정하는 것은 영학의 짧은 경륜에 비추어 쉽지 않은 일이었기 때문이다. 영학은 새삼 스승이 그리웠다.

다행히 첫날의 시침은 성공적이었다. 영학은 3일 후 다시 시침을 하되, 세 번까지만 하기로 결정했다. 3일 간격으로 침을 놓기로 한 것은 극침이 아무리 가늘다고는 하나 각막이나 결막에 미세한 상처가 생길 수 있다는 점을 고려했기 때문이다.

또한 세 번만 시침하기로 한 것은 환자에 눈 속에 끼인 혼탁물은 어혈로 생긴 것이라기보다는 55년 삶의 찌꺼기가 뭉쳐 생긴 것이기 때문이다. 55년에 이르는 긴 세월 동안 쌓인 눈 속의 찌꺼기는 침으로 치료하는 데 한계가 있었다. 그래서 시침보다는 장기적으로 장기를 보하고, 인체의 자연치유력을 높이는 쪽으로 치료방향을 잡았다.

치료를 시작한 지 열흘이 지나 요시시계의 시력은 눈에 띄게 좋아지기 시작했다. 목소리를 듣지 않고도 20척 앞의 사람을 알아볼 수 있었고, 먼발치의 깃발에 쓰여진 글자도 읽을 수 있게 되었다. 영학은 앞으로 스무날 정도 치료를 더 하면 그가 돋보기를 이용해서 책도 읽을 수 있을 것으로 예상했다.

지난 수년 동안 요시시계는 시력 때문에 아무 것도 할 수 없었다. 그는 시대의 풍운이 심상찮은 바람을 몰고 오는데, 막상 자신은 아무 것도 할 수 없다는 현실에 절망했었다. 그런데 바람처럼 홀연히 나타난 조선의 한 젊은 의원이 기적처럼 광명을 되찾아 주어, 요시시계는 기쁜 마음을 감출 수 없었다.

요시시계는 영학의 치료를 받으면서, 일본과 조선이 전쟁을 해서는 안 된다는 평소의 신념이 더욱 굳어졌다. 그러면서 늘그막에 덤으로 얻은 광명을 오직 두 나라 사이의 전쟁을 막고, 양국의 친선에 바치기로 굳게 결심했다.

요시시게는 치료를 시작한 20일 후부터 대마도주의 자리에 복귀하여 정무를 보기 시작했다. 복귀 후 처음 맡은 일은 어부들 사이에서 작은 고래 한 마리를 두고 벌어진 송사에 관한 일이었다.

요시시게가 나타나기 전에 다다미 바닥에 꿇어 앉아 있던 당사자들은 재판관이 자리에 앉은 후에 일어나서 자신의 입장을 당당하게 말하기 시작했다. 중년의 부부는 그 고래가 자신이 쳐 놓은 그물에 걸려서 잡힌 것이니 자신의 것이라고 주장했다. 그러나 장년의 다른 어부는 자신이 작살로 잡았기 때문에 자기 것이라고 했다.

송사 도중 요시시게는 책상을 앞에 두고 의자에 앉아 팔짱을 낀 채 어부들의 논쟁을 한참 동안 지켜보기만 했다. 양쪽 모두 말을 마치자, 요시시게는 그 고래가 걸린 그물을 가져오라고 하여 그물을 살펴봤다. 그리고 어부들에게 이 그물이 얼마나 튼튼한가를 물었다.

중년 부부 중 남편은 "이 그물은 고래가 잡힐 정도로 튼튼한 그물"이라고 대답했고, 아낙네는 남편의 말에 맞장구를 쳤다. 그렇지만 젊은 어부는 "고래가 얼마나 힘이 센데, 어떻게 그런 낡고 약한 그물에 고래가 잡히느냐, 고래가 몸부림치면 그물은 금방 찢기고, 바로 그물에서 빠져 나간다"고 반박했다.

한참 동안 어부들의 논쟁을 듣고만 있던 요시시게는 이윽고 입을 떼었다.

"너희들은 참 운이 좋구나. 한 사람은 물고기를 잡으려고 그물을 쳤다가 고래를 잡고, 또 한 사람은 먼 바다에 나가 찾는 수고 없이 고래를 발견하고 작살로 잡았지 않느냐? 그럼 이 고래는 누가 잡은 것이냐?"

그 말에 중년 부부 중 남편이 말했다.

"잡기는 저 사람이 잡았지만, 잡게 된 계기는 제가 만들었습니다."

"그럼, 작살로 잡은 어부의 몫을 얼마로 하면 좋겠느냐?"

중년 부부의 남편은 장년 어부의 얼굴과 아내의 얼굴을 번갈아 보다가 재판관에게 얼굴을 돌리며 말했다.

"제 그물로 고래를 잡았다는 것을 인정해 준다면 고래의 절반을 저 사람에게 주겠습니다."

그러자 요시시게가 장년의 어부에게 말했다.

"저 사람이 고래의 절반을 주겠다고 하는데, 그대의 생각은 어떤가?"

"고래의 절반을 받는다면, 누가 저 고래를 잡았는지 따질 필요가 없지 않습니까?"

장년 어부의 답변에 요시시게는 얼굴에 인자한 미소를 지으며 말했다.

"자, 그럼, 이렇게 하면 어떨까? 저 고래는 그물 때문에 빨리 도망을 가지 못했고, 그 덕분에 작살 주인이 쉽게 고래를 잡았으니, 고래를 서로 반반으로 나누면 어떤가?"

요시시게의 제안에 어부들은 고개를 끄떡이면서 이의를 제기하지 않았다.

"뜻밖의 행운을 만났는데, 이 때문에 서로 싸우면 되나? 어렵게 만난 행운의 순간에 감정싸움으로 기분이 상할 필요가 없지 않은가. 서로 이해하고 양보해주어서 고맙네. 서로 행운을 축하하고 앞으로 사이 좋게 지내게나."

요시시게의 말을 마지막으로 송사는 무사히 끝났다. 송사의 과정을 지켜 본 영학은 '진정한 송사라는 것은 이런 것이구나'는 생각과 함께 깊은 감동을 받았다.

송사는 백성들이 억울함을 관에 호소하는 것이고, 관이 백성들의 말을 들어주는 것이다. 그런데 조선의 관은 백성들의 말을 들어주지 않는다. 아니, 애초에 들어주기 불가능한 구조이다.

조선에서는 송사를 하는 당사자가 고문도구가 마련되어 있는 뜰에 무릎을 꿇고 앉지만, 재판을 하는 원님은 뜰에서 서너 계단 위의 동헌 마루에 앉는다. 그렇기 때문에 뜰에 무릎을 꿇고 앉은 당사자는 고개를 들어도 원님의 버선발밖에 볼 수가 없다.

소송 당사자와 원님과의 거리는 스무 걸음은 족히 되기 때문에 큰 소리를 내지 않으면 말이 들리지도 않는다. 그러나 근엄하신 원님은 절대 목청을 올리지 않기 때문에 백성은 원님이 무슨 말을 하는지 도통 들을 수가 없다.

뜰은 밝아서 환하지만, 동헌의 아래는 항상 그늘지다. 그래서 대낮의 밝은 빛에 적응한 좁은 동공으로는 그늘진 마루 위의 원님 표정은커녕 얼굴도 볼 수 없다. 그리고 말을 할 때는 무릎을 꿇고 앉아서 고개를 숙여야 한다. 만약 고개를 쳐들고 언성을 올리거나 무릎을 펴고 일어나면, 바로 불경죄가 성립되면서 더 이상 재판은 진행되지 않는다.

송사의 결과도 예상할 수 없거니와 믿을 수가 없다. 실제 아까의 송사가 조선의 관아에서 벌어졌다면, 당사자들은 자초지종조차 말할 수 없었을 것이다. 아마 못해도 시작부터 불문곡직 "그깟 일로 관장의 심사를 어지럽히고 동헌에 좌정하는 수고를 끼치다니, 관을 뭐로 보는 게냐"라며 불호령이 떨어졌을 것이다.

재판결과 또한 "저들끼리 지지고 볶고 싸우다가 해결이 안 되니 관에 고해바치는 이런 한심한 놈들이 왜 공짜로 잡힌 고래를 차지하느냐"라는 이유로 그 고래는 관에 몰수되고, 어부들은 곤장을 맞은 뒤 쫓겨날 것이다. 그러면 송사를 벌였던 어부들은 관에서 당한 분풀이를 하느라 관의 문을 나서자마자 서로 멱살을 잡고, 주먹다짐을 벌일 것이다.

영학은 이런 상상을 하면서 조선에 있을 때 시게노부가 "조선 백성들은 참 불쌍하다"고 무심코 내뱉으면서 짓던 표정을 떠올렸다.

치료를 시작한 지 한 달이 지났을 무렵, 요시시게는 조용히 요시토시와 영학을 불렀다. 그 자리에서 요시시게는 영학에게 무게가 한 관이나 되는 금궤를 상으로 내렸다. 영학은 엄청난 금궤를 보고서는 한동안 입이 벌어져 말이 나오지 않았다.

요시시게는 요시토시에게 은밀하게 오사카로 가서 도요토미 히데요시를 만나 황금 30관을 전하라는 별도의 지령을 내렸다.

'황금 30관이라니? 내가 잘못 들은 것인가?'

영학은 잠시 자신의 귀를 의심했다. 요시시게는 거기에 그치지 않고 노꾼이 50명이나 되는 주력 전투함 세끼부네(關船) 20척과 전투병 2,000명을 이끌고 곧 규슈로 가서 관백이 보낸 군대와 합류하겠다고 전하라고 했다.

또 영학에게는 요시토시와 함께 교토나 오사카로 가서, 그곳에서 자리를 잡고 의술을 펼치면서 중앙정계의 인물들을 많이 사귀라고 당부했다. 이번 규슈정벌에서 확실하게 공을 세워야만 중앙정계에서의 발언권을 얻을 수 있다는 말도 덧붙였다.

요시토시나 영학으로서는 너무 반갑고 고마운 명령이었다. 영학은 기꺼이 명을 따르겠노라고 약조했다.

영학은 요시시게가 말한 황금과 선단의 규모를 다시금 떠올렸다.

'황금이 30냥도 아니고, 삼십 근도 아닌 무려 30관이라니, 어떻게 이 작은 섬에 그 많은 황금이 있는가? 더욱이 뱃사공이 50명이 넘게 필요한 대형 전선 20척에 전투병 2,000명이라니…. 이 정도라면 지금 조선이 보유한 군자금이나 전투병과 맞먹을 규모이다. 인구 불과 5만에 불과한 이 작은 섬에서 어떻게 그런 규모의 자금과 병력을 동원할 수 있단 말인가?'

영학은 다시 생각해봐도 도저히 믿기지 않아 요시토시에게 자신의 심중을 털어 놓았고, 요시토시는 대수롭지 않다는 듯이 대답했다.

"대마도의 땅덩어리나 인구만 생각한다면 그렇게 생각할 수 있지요. 그렇지만 대마도는 특수한 곳입니다. 거주하는 사람은 8만이지만, 왕래하는 인구를 합치면 그 두 배가 넘지요."

"20만의 인구라 하더라도 황금 30관에 뱃사공 1,000명, 전투병 2,000명에다 대형 전투함 20척이라면 너무 큰 부담이 아닙니까?"

영학의 물음에 요시토시가 웃으며 대답했다.

"조선의 경제규모로 보면 불가능하지요. 하지만 대마도는 수백 년 동안 무역으로 부를 축적해왔기 때문에 그 정도의 자금이나 병력동원은 그리 어렵지 않습니다. 그러나 조선과의 전쟁이 일어나면 대마도인들은 아마 이보다 열 배 이상의 대가를 치르게 될 것입니다. 그러니 양아버지는 확실한 투자를 하는 셈이지요."

그 말을 듣고도 영학은 쉽사리 수긍이 가지 않았다. 다시금 자신의 솔직한 심정을 토로했다.

"조선 8도의 인구가 아마 800만은 될 것입니다. 하지만 지금 조선에는 장부상의 군사가 30만 정도이고, 실제 전투 병력은 2~3,000명밖에 되지 않습니다. 그런데 유동인구를 합쳐도 인구 20만이 안되는 대마도에서 어떻게 수군 1,000명, 전투병 2,000명을 쉽게 모은단 말입니까? 유감스럽게도 저로서는 이해가 되질 않습니다."

"그건 조선의 관점에서 봐서 그렇지, 일본에서는 쉬운 일입니다."

"조선이나 일본이나 관점이 그렇게 다르단 말입니까?"

"생각해 보십시오. 군사를 모을 때 가난한 농민들에게 전투에서 공을 세우면 포상을 주겠다고 하면서 금덩어리를 주면, 어느 누가 군사로 나서지 않겠습니까? 제대로 포상을 할 수 있다면, 20만의 인구 중에서 일만의 군사를 모으는 것도 식은 죽 먹기이지요."

"그렇다면 조선은 돈이 없어서 군사를 모으지 못한다는 말입니까?"

"솔직히 말하면 그렇지요. 조선에서 군사로 나가서 목숨을 걸고 싸워봤자 무슨 이득이 있습니까? 이겨봤자 그 공은 높은 놈들이 몽땅 다차지하고, 졸병들에게 돌아가는 건 없지요. 몇 년이고 기약 없이 군사로 있는 동안 가족들은 거지가 되고, 부상당하면 고향에서 병신 취급받고, 죽어도 관에서는 나 몰라라 하는데, 이런 현실에서 어떻게 군사를 모을 수 있겠습니까."

듣고 보니 요시토시의 말은 하나도 틀리지 않았다. 장부상 군사에 훨씬 못 미치는 2~3,000명의 조선 군사들은 고생은 고생대로 하면서도 오히려 "오죽 못났으면, 군졸 노릇을 하느냐"며 손가락질을 받는 것이 부인할 수 없는 현실이다.

"전쟁에서 가장 중요한 것이 무엇이라고 생각합니까?"

요시토시의 물음에 영학은 그럴 듯한 답이 떠오르지 않아 얼른 대답을 할 수 없었다. 그래서 되물었다.

"그대는 무엇이라고 생각하십니까?"

"전쟁에서 가장 중요한 것은 돈이라고 생각합니다. 적에게 총알 세례를 퍼붓는 것은 사실상 돈을 퍼붓는 것과 같지요. 총알도 돈이고, 대포알도 돈이고, 군사를 모으는 것도 돈이고, 군사들을 먹이고, 입히고, 재우는 것도 돈이며, 군대의 사기를 올리는 것도 결국 돈입니다. 조선의 군사가 장부상 30만이 넘고, 군포를 바치고 군역을 면하는 장정의 수도 그만큼 되지만, 실역에 종사하는 군사의 수가 2~3,000명밖에 되지 않는 것도 다 돈이 엉뚱한 곳으로 새기 때문입니다. 조선이 군사를 확보하는 일은 지극히 간단합니다. 실역을 면하기 위해 바치는 군포의 반의 반만 국방에 써도 수만의 군사는 금방 모을 수 있지요. 그렇지만 백성들이 납부한 군포는 양반들의 첩질과 향락 비용으로 쓰이느라 바쁘고, 국방에 쓰일 틈이 없습니다. 조선에서 돈을 쓰지 않고 단번에 군사를 모으는 방법이 있습니다. 군사가 되는 노비에게 면천을 시켜주겠다고 약속하는 것이지요. 그러면 조선의 신체 건강한 노비들은 자기 돈으로 갑옷과 무기를 장만해서라도 구름떼처럼 군사로 나설 것입니다."

요시토시의 말이 틀린 것은 아니지만 영학은 슬며시 기분이 나빠졌다. 왜인으로부터 조국을 욕하는 소리를 들어야 한다는 사실에 심기가 불편해졌다. 그래서 영학은 먼 산을 보는 체하면서 입을 다물어 버렸다.

그 다음날 시게노부와 요헤이가 대마도에 도착했다. 그들은 영학이 대마도성에 머물고 있다는 것을 진작에 알고 있었던지 배에서 내리자마자 바로 대마도성으로 왔다.

요시시게가 시력을 회복한 뒤 정무를 보고 있다는 사실도 미리 알고 있는 듯했다. 대마도성에 도착하자마자 두 사람은 맨 먼저 요시시게를 찾아가 문안인사를 올렸고, 그 뒤 요시토시와 영학을 찾았다.

근 두 달 만에 시게노부와 요헤이를 다시 만난 영학은 너무 반가워서 눈물이 나올 지경이었다. 오랜만에 만난 시게노부와 요헤이는 최근 긴박하게 돌아가는 일본 정국의 상황을 생생하게 전해주었다.

그들은 이제 곧 본격적인 규슈정벌이 있을 것이라고 말했다. 히데요시의 천하통일은 목전에 다가왔다는 것이다. 히데요시는 규슈를 정벌한 뒤 그 중심인 히고(肥後)지방을 두 쪽으로 나누어 한쪽은 심복인 고니시 유키나가(小西行長)에게 맡기고, 다른 한쪽은 가토 기요마사(加藤

清正)에게 영지로 내릴 것이라 했다.

히데요시는 부하를 쓸 때, 충성경쟁을 시킨다. 그래서 장차 대륙침공의 전초기지 역할을 하게 될 규슈의 지배를 한 명의 부하에게 맡기지 않고, 성격이나 성장배경이 서로 다른 두 부하에게 나누어 맡기는 것이다.

고니시 유키나가는 독실한 야소교 신자인 반면, 가토 기요마사는 니치렌(日蓮)에 의해 창시된 불교의 한 파인 니치렌종의 신자였다. 고니시는 사카이(堺)의 약재무역상의 아들로 태어나 부유한 환경 속에서 자랐다. 그렇지만 가토는 대장장이의 아들로 태어나, 3세 때 아버지가 죽는 바람에 궁핍한 가정에서 자랐다.

고니시는 원래 우키다 나오이에(宇喜多直)의 가신이었다가 우키다가 히데요시에게 항복하는 바람에 히데요시의 부하가 되었다. 그러나 가토는 히데요시의 6촌 여동생의 아들로서 처음부터 히데요시의 심복이었다. 그런데다 고니시는 교역을 통한 친선외교를 주장하지만, 가토는 무력에 의한 대륙진출을 부르짖고 있다.

히데요시는 이처럼 대립되는 인생관을 가진 부하들을 통해 규슈를 지배하려고 하지만, 대부분의 왜인들은 히데요시의 신임이 고니시보다는 가토에게 기울어 있다고 보았다. 그렇지 않아도 영학은 무력에 의한 대륙진출을 강력히 주장하는 가토의 존재가 신경 쓰였다.

가토의 세계관은 그가 신봉하는 종교와 밀접한 관련을 가지고 있다고 한다. 니치렌종은 불교를 바탕으로 하고 있지만, 불교의 다른 종파와는 사상과 세계관에서 큰 차이가 난다. 500년 전 니치렌종을 개창한 니치렌은, 당시 일본에서 빈발하는 지진, 화산폭발, 태풍, 돌림병, 기근 같은 재난이 일어나는 이유는 사람들이 정법(正法)인 법화경을 따르지 않고, 선종, 정토종, 염불교 따위의 사이비 불교를 믿기 때문이라고 단정했다. 그리고 앞으로도 사이비들이 설칠 경우 나라에 큰 변고가 생기고 외적의 침공을 피할 수 없지만, 법화경을 중심으로 뭉치면 나라와 백성이 모두 평온하다는 입정안국론(立正安國論)을 내세웠다.

그는 몽골 중심의 세계질서로부터 소외되어 쪼그라드는 나라살림과 계속되는 자연재해로 시달리는 백성들을 달래고, 나라의 분열을 막기 위해 불교의 보편성보다는 민족의 긍지와 자존심을 강조했다.

이러한 니치렌의 설법은 다른 종파를 대놓고 사이비라고 몰아붙일 정도로 과격하고 배타적이라 다른 종파들의 극심한 반발을 초래했다. 이 때문에 다른 종파의 승려 수천 명이 니치렌을 습격해서 죽이려고 했지만, 제자의 도움을 받아 구사일생으로 고향인 시모우사(下總)국의 나카야마(中山)로 도망갈 수 있었다.

그러나 니치렌의 고난은 여기에 그치지 않았다. 가마쿠라 막부의 최고 권력자 호조 도키요리(北条時賴)는 니치렌의 입정안국론이 권력을 비판한다고 여겨 그를 이즈(伊豆)국의 이토(伊東)로 유배를 보냈고, 유배 중 가라스자키(烏崎)의 암초에 고립되어 죽을 뻔하지만 우연히 어부에게 발견되어 목숨을 건졌다.

2년의 유배생활을 거친 후 니치렌은 사면을 받지만, 이번에는 다른 종파 신자들의 습격을 받아 수제자 둘이 목숨을 잃고, 자신은 큰 부상을 입는 고초를 당했다. 그 뒤에도 니치렌은 막부의 관리에게 체포되어 심야에 가마쿠라 교외의 형장으로 끌려간 일이 있었다. 그런데 그때 갑자기 이상한 물체가 나타나서 망나니의 눈을 멀게 했고, 군사들이 겁먹고 도망가게 하는 바람에 다시 한 번 목숨을 건질 수 있었다고 한다.

이러한 고난에도 불구하고 니치렌은 외세를 배격하고 다른 종파를 배척해야 한다는 설법을 고집했다. 오히려 그는 "니치렌의 가르침을 조정과 막부에서 받아들이지 않고 백성들이 남묘호렌게교를 믿고 바르게 살지 않으면, 나라에 역병이나 대기근이 끊이지 않고, 몽골군에 의한 살육이 대마도나 이키(壹岐)가 아닌 교토나 가마쿠라에서 벌어져 결국 나라가 망할 것"이라고 겁을 주었다. 그러면서 "재앙을 피하려거든 태양이 뜨는 동쪽을 향해서 절하고, 염불 말고 남묘호렌게교(南無妙法蓮華經)를 끊임없이 외치라"고 목청을 세웠다.

이러한 니치렌의 사상은 당시 몽골제국 중심의 국제정세에서 고립된 왜국 백성들의 분노와 좌절감에 편승하여 교묘히 민족의 자존심을 자극하는 것이었다. 이러한 논리는 나중에 한족의 민족적 자존심을 자극함으로써 한족 중심의 명 왕조를 개창한 주원장의 정치구호에도 영향을 주었다.

그런데 연속으로 고난을 당하던 그에게 드디어 인생역전의 기회가 찾아왔다. 그는 분에이(文永) 11년(서기 1274년) 막부의 효죠쇼(評定所)로 불려가 신문을 받았다. 그는 신문과정에서 막부의 관리로부터 "나라에 큰 변란이 일어나고 몽골군이 침공한다고 하는데, 도대체 언제

외군이 침략하느냐?"는 비아냥거리는 식의 질문을 받았다. 이에 그는 조금도 기죽지 않고 당당하게 "바로 올해 안"이라고 대답을 했다.

니치렌의 이런 태도에 막부의 관리는 어이가 없었지만 하도 그가 자신 있게 대답하는 바람에 '그래 한 번 두고 보자'는 오기가 발동해서 그를 죽이지 않았다. 그런데 바로 그 해 몽골군이 고려와 연합하여 대마도와 규슈 해안에 상륙을 감행했다.

게다가 막부에서는 호조 도키요리의 적자인 도키무네(時宗)가 이복 형제를 살해하는 사건이 일어났고, 교토의 궁궐에서는 고후카쿠사(後深草) 상황(上皇)과 가메야마(龜山) 천황(天皇)이 자신이 진짜 천황이라고 서로 싸우는 사태가 생겼다.

이렇게 되자 니치렌은 하루 아침에 '외골수 땡중'에서 일약 '신통방통한 선지자'가 되어 버렸다. 더욱이 규슈에 상륙한 고려와 몽골 연합군이 때마침 불어온 태풍의 내습으로 모든 전함과 보급품을 잃게 되자 열도의 백성들은 이 태풍을 신이 보내준 가미카제(神風)라 부르면서 그 공을 니치렌에게 돌렸다.

결과적으로 니치렌의 말과 시대상황이 딱 맞아떨어지게 되자 왕실이나 막부에서는 더 이상 니치렌을 탄압할 명분이 없었다. 이때부터 니치렌은 백성의 영웅으로 추앙받고, 추종자들은 급격히 교세를 확장할 수 있었다.

그런데 히데요시로부터 가장 신임 받는 유력한 무장 중의 일인이 과격하고 배타적인 종교의 신봉자라는 사실은, 이웃나라 백성들에게 큰 위협이 될 수 있었다. 실제 그의 행동도 우려스럽기 그지없었다.

얼마 전 히데요시는 가토에게 시코쿠섬에 있는 4대 현 중의 하나인 사누키국(讃岐国)국과 규슈 히고국의 땅 중 어느 곳을 영지로 받고 싶으냐고 물었다고 한다. 그때 가토는 다른 사람의 예상과 달리 교토와 오사카에서 가까운 사누키국 대신 수천 리 이상 떨어진 규슈의 영지를 원했다고 한다. 그러면서 그는 "대륙 진출의 통로를 끼고 있는 규슈의 땅을 대륙진출의 전초기지로 만들고, 대륙정벌의 선봉장이 되겠다"는 포부를 당당하게 밝혔다고 한다. 이 말을 듣고 영학은 가토 기요마사야 말로 국제 평화정착에 가장 위험한 인물이라고 단정했다.

요시시게와 요시토시는 교토와 오사카의 사정을 듣고서는 아연 긴장하지 않을 수 없었다. 히데요시의 규슈정벌은 대륙침략의 야욕을 실행에 옮기기 시작한 것과 마찬가지이기 때문이다. 이렇게 되자 규슈 내 유력가문 사이의 싸움을 진정시키기 위해 오사카에 조정을 요청했던 오토모 가문도 뒤늦게 아차 하는 생각이 들었다. 규슈의 평화와 현상유지를 원했던 오토모 가문의 노력은 규슈 전체를 히데요시에게 갖다 바치는 꼴이 된 것이다. 규슈만의 문제도 아니었다. 히데요시가 대륙침략을 실행으로 옮기기 시작했다는 것은 바야흐로 대마도의 운명도 바람 앞의 등불이 된다는 것과 같았다. 대마도의 입장에서는 오토모 가문이 원망스러울 수 있지만 이미 엎질러진 물이었다.

이런 상황을 알게 된 요시시게는 요시토시와 영학을 서둘러 교토와 오사카로 보내기로 하고, 급한 마음에 오토모 가문의 가신인 시게노부와 요헤이를 얼른 쓰시마로 불러들였다. 그리고 부하들에게 오사카로

보내는 황금을 준비하고, 오사카로 가는 선단구성과 호위무사 편성을
이틀 내 완료하라고 지시했다.

29^장

의
욕

의
욕

다음날 출항준비를 하느라 바쁜 사람들과 달리 영학은 할 일이 없었다. 대마도를 떠날 때 18권의 의방유취요결 말고는 자신이 가져갈 짐은 하나도 없었기 때문이다. 그나마 시게노부나 요헤이는 그 짐마저도 영학에게 맡기지 않을 게 뻔했다.

영학은 이제 교토나 오사카로 가면 언제 대마도로 돌아올지 기약할 수 없다는 아쉬움에 좀 더 대마도를 둘러보고 싶었다. 아니, 그보다는 대마도에 살고 있는 조선인들의 모습을 보고 싶었다.

영학의 의도를 알아차린 시게노부는 잠깐 기다리라고 말하고서는 성 안의 한 야구라(矢倉)로 들어갔다. 이각의 시간이 지났을까. 시게노부는 요시토시와 함께 돌아와서 영학에게 성 밖으로 나가자고 했다.

조선인들이 모여 사는 마을은 대마도성으로부터 10리 정도 떨어진 북쪽에 있었다. 요시토시는 영학에게 조선인 마을에 가더라도 마을 사람들에게 직접 말을 걸지 말고, 조용히 대화를 듣기만 하라고 당부했다. 영학은 왜 그래야 하는지 이유를 묻자 요시토시가 대답했다.

"이곳에 사는 조선인들은 모두 다 고향에서 차마 말 못할 사연들이 있지만, 언젠가는 꼭 고향에 돌아가려고 합니다. 그런데 일본에서 살았다는 사실이 조선에 알려지면 이들은 바로 죽은 목숨이 됩니다. 그래서 그들은 서로가 신분이나 고향에 대한 이야기를 잘 하지 않지요. 그런데다 이곳 사람들은 백이면 백 양반에 대한 적개심을 갖고 있습니다. 그래서 그대의 말투나 행동거지에서 양반의 냄새를 맡게 되면 그들은 모두 입을 닫아 버릴 것입니다."

그제야 영학은 알아 듣고 고개를 끄덕거렸다.

마을에 들어서니 수백 가구의 집들이 빽빽이 들어차 있었고, 집의 형태나 모양도 아주 다양했다. 통나무와 갈대로 지은 집이나 판자로 지은 집이 많았지만, 초가에 돌담을 두른 집도 여러 채 있었고, 제법 번듯하게 지어진 기와집도 보였다. 허물어지거나 기울어진 집이 없는 것으로 보아 동네 사람들의 살림살이는 그리 나쁘지 않은 모양이었다. 지나는 사람들의 걸음걸이는 바빠 보였고, 할 일 없이 뒷짐을 지고 어슬렁거리는 사람은 찾아볼 수 없었다.

마을의 중심에는 판자로 지어진 넓은 집이 하나 있었다. 집안에는 열 명 넘는 사람들이 앉을 수 있는 회의장과 사람이 묵을 수 있는 방도 서너 개 있었다. 중간에는 수령이 200년은 됨직한 굵은 은행나무가 버티고 선 넓은 공터가 보였다. 규모나 모양으로 보아 아마 마을을 관리하는 관청일 것으로 짐작되었다.

요시토시는 이곳이 호민야야토(漂民屋跡)라고 했다. 호민야야토는 대마도로 표류해 온 조선이나 명나라 사람들을 수용하는 건물인데, 평소에는 마을의 공회당으로 쓰인다고 한다.

또 그는 명나라나 조선에서 어로를 하던 배가 길을 잃고 표류하여 왜국에 닿는 경우가 흔하다고 했다. 표류하는 배만이 아니다. 바닷가에서 발을 헛디뎌 익사하거나 물건을 잃어 버렸을 때도 그 시체나 물건은 조류를 타고 어김없이 대마도나 규슈의 나가사키(長崎)에 흘러든다.

그래서 고대로부터 대마도의 주민들은 강한 서북풍이 불고 난 다음 날 아침이면 어김없이 바닷가에 나타나는 조선의 표류물품들을 보면서 살아왔다. 표류물품 중에는 간혹 왜국에서 만들지 못하는 귀한 도자기도 있었다. 잘 짜인 무명옷이나 겉이 매끄러운 옹기도 있었고, 고운 실에 금은으로 장식한 장신구나 곱게 채색된 바구니가 발견되기도 했다.

그러다 보니 대마도인 중에는 바람이 지나간 후 바다가 주는 행운을 기대하고, 새벽 일찍 바다로 나오는 사람이 흔하다고 한다. 오랜 세월을 거쳐 대마도인들은 숱한 표류물품을 보면서 바다 저편에 희끗희끗 보이는 대륙에 사는 사람들의 모습을 의식하고 살았다. 그리고 그 의식은 점차 동경으로 변했다.

대마도의 백성들뿐만 아니라 관에서도 해변으로 떠내려 온 외인은 귀한 손님이었다. 조선인이나 명인을 그들의 나라로 송환하는 대가로 쌀이나 무명, 도자기 따위의 물품을 받을 수 있기 때문이었다.

일행이 공회당의 뜰 안으로 들어서자 한 늙은이가 급히 집안에서 나왔다. 그리곤 요시토시에게 공손하게 허리를 숙여 인사를 하며 말했다.

"어인 연유로 기별도 없이 오셨습니까?"

"지나는 길에 그냥 들렀습니다. 잘 지내셨습니까?"

"도주님 덕분에 잘 지내고 있습니다. 며칠 전에 도주 어른께서 마을을 다녀가셨습니다. 요시시게 님이 너무 건강해 보여서 마을 사람들이 모두 기뻐하고 축하를 했습니다."

노인과 인사 후 일행이 집안으로 들어가 의자에 앉으니, 집안에 있던 젊은이가 도자기 주전자와 찻잔을 내어 왔다. 주전자에는 녹차가 담겨 있었는데, 그 차는 하동에서 가져온 것이라고 했다. 하동이라는 말에 영학은 갑자기 가슴 속에서 무언가 뭉클함이 치밀어 오르는 것을 느꼈고 순간 몸이 굳었다. 시게노부는 그런 영학을 보면서 빙그레 웃으면서 모르는 체했다.

그들과 대화를 하는 도중에 전쟁 이야기가 나왔다. 왜와 조선의 전쟁은 대마도인들이나 대마도에 사는 조선인들에게 초미의 관심사인 듯했다. 전쟁 이야기에 표정이 어두워진 노인이 요시토시에게 물었다.

"조선과의 전쟁을 막을 방법이 없겠습니까? 전쟁을 막을 수만 있다면, 저뿐만 아니라 여기 있는 모든 조선인들 모두 목숨이라도 내놓을 각오입니다."

노인의 말에 요시토시는 고개를 끄떡이며 말했다.

"요시시게 어른께서 도주로 복귀하여 조선과의 전쟁을 막기 위해 최선을 다할 것입니다. 그리고 백성들 대부분이 조선과의 전쟁을 원하지 않고, 교토의 대신들 중에도 전쟁을 반대하는 사람이 많기 때문에 아직은 모릅니다. 그러니 너무 동요하지 말고 생업에 신경 쓰십시오."

요시토시는 짧은 당부의 말을 마치고, 다시 말을 이었다.

"이 마을 사람들은 조선인으로서 조선의 사정을 잘 알고 있으니, 전쟁을 막을 좋은 방법이 있으면 기탄없이 고견을 알려 주십시오."

대화의 분위기는 자못 진지하고 심각했지만, 입안에 감도는 녹차는 은은한 향기와 함께 입안에 훈기가 돌도록 했다. 한마디 말도 않고 듣기만 하던 영학은 대화가 끝날 무렵 노인에게 물었다.

"혹시 작년에 동래부에 살던 20대 중반의 가희라는 여인이 이곳으로 오지 않았습니까?"

노인은 난데없는 질문에 영학의 얼굴을 물끄러미 쳐다보면서 말했다.

"그런 여인이 이곳에 온 적은 없습니다. 어인 연유로 그리 물으십니까?"

영학은 다소 겸연쩍은 표정으로 얼버무리며 대답했다.

"아닙니다. 동래부에 살던 한 여인이 왜국으로 건너왔다는 소문이 있어서 호기심에 그냥 물어본 것뿐입니다. 괘념치 마십시오."

그러면서 요시토시에게 얼른 나가자고 재촉했다.

마을을 나서면서 요시토시가 영학에게 물었다.

"그대가 찾는 여인이 정인입니까? 뜻밖이군요. 일본에서 찾는 사람이 있다니. 그런 일이 있으면 미리 제게 귀띔을 하지 그러셨습니까?

그대보다는 내가 훨씬 찾기 쉬울 텐데요."

그 말을 들은 영학은 자기도 모르게 얼굴이 붉어지면서, 궁색한 모양새로 대답했다.

"아니, 그런 사이는 아닙니다. 그냥 왜국에 왔다는 소문이 있어 그저 물어 봤을 뿐입니다."

돌아오는 길에 요시토시는 영학에게 아까 대화를 나누었던 노인에 대해서 이야기를 들려주었다. 노인의 이름은 사화동이며, 전라도 진도 출신의 어부라고 했다. 정확한 나이는 알 수 없지만 아직 환갑은 넘지 않았다고 했다.

사화동이 조선을 떠나 왜국에 정착한 사연은 이랬다. 사화동은 양인이지만 물려받은 농토가 없어 농사를 포기하고 어부생활을 했다. 그런데 아무리 열심히 그물질을 하고, 전복, 소라를 잡아봤자 자신에게 할당된 공물을 관에 바치고 나면, 노모와 아내, 세 아이를 부양하기에는 턱없이 부족했다.

그런데 사화동의 영리하고 싹싹한 성격은 해남에 있는 홍 찰방의 눈에 들었다. 찰방은 전국의 거점 교통로에 설치된 역을 관리하는 종6품의 벼슬이었다. 역참제도는 1,000년 전 삼국시대 때 만들어져 신라와 고려를 이어 조선에서도 유지되는 국가의 기간 연락망으로 전시나 국가적 재난에 대비하여 만들어졌다.

그렇지만 요즘처럼 전쟁이나 재난이 없는 시대에는 별다른 역할이 없다. 더욱이 중앙의 권력이 지방백성들의 생활에는 관심이 없고, 자기

들끼리 당파로 나뉘어 소모적인 언쟁을 일삼을 때는 더더욱 그랬다. 거기에 백성들의 경제활동이 원활하지 못하면, 역참은 더더욱 하는 일이 없었다. 그러다 보니 조선의 역참은 벼슬아치들의 개인적인 용무나 유흥에 편의를 제공하는 시설로 격하되었다.

해남 지역 역의 관리를 책임지고 있는 홍 찰방은 은밀하게 한양의 세도가인 이 대감의 수족 노릇을 하고 있었다. 한양과 천 리나 떨어진 시골의 역장이 한양의 권세가와 연결되는 것은 보통사람으로서는 감히 꿈도 꾸지 못할 행운이었다. 그러나 모든 행운에는 타인의 시기와 질투가 따랐다. 기회는 곧 위험이고 위험이 곧 기회라는 말처럼, 홍 찰방이 한양의 세도가문의 일을 하는 데도 큰 위험이 따랐다.

이 대감 가문은 왜와 밀무역을 하고 있었다. 조선에서 쌀, 무명, 도자기, 비단 등을 대량으로 구입하여 왜의 선단에 넘겨주고, 그 대가로 막대한 양의 은을 받았다. 이렇게 조달된 은은 대부분 왕실과 조정의 중신들에게 바쳐졌고, 왕실과 조정의 중신들은 이 은으로 외국의 사치품이나 귀금속을 사들였다.

그런데 밀무역은 조선의 법으로 엄금되어 있기 때문에 이 대감 가문 사람들은 모두 뒤에 숨고, 하인들을 내세워 장사를 했다. 홍 찰방은 전라도에서 왜국에 팔 물건을 수집하는 일을 하고 있었다. 그렇지만 찰방도 비록 한직이기는 하나 엄연한 관직이기 때문에 직접 장사를 하러 나설 수가 없어 우직하고 성실한 사화동을 앞세웠다.

사화동은 처음 1년 동안 해산물을 사 모으는 일을 맡아 홍 찰방을 흡족하게 했다. 그 뒤 홍 찰방은 사화동에게 쌀과 도자기, 무명을 사 모으는 일을 맡겼고, 사화동은 이 일에서도 수완을 발휘하여 한 달에 수백 석의 쌀을 모을 수 있었다. 사화동은 그 대가로 한 달에 한 석의 쌀을 받았다. 그렇게 되자 사화동의 살림은 금방 나아졌고, 3년 뒤에는 아예 고향인 진도를 떠나 뭍으로 이사를 해서 해남에 정착할 수 있었다.

그런데 사화동의 행운은 그리 오래가지 않았다. 이 대감 가문에서는 아무리 충직한 하수인이라 해도 비밀을 유지하기 위해 수시로 물갈이를 했기 때문이다. 홍 찰방이 이 대감 가문을 위해 일을 한 지 4년이 되었을 때 이 대감의 5촌 조카로부터 "너도 이제 벌 만큼 벌었으니, 이 일은 그만 두고 고을의 현감 자리나 하나 맡아라."는 말을 들었다.

눈치 빠른 홍 찰방은 그 말이 "이제 그만 나가라"는 뜻임을 금방 알아차렸다. 그래서 홍 찰방은 이 대감의 5촌 조카에게 현감 자리를 약조해 달라고 졸랐다. 그러자 이 대감의 5촌 조카는 갑자기 볼을 씰룩거리고 눈에 쌍심지를 켠 채 문욕을 퍼부었다.

"감히 촌구석 역장 놈이 이중경 대감의 조카인 나에게 대가리를 쳐들고 약조를 요구해? 이런 시건방진 놈이 있나!"

그리고는 하인에게 당장 저 놈을 쫓아 내라고 호통을 쳤다.

그 일이 있은 지 불과 나흘 뒤 사화동은 영암에 쌀을 사러 갔다가 장터에서 서너 명의 포졸로부터 아무 영문도 알지 못한 채 곤봉으로 흠씬 얻어맞고 포승줄에 묶여 옥에 갇혔다. 그리고 붙들려 간 첫날 관아의 아전으로부터 "네 죄를 알렸다. 네 죄상을 한마디도 빠짐없이 조목조목 실토하라"는 추상같은 엄명을 받았다. 그렇지만 사화동은 자신이 무엇을 잘못했는지, 자신의 어떤 행동이 죄가 되는지 알 수가 없어 제대로 실토하지 못했고, 이 때문에 거꾸로 매달려 하루 종일 매질을 당했다.

다음날 사화동은 매질을 도저히 견딜 수가 없어 어떤 벌이라도 달게 받을 테니 제발 자비를 베풀어 무얼 잘못 했는지 가르쳐달라고 통사정을 했다. 그러나 돌아오는 것은 물고문과 함께 사정없이 쏟아지는 매질 뿐이었다.

그런데 체포된 지 삼일 째 관아의 형방이라는 자가 손으로 사화동의 턱을 치켜들면서 차갑게 물었다.

"네가 밀무역을 했다는 사실을 토설하고, 그에 따른 벌을 달게 받겠느냐?"

그 말을 들은 사화동은 어이가 없었지만 밀무역을 한 자는 참수형에 처한다고 알고 있었기에 죄를 자백할 수가 없었다. 그리고 자신은 홍찰방의 지시에 따라 물화를 사 모았을 뿐 이 물화가 어디로 가는지는 알지도 못했기에 더더욱 자백을 할 수 없었다. 사화동이 자백을 않자 포졸들은 당연히 그럴 줄 알았다는 듯이 다시 그를 대들보에 거꾸로 매달고는 겨자를 넣은 물을 코에 부으면서 매질을 시작했고, 견디다 못한 사화동은 그만 의식을 잃어 버렸다. 관아의 형방 나졸들은 매질을 멈추고 사화동을 감옥 속에 처박아 두었다.

다음날 사화동은 다시 관아의 뜰로 끌려 나갔다. 사화동이 무릎을 꿇고 앉자 형방아전이 그저께보다는 누그러진 표정으로 물었다.

"네가 밀무역업자의 심부름을 했다는 것을 실토하고, 범죄의 대가로 얻은 재산을 모두 토해 내겠느냐?"

사화동으로서는 선택의 여지가 없었다. 그저 목숨을 건지는 것만 해도 다행이다 싶었다. 그래서 망설임 없이 대답했다.

"그렇게 하겠습니다."

사화동의 대답에 형방 아전은 만족스러운 미소를 지으면서, 옆에 선 포교에게 명했다.

"이 놈을 다시 옥에 가두어라."

그로부터 이틀 뒤 사화동은 현청의 뜰에 끌려 나가 오른손에 먹물을 묻혀 포졸 하나가 내미는 문서에 수결을 한 뒤 다시 옥으로 들어왔다.

그로부터 사흘 후 사화동은 재판을 받았다. 뜰에 꿇어앉은 사화동은 감히 고개조차 들 수 없었고, 저 멀리 마루 위에 좌정한 재판관의 비단 신발도 볼 수 없었다. 마루 앞에 허리를 굽히고 선 아전이 묻는 말에 사화동은 그저 형방 아전이 시키는 대로 "무식하여 죽을 죄를 지었지만, 한 번만 목숨을 살려주시면, 앞으로 다시는 법을 어기지 않겠습니다"라고 굽실거렸다.

사또의 목소리는 하나도 들리지도 않았다. 그나마 마루 앞에 부복한 아전이 재판장인 사또의 말을 크게 복창하는 것을 듣고, 사화동은 자신에게 어떤 처벌이 내려지는지 알 수 있었다.

사화동에게 내려진 형은 장 70대였다. 판결이 내려지자 바로 형이 집행되었다. 조사를 받으면서 이미 고문으로 만신창이가 된 몸에 내려지는 곤장 70대는 목숨을 위협했다. 그렇지만 사화동은 목이 잘려 장대에 내걸리지 않은 것만 해도 다행이라는 생각으로 내려치는 곤장을 꾹 참았다.

그 후 사화동은 즉시 포졸들에 의해 뒷문으로 끌려 나가 바깥에 내동 댕이쳐졌다. 엉덩이가 터져 바지는 온통 피투성이가 되었다. 고통을 참 느라 입술을 깨무는 바람에 얼굴은 산발한 머리와 다듬지 않은 수염 사이로 흘러나온 피로 범벅이 되어 있었다. 쥐와 벼룩이 득실거리는 옥속에서 열흘을 보낸지라 제대로 거동조차 하기 힘든 몸에서는, 배가 불러 움직임이 둔해진 벼룩과 서캐가 스멀스멀 기어 다녔다. 지나가는 사람은 많았지만 쓰러져 움직이지 않는 사화동에게 아무도 물 한 모금 건네지 않았다.

이윽고 날이 으쓱해지자 머리에 두건을 두른 한 노인네가 아들로 보이는 젊은이 하나를 데리고 와서 쓰러져 있는 사화동의 숨이 붙어 있는지를 확인하고, 물에 적신 무명천으로 입술을 축여준 뒤 산골짜기의 집으로 사화동을 데리고 갔다.

그곳에서 사화동은 혼수상태에 빠졌다가 사흘 만에 겨우 의식을 차렸다. 허나 눈을 뜬 뒤 닷새 동안 손가락 하나 움직일 수가 없어 꼼짝 없이 드러누워 있어야 했고, 다시 이레가 지나서야 겨우 두 다리로 일어설 수 있었다.

그를 구해 준 사람은 소를 잡는 백정이었다. 몸이 쇠처럼 단단하다고 해서 '쇠돌이'라는 이름이 붙은 사람이었다. 어릴 때는 양반가의 솔거노비로 지냈지만 고분고분한 성격이 아니라 집안에 두면 자칫 큰 사고를 칠 것이라는 이유로 본보기 삼아 혹독한 멍석말이를 당한 뒤, 주인집에서 쫓겨났다.

거기에 그치지 않고 주인마님은 그에게 항상 자신의 신분을 망각하지 말라는 의미로 이마에 큼지막하게 '노(奴)'라는 글자를 새기고 먹물을 먹인 뒤 소나 돼지를 잡으면서 산골짜기에 숨어 살도록 했다. 그래서 그는 항상 이마를 덮는 넓은 두건을 하고 다녔다.

아픈 사람이 아픈 사람을 이해한다고 했던가. 없는 사람의 설움과 어려움을 잘 알았던 쇠돌이는 곤장을 맞은 뒤 쓰러진 채 방치된 사화동을 보고 도저히 그냥 지나칠 수 없었다. 사화동은 관아에 붙들려갈 때만 해도 물건 살 돈으로 은화 100냥을 가지고 있었지만, 옥에 갇히면서 그 돈은 한 푼도 남김없이 몰수되었다. 그러다 보니 사화동은 정작 자신의 목숨을 구해 주고 보름 동안 먹여주고 재워주고 간병을 해준 쇠돌이에게 아무런 고마움을 표시할 수 없었다.

사화동은 영암의 장터에서 관아에 붙들려 간 지 한 달 만에 해남의 집으로 갈 수 있었다. 그런데 대문을 들고 집을 들어서니 어찌된 일인지 다른 사람들이 살고 있었다. 사화동은 '내가 집을 잘못 들어왔나?' 하는 생각에 대문을 나와서 두리번거리며 다시 살펴봤다. 그러나 아무리 둘러봐도 분명 그 집은 자기 집이었다.

사화동이 어째서 다른 사람이 살고 있을까 의문을 가지고 있던 때에, 앞집에 사는 황 서방과 맞닥뜨렸다. 황 서방이 사화동을 보자마자 반색을 하면서, 원망하듯 그의 안부를 물었다.

"자네, 그동안 어디에 있다 지금 나타났는가?"

사화동은 자초지종을 말하자면 너무 길어 다음에 이야기하자고 하고
선 식구들의 행방을 물었다. 그러자 황 서방은 자신의 집으로 사화동의
소매를 끌었다. 사화동이 황 서방에게 이끌려 그의 집으로 들어서니 뜻
밖에도 노모와 아내 그리고 아이들 셋이 헛간에서 우르르 나왔다.

바로 곁에 변소가 붙은 헛간에서 생활하는 식구들의 몰골은 말이 아
니었다. 아이들은 제대로 먹지 못해 볼이 움푹 들어갔고 갈비뼈가 드러
나 있는데다 똥냄새에 절어서 그런지 얼굴이 누렇게 떠 있었다. 헝클어
진 머리와 땟국물이 질질 흐르는 아이들의 몰골을 보는 사화동의 눈에
서는 시퍼런 불꽃이 일었다.

사화동의 표정을 본 황 서방은 목을 움츠리면서 애써 위로했다.

"집이 작다 보니 헛간 말고는 비바람을 피할 곳이 없었네. 그리고 자
네도 알다시피 서민들 형편이 고만고만한지라 양식이 없어서 하루
한 끼 밖에 먹일 수가 없었네. 그렇지만 이제 자네가 돌아왔으니 방
도가 서지 않겠나?"

사화동은 아내에게 어떻게 된 일이냐고 물었지만, 사정을 모르기는
아내도 마찬가지였다. 사화동이 영암의 장터로 간다며 집을 나간 보름
뒤 다짜고짜 포졸들이 집안으로 들이 닥쳐 양식은 물론 모아 둔 무명과
집안에 돈이 될 만한 것을 깡그리 다 가져가고, 그날 당장 집밖으로 쫓
겨났다고 했다.

그렇게 포졸들은 사화동의 식구들을 밖으로 쫓아낸 뒤 집 주변에 새
끼줄을 치고, 창을 들고 경비를 서면서 사람들의 출입을 금지시켰고,
그로부터 열흘 뒤 다른 마을의 한 식구가 현청의 허가를 받았다고 하면

서 이사를 왔다는 것이다.

그 말을 듣고서야 사화동은 "밀무역업자의 심부름을 한 죄를 실토하고, 범죄의 대가로 얻은 재산을 다 토해 내겠느냐"는 영암 관아 형방아전의 질문에 "그렇게 하겠다"고 한 뒤 형리가 내미는 문서에 수결한 사실을 기억해냈다. 그리고 땅에 털썩 주저 앉아버렸다.

황 서방네 집 헛간에서 뜬 눈으로 밤을 새운 사화동은 날을 시퍼렇게 간 낫을 가슴에 품고 해뜨기 전 새벽에 해남읍의 초입에 있는 역으로 달려갔다. 해남 역은 사화동이 살던 집으로부터 15리 길이었다. 해남은 전라도의 남쪽 끝에 있는 지방이라 한양으로 이어지는 주요 교통로가 아님에도 해남의 역 규모는 상당히 컸다.

얼마 전 홍 찰방은 사화동에게 자랑하듯 말했었다.

"해남이 남도의 끝이기는 하나, 역은 감영이 있는 큰 고을 못지않다. 역졸이 15명이고, 노비가 25명인데다 튼튼한 말 12마리와 노새 15마리가 있으니 내가 관리하는 3개의 역 중에서 제일 크지."

"해남에서 한양과 연락할 일도 별로 없고, 한양으로 보낼 물건도 많지 않은데, 해남 역은 왜 이렇게 큰 것입니까?"

사화동의 물음에 홍 찰방은 핀잔을 주기도 했다.

"이 놈아, 다 이유가 있으니 그런 게다. 네 놈이 그 이유를 알 필요가 있느냐?"

그 일을 떠올리며 사화동이 역에 들어서자 안면 있는 역노들이 그에게 말을 걸어왔다.

"오랜만에 왔네. 그런데 아침부터 무슨 일인가?"

사화동은 인사 대신 찾아 온 용건만 말했다.

"찰방어른 계시냐?"

마침 홍 찰방은 역에 머물고 있었다. 사화동과 마주 친 홍 찰방은 성큼 다가와 손을 잡으면서 이미 모든 사정을 알고 있다는 표정으로 말했다.

"고초가 심했지? 그나마 이렇게 살아서 보니 반갑네. 마침 아침 먹을 참인데, 같이 식사나 하세."

홍 찰방의 따뜻한 말 한마디에 낫을 품고 있는 사화동의 마음은 눈 녹듯이 녹아버렸다. 오히려 사화동은 사정도 알아보지 않고 홍 찰방에게 원한을 품었던 자신의 옹졸함이 부끄럽게 느껴지면서, 눈에서는 저절로 닭똥 같은 눈물이 흘러내렸다. 홍 찰방은 눈물을 흘리는 사화동의 등을 어루만지면서 방안으로 들어갈 것을 권했다.

사화동은 홍 찰방의 말을 듣고 나서야 비로소 전후 사정을 알게 되었다. 홍 찰방이 한양의 용인 이 씨 가문으로부터 팽을 당한 것이었다. 법으로 엄금하고 있는 밀무역에는 본래 비밀이 많지만 밀무역의 우두머리는 아랫사람과 비밀을 공유하기를 원하지 않았다. 그래서 가문의 일원이 아니면서 비밀을 많이 아는 자는 제거하는 것이 원칙이었다.

홍 찰방은 지난 세월 동안 충직하게 일을 해왔던 탓에 너무 많은 비밀을 알고 있었다. 그래서 한양의 권세가는 멸구(滅口)를 위해 홍 찰방을 제거하려고 했다. 하지만 홍 찰방은 호락호락 당할 위인은 아니었다. 그는 언젠가 이런 일이 있을 것을 예상하고, 미리 한양의 의금부에

줄을 대고 있었다. 찰방은 비록 지방의 한직에 불과하지만 엄연히 왕이 내린 벼슬이기 때문에, 홍 찰방을 체포하기 위해서는 법으로 반드시 의금부의 허가를 받아야 했다.

한양의 이 대감 가문에서는 의금부의 허가를 받아 낼 구실이 없어서 하는 수 없이, 홍 찰방의 제거를 뒤로 미루었다. 대신 그에게 경거망동하지 말라는 경고로 홍 찰방의 심복인 사화동을 체포하였다. 사화동이 옥에 갇혀 있는 동안 한양에서는 그의 목숨을 두고 치열한 암투가 있었다.

이 대감 가문에서는 사화동을 죽이지 않고 살려두기로 결정했다. 나중에 홍 찰방을 제거할 때 결정적인 증거로 사화동이 필요하다고 판단했기 때문이었다. 그렇지만 홍 찰방을 비호하는 정 대감 일가 쪽에서는 사화동을 죽여서 멸구를 하자고 했다. 그러나 홍 찰방의 반대로 그 시도는 무산되었다. 홍 찰방은 평소 사화동의 성실하고 정직한 인품을 아꼈고, 언젠가 자신이 힘을 쓸 수 있는 세상이 오면 옆에 둬야겠다고 생각할 정도로 사화동을 깊이 신임했기 때문이다.

사화동은 가족들이 집에서 쫓겨난 사정을 이야기했다. 그러자 홍 찰방이 격앙된 목소리로 말했다.

"저런, 악랄한 놈들!"

사화동은 간절한 눈빛으로 홍 찰방에게 간청하듯 말했다.

"저야 그렇다 치더라도 가족들은 살아야 하지 않겠습니까? 제가 어떻게 해야 합니까?"

홍 찰방은 한동안 지그시 눈을 감고 말이 없었다. 사화동은 홍 찰방이 눈을 감고 있는 그 시간이 숨이 막히도록 길게 느껴졌다. 그런데 홍 찰방의 입에서 떨어진 말은 너무 뜻밖이었다.

"솔직히 말하면, 자네나 가족들이 조선에서 떳떳이 살 방도가 없네. 집도 없고, 갈 데도 없고, 할 일도 없지 않은가? 어느 고을에서 자네 같은 무일푼을 받아들이겠는가? 거기에다 자네는 전과자라 가노로 들이지도 않을 걸세."

"굶어 죽었으면 죽었지, 노비는 안 될 겁니다. 아비가 못났다고 해서 자식들이 노비가 될 수는 없는 것 아닙니까? 마님, 제발 살 길을 열어주십시오."

홍 찰방은 또다시 말이 없었다. 이번에는 눈을 감지 않고 사화동의 얼굴을 물끄러미 쳐다보았다. 그 시선에 사화동은 안절부절했다. 이윽고 홍 찰방은 고개를 돌리며 말을 내뱉었다.

"자네, 수년간 외국에 나가 있지 않겠나?"

"예? 외국이라니요?"

"왜? 외국은 사람 사는 곳이 아닌가? 지금까지 자네는 밀무역을 도우면서 왜인이나 명인들을 많이 보지 않았나?"

"제가 조선에서 살 방도는 전혀 없는 것입니까? 왜인이나 명인들을 먼발치에서 보았을 뿐 말을 섞은 적은 한 번도 없습니다."

"찬찬히 생각해 보게. 자네가 조선에서 떳떳이 살 방도가 있나? 물론 깊은 산이나 섬에 들어가서 화전을 일구며 살 수는 있지. 그렇지만 화전을 일구다가 다른 사람의 눈에 뜨이면 화적이나 수적 아니면 조세회피자로 몰리지 않겠는가?"

"숨어서 살다가 화적이나 수적으로 몰리더라도 말도 통하지 않는 외국보다 낫지 않겠습니까?"

"아닐세. 외국에서 사는 조선인이 의외로 많네. 내가 만나 본 그들은 외국에서 출세까지는 아니라도 그럭저럭 밥은 먹고 사네. 여기 있으면 관에서는 끊임없이 자네의 동정을 살필 것이네. 한양의 이 대감 가문에서는 앞으로 한동안 나를 제거하려고 애를 쓸 것이고. 그런데 나를 제거하기 위해서는 자네를 이용해야 하고, 그렇게 되면 나를 보호하는 편에서 자네를 해치려 들지도 몰라. 나는 자네가 다치는 것을 보고 싶지 않네. 그러니 수년간 외국에 나가 있는 게 어떤가?"

사화동은 홍 찰방의 말에 좀처럼 갈피를 잡을 수 없었다. 그때 홍 찰방이 말했다.

"사실은 나도 며칠 전 사직상소를 올렸네."

"아니, 이 대감 댁과의 줄이 끊겼는데, 사직까지 하면 어떻게 합니까?"

"내가 사직하지 않고 현직에 남아 있는 것은 이 대감이 바라는 바지. 권력자에게는 미관말직의 벼슬 하나 날리는 것은 그야말로 식은 죽 먹기야. 아마 벌써 내 주변을 샅샅이 캐고 있을 걸세. 그러다 건수가 잡히면 파직이 아니라 당장 목숨을 부지하기 어렵네. 그래서 나도 앞으로 당분간 몸을 숨겨야 할 형편이네."

"설마 그렇게까지 하겠습니까?"

"자네는 권력의 생리를 알지 못하네. 권력자들은 그들의 부와 권력을 지키기 위해서라면 사람 몇의 목숨 따위는 눈 하나 깜짝하지 않네. 그들의 말 한마디면 수많은 목숨도 추풍낙엽이지 않나? 며칠 후에는 내가 자네에게 외국으로 가라는 말도 못할 걸세."

이렇게 해서 사화동은 홍 찰방의 도움을 받아 혼자 대마도로 건너갔다. 그로부터 6개월 후 사화동은 대마도인들의 도움을 받아 가족들을 대마도로 데려오는 데 성공했다. 그렇지만 노모는 힘든 여정을 이기지 못하고 대마도에 온 지 불과 보름 뒤에 세상을 떠나고 말았다. 노모는 생을 마칠 때까지 자신이 왜국에 왔다는 사실을 전혀 알지 못했다. 그저 아들과 손자들이 자신의 임종을 지켜주는 것을 큰 행운이라고 여겼다.

그로부터 10년이 흘렀고, 사화동과 홍 찰방과의 연락은 완전히 두절되었다고 한다. 사화동은 대마도에서 가족들과 함께 어부로 일했는데, 조선보다는 먹고 살기가 한결 나았다. 거기에다 틈틈이 외국으로 나가는 무역선을 탈 수 있었기 때문에 경제적으로도 여유가 있었다.

그는 타고 난 부지런함과 정직함으로 사람들로부터 인정을 받았고, 지금은 이즈하라에 있는 조선인 마을의 이장 노릇을 하고 있다고 한다. 이렇게 사화동은 조선에서는 감히 꿈도 꾸지 못할 새로운 삶을 대마도에서 맞은 것이다.

영학은 사화동이라는 노인을 만나고 난 후 왜국 생활에 좀 더 자신감

이 생겼다. 그리고 이왕 왜국으로 온 김에 내 조국에 진정으로 도움이
되는 일을 하고 싶다는 의욕도 가지게 되었다.

30^장 바다

바
다

　다음날 새벽 해가 뜨기 전에 배는 출항했다. 어둠이 내리기 전에 규슈의 아카마가세키(赤間關)에 도착하기로 했기 때문이다.

　이즈하라에서 아카마가세키까지는 400리가 넘는 뱃길이었기에 배의 규모도 컸다. 세키부네(關船)라는 전함으로, 배에 달린 노가 40개나 되기 때문에 속도가 빠르고 날렵하여 왜 수군의 주력전투함으로 사용되었다. 조선 수군의 판옥선에 대비되는 전함은 아타케부네(安宅船)라는 대형 군선인데 이 배에 달린 노는 무려 7~80개에 이르며 이 배는 주로 지휘선으로 사용된다고 한다.

　영학이 탄 배에는 노꾼이 40명이 넘었다. 허리에 칼을 차고 손에 총을 든 병사만 해도 못해도 50명은 되어 보였다.

　'대마도 같은 조그만 섬에서 이 정도의 군함을 가지고 있다면, 왜국

전체가 보유한 함선의 숫자는 얼마나 될까? 거의 1,000척에 달할지도 모르지. 이에 비해 조선 수군의 함선은 몇 척이나 될까? 물론 국가기밀이라 알 수가 없지만 100척도 되지 않을 것이야. 조선의 조정은 과연 이런 현실을 조금이라도 눈치채고 있는 걸까? 돌아가는 상황을 보니 도저히 그런 것 같지는 않고, 이런 상태에서 왜가 조선을 침략한다면 이건 정말 큰일이다. 그렇기 때문에 무슨 수를 써서라도 전쟁은 막아야 해. 그리고 왜의 조선침략을 막는 것은 대마도인의 일이 아니라 조선인의 일이지.'

이렇게 생각한 영학은 자신도 모르게 불끈 주먹을 쥐었다.

해가 중천에 떴을 무렵, 끝없는 바다가 사방에 펼쳐져 어디가 어딘지 도저히 방향을 가늠할 수 없었다. 영학은 요헤이에게 물었다.

"이런 망망대해에서 해를 보지 못하는 흐린 날에는 배의 방향을 어떻게 잡는 것입니까?"

"정말 몰라서 묻는 것입니까?"

"당연히 몰라서 묻는 것이지요."

그러자 요헤이는 잠깐 기다려 보라고 하고서는 선실 안으로 들어갔다. 그리고 이내 다시 나왔다. 그의 손바닥에는 둥근 모양의 나무통이 들려 있었다. 그것은 나침반이라는 물건이었다. 나침반은 자석을 이용해서 만든 것인데, 자석의 중앙을 고정시키고 자유롭게 움직일 수 있게끔 하면 자석의 한 끝은 북쪽, 다른 한쪽은 남쪽을 가리킨다고 했다. 요헤이는 둥근 나무상자의 위치를 이리저리 돌리면서 방향을 바꾸었지만 신기하게도 자석의 한쪽 끝은 항상 뱃전의 왼쪽을 향했다.

"어떻게 이런 게 왜국에 있습니까?"

영학의 물음에 요헤이는 고개를 갸우뚱 하면서 대답했다.

"나침반은 500년 전 송에서 발명된 뒤 고려를 통해 일본에 전해진 것인데, 어째서 나침반을 모르는 겁니까?"

그 순간 영학은 자신의 무식함이 그대로 드러난 것 같아 저절로 얼굴이 발개졌다. 그렇지만 영학은 지금까지 나침반이라는 말을 한 번도 들어보지 못했고 조선인들 또한 마찬가지였다. 영학은 어째서 고려시대 때 뱃사람들이 흔하게 쓰던 나침반을 조선인들은 까마득히 모르는 것인지 의문이 들었다.

서쪽에서 동쪽으로 흐르는 조류를 탄 데다 때마침 바람이 도와주는 바람에 항해는 기대 이상으로 순조로웠다. 해가 서쪽으로 반쯤 기울었을 무렵, 남북으로 길게 누운 왜의 땅이 눈앞에 펼쳐지기 시작했다. 그렇지만 아카마가세키(赤間關) 해협을 지나 아카마가세키 포구에 당도하였을 때는 이미 짙은 어둠이 내려 뱃전에서는 민가의 불빛만이 보였다. 영학은 저 희미한 불빛 하나가 배를 탄 사람들에게 이토록 큰 안도감을 준다는 사실에 놀랐다.

아카마가세키 해협은 왜국의 가장 큰 섬인 혼슈(本州)와 남쪽의 규슈섬 사이의 좁은 바다이다. 가장 좁은 곳은 폭이 2,000척 정도이지만 이 해협을 통하여 동쪽의 큰 바다와 서쪽의 큰 바다가 서로 통한다고 한다.

어둠 속에 배가 포구에 닿은지라 점점이 켜진 불빛 말고는 고을의 풍경은 볼 수가 없었다. 요시토시와 영학은 닻을 내린 후 그날 밤을 선실에서 보냈다. 막대한 양의 황금을 보관하고 있는 이상, 선실을 비운 채 하선할 수가 없었고 내일 아침에 일찍 항해를 시작해야 하기 때문이었다.

대신 부하들에게는 소규모 경계인원만 남기고 하선하여 포구의 여관에 묵으면서 식사와 함께 술도 마시도록 허용했다. 시계노부와 요헤이는 오늘 밤을 배에서 함께 보낸 후 내일 아침에 하선하기로 했다. 그들은 오토모 가문과 요시시게로부터 특명을 받아 규슈에서 비밀리에 수행해야 할 임무가 있다고 했다.

영학과 요시토시, 시계노부와 요헤이는 선실 안에서 저녁을 먹기로 하고, 아카마가세키의 특산물인 복어회와, 맑은 국물을 주문했다.

복어는 조선이나 왜의 바다에서 아주 흔한 고기로, 몸이 통통하고 비늘이 없으며, 날카롭고 작은 이빨을 가지고 있으면서, 생김새는 볼품이 없다. 게다가 적을 만나면 잔꾀를 부려 배를 볼록하게 만들고, 내장에는 사람에게 치명적인 독이 있다. 이 때문에 대개의 조선인들은 복어를 잡으면 그냥 바다에 내던져 버리고, 일부만이 약으로 쓰거나 음식으로 먹는다. 그렇지만 왜인들은 복어요리를 아주 좋아한다고 한다.

영학은 처음으로 복어 요리를 먹어보았다. 복어의 생긴 모습과는 달리 회는 시각적으로 거의 예술에 가까웠다. 생선살을 얼마나 얇게 썰었던지 회를 깐 쟁반바닥의 문양과 색상이 투명하게 그대로 비쳐 보였다. 맛도 부드럽고 쫄깃쫄깃했다.

저녁을 먹으면서 영학은 두 가지를 생각했다. 하나는 왜국에서는 만들지 못하는 도자기가 이런 시골 포구에서까지 사용되고 있다면, 도대체 얼마나 많은 조선의 도자기가 왜국으로 건너왔을까 하는 것이었다. 다른 하나는 조선에서는 독이 있고 못생겼다는 이유로 내버려지는 생선이 어떻게 왜국에서는 훌륭한 식재료로 대우받을까 하는 점이었다.

하지만 종일 긴 항해를 마치고 포구에서 먹는 늦은 저녁에 그런 생각도 잠시였다. 시장이 반찬이라고, 복요리와 함께 마시는 정종도 감미로웠다.

영학은 복요리를 먹으며 스승을 떠올렸다. 언젠가 스승은 영학에게 복어의 독을 잘 사용하면 어지간한 병은 다 고칠 수 있다고 했다. 스승이 가르쳐 준 복어 독의 섭취방법은 아주 간단했다. 봄철 산란기를 맞아 센 독을 가진 복어를 햇볕에 말린 후 맷돌에 갈아서 가루로 만들어 단지에 보관하다가, 물에 타서 체질과 증상에 따라 달리 마시게 하는 것이다. 처음 복용하는 사람은 복어 한 마리의 200분지 1의 분량을 물에 타서 마셔야 한다고 했다. 그러면서 스승은 독이 센 복어 한 마리에는 4~50명의 사람을 죽음에 이르게 할 수 있는 독이 있다고 일러주었다.

그리고 스승은 "약이 되지 않는 독이 없고, 독이 되지 않는 약 또한 이 세상에 없다"고 영학에게 강조했었다. 또 영학은 "복어야말로 조리에 따라 보약이 되기도 하고 극약이 된다. 어쩌면 이 세상 모든 것에 음과 양이 존재하듯이…"라고 했던 스승의 말을 되새겼다.

'지금 스승님은 무얼 하고 계실까?'

갑자기 영학의 눈에 아련하게 눈물이 맺혔다.

다음날 아침 시게노부와 요헤이는 아카마가세키에서 배를 내렸다. 배는 조류의 흐름에 맞추어 해협을 통과하기 위해 돛을 올린 채 기다리다가, 진시(辰時, 오전 7시에서 9시 사이)가 끝날 무렵 항해를 시작했다.

이 바다는 섬들에 빙 둘러싸여 있기 때문에 나이카이(內海)라고 불렸다. 영학은 내해라고 하면 잔잔한 호수를 연상할 수 있지만, 세토(瀬戸)라는 이름에 급류나 여울을 뜻하는 세(瀬)자가 붙은 것을 보면, 이 바다도 만만치 않게 사나운 바다일 거라 짐작했다.

세토나이카이는 혼슈와 규슈, 시코쿠섬으로 둘러싸여 있다. 동서의 길이가 1,000리를 넘고 남북으로는 50리에서 150리 사이로 커졌다 작아졌다를 반복하면서, 그 안에 점점이 있는 섬이 3,000개가 넘는다고 한다. 다행히 가까이에 섬들이 있어 항해 도중의 두려움은 큰 바다보다 훨씬 덜했다. 마침 바람이 없어서 그런지 물결도 잔잔하고 부드러웠다.

다음 목적지는 이와이시마(祝島)섬의 동쪽 끝 작은 어촌마을이었다. 아카마가세키로부터 250리 길이다. 앞뒤, 좌우 어디나 섬들이 있고, 섬들마다 제각각 색다르고 신비한 풍경들이 펼쳐져서 항해는 지루할 틈이 없었다. 뱃전에서 바라보면 저 멀리 보이는 섬의 앞뒤, 좌우가 모두 땅으로 둘러싸여 있는데, 다가가면 신기하게도 바다가 뱃길을 열어주었다.

우물 안 개구리처럼 살아가면 앞날이 보이지 않지만, 현실과 치열하게 싸우다보면 신기하게도 전혀 예상치 못했던 삶이 새로이 펼쳐진다. 영학은 태초부터 저 섬들은 존재하였고 바다는 열려 있었는데, 인간들은 바다가 눈으로 보이지 않는다고 뱃길이 없을까봐 걱정하고 불안에 떠는 것은 아닐까 하는 생각이 들었다.

석양의 흔적이 겨우 보일 무렵 배는 이와이시마섬의 동쪽에 닿았다. 멀리서 볼 때는 온통 바위투성이로 보였지만, 가까이 다가가니 제법 널찍한 모래사장이 있었다. 만조 때라, 그 모래사장 앞에서 닻을 내렸다.

두 시진 후 간조가 되었다. 배는 저절로 모래바닥에 얹혔고 선원들은 흔들리지 않는 배 안에서 편하게 잠을 잘 수 있었다. 배가 모래사장의 바닥에 얹혀 있는 두 시진이 넘는 시간 동안, 먼 항해의 피로에 지친 선원들은 땅 위에서처럼 달콤한 휴식을 취할 수 있었다.

다음날 새벽, 동이 트기 전에 다시 배는 출항했다. 출항한 지 얼마 되지 않아 아침의 붉은 태양이 떠올랐고, 영학이 탄 배는 마치 아침의 붉은 태양에 빨려 들어가는 듯이 앞으로 나아갔다. 아침의 태양은 그렇게 무작정 달려드는 배를 피해 여유 있게 공중잡이를 하면서, 서두르는 법 없이 천천히 새빨간 옷을 벗어던지고, 황금빛 옷으로 갈아입고 있었다.

오늘은 이와이시마섬을 출발하여 마쓰야마(松山)까지, 200리 길의 항해가 예정되어 있었다. 마쓰야마는 시코쿠(四國)에서 가장 큰 고을이며, 포구의 접안시설도 아주 잘 되어 있다고 한다.

특히 마쓰야마에는 도고(道後)온천이 유명한데, 이 온천은 약 1,500

년 전 다리를 다친 학이 뜨거운 김이 올라오는 온천물에 목욕을 하고 난 뒤 다리가 나았다는 전설을 가지고 있다. 영학은 도고온천의 유래와 전설을 들으면서 문득 동래온천을 떠올렸다.

마쓰야마까지의 여정은 아주 순조로웠다. 배는 해가 서산으로 기울기도 전에 포구에 닿았다. 배가 포구에 닿자 요시토시는 소수의 경호무사를 뺀 모든 선원들은 포구의 여관에 숙소를 잡고 휴식을 취하라는 명령을 내렸다. 그럼에도 요시토시는 오늘도 배에서 내리지 않고 선실을 지키겠다고 했다. 선실에 놓인 황금 궤짝 때문이었다. 그래서 영학도 요시토시와 함께 배에 남기로 했다.

마쓰야마는 포구의 수심이 깊었다. 닻을 내리고 밧줄로 배를 선착장의 쇠기둥에 묶어서 고정하자 배는 잔잔해졌지만, 규칙적인 미세한 흔들림은 어쩔 수 없었다. 아카마가세키에서는 망망대해인 현해탄을 건넜다는 안도감에서 배가 흔들리는 줄도 모르고 완전히 잠에 곯아 떨어졌었고, 어제는 포구가 아닌 섬의 모래사장에 얹힌 배 안에서 편안하게 잠을 잤다. 그런데 오늘은 정박시설이 잘 된 포구에 정박했음에도, 배의 끊임없는 미동 때문에 깊은 잠을 이루기 어려웠다. 영학은 조그만 섬보다는 큰 포구가 안전하고 편하다고 생각했는데, 꼭 그런 것도 아니라는 것을 알았다.

배의 미동 때문인지 영학은 유달리 잠이 오지 않았다. 밤하늘에 선명한 별들을 올려다보니 갑자기 가슴에 휭하니 찬바람이 불고, 왠지 모를 서러움과 가늘 수 없는 외로움이 엄습했다. 눈에 띄는 별 하나에 시선이 닿을 때마다 보고 싶은 얼굴들이 차례로 하나씩 떠올랐다.

'민지, 가희, 어머니, 스승님, 성진, 선돌이, 명원이, 영호, 분이, 길례……. 모두 어떻게 지내고 있을까? 봄이라 섬진강변에는 매화가 활짝 피고, 진달래나 벚꽃은 한창 꽃망울을 맺고 있겠지…….'

그 순간 눈물이 영학의 볼을 타고 흘러내렸다.

다음날 아침 남쪽으로부터 불어오는 바람이 심상치 않았다. 선장은 요시토시에게 어젯밤 하늘이 유달리 선명한 것으로 보아 태풍이 불 것 같다고 했다. 그러자 요시토시가 물었다.

"바람을 타고 항해를 하니 오늘은 더 빨리 갈 수 있지 않겠느냐?"

"태풍이 오기 전에 미하라(三原)까지는 무리 없이 갈 수 있습니다."

오늘은 미하라까지 가는 여정이었다. 마침 미하라는 마쓰야마의 북동쪽이기 때문에 남풍이 항해를 도울 것이라고 했다.

배는 아침 일찍 서둘러 출항했고, 돛은 바람을 받아 팽팽하게 부풀어 올랐다. 어제 그렇게도 잔잔하던 바다의 물결은 언제 그랬느냐는 듯 격하게 출렁거리고 있었다. 바람 덕분에 배는 빠르게 나아갔다. 뱃전에 부딪히는 파도는 하얗게 부서져 공중제비를 돌면서 갑판 위로 쏟아져 내리고 있었다.

오시(午時, 오전 11시에서 오후 1시 사이) 무렵 바람이 눈에 띄게 강해지면서 비가 내리기 시작했다. 태풍이 생각보다 빠르게 북상하는 모양이었다. 영학은 흔들리는 배 안에서 멀미를 했다. 먹은 것을 다 토해낸 후에는 속에서 쓴 물이 올라왔다. 요시토시는 웃으면서 멀미를 하는 영학의 등을 토닥거렸다. 그리고 선장에게 가까운 포구로 피신하라고 명령을 내렸다.

이에 선장은 미하라로 가는 것을 포기하고 하카타(伯方)섬으로 배를 돌렸다. 섬의 포구에는 예닐곱 척의 배가 서로 몸을 묶은 채 태풍에 대비하고 있었다. 미하라까지 60리 정도 남았지만, 그래도 바람 덕분에 마쓰야마로부터 120리 길을 단숨에 올 수 있었다.

요시토시는 태어날 때부터 바다생활을 해온 노련한 수부 10여 명에게 배를 맡기고, 나머지 인원을 모두 배에서 내리게 했다. 포구의 배들은 대나무에 연결된 밧줄로 단단히 묶여 있었다. 지름이 서너 치가 넘고, 길이 10자가 넘는 대나무의 양쪽에는 불로 지진 여러 개의 구멍이 있고, 그 구멍에는 삼끈으로 만든 밧줄이 연결되어 있었다.

태풍이 불 때 포구의 배들을 대나무에 연결된 밧줄을 이용하여 겹겹이 묶는 이유는, 대나무가 굽으면서 충격을 완화해, 큰 파도가 오더라도 배가 서로 부딪혀 부서지는 일을 방지하기 위해서였다. 그리고 이처럼 서로 묶인 배들은 포구의 양쪽에 설치된 쇠기둥에 쇠사슬로 고정되었다.

쇠사슬은 바람과 파도로 인한 충격을 흡수하기 위해 앞뒤로 20자 이상 여유를 두고 있었다. 이 때문에 배는 바람과 파도에 버티는 것이 아니라 바람과 파도의 흐름에 맞춰 장단을 즐기는 것 같았다. 영학은 이것을 보며 자연은 인간에게 고난과 시련만을 주는 것이 아니라 지혜와 여유도 함께 내린다고 생각했다.

하카타섬은 작은 어촌 마을이기에 여관이 있을 리 없었다. 그런데 어촌 사람들은 민가를 선원들에게 피난처로 제공했다. 작은 어촌마을이지만 세토나이카이를 항해하는 도중 태풍을 만나 피신하는 배들이 많아서 그런지, 마을에는 백 명 이상의 인원이 머물 수 있는 피난처를 별도로 마련하고 있었다.

몇 명의 어촌 주민들이 선원들에게 필요한 음식이나 담요를 제공해주었다. 물론 그 음식과 담요에는 제법 비싼 가격이 매겨져 있었다. 왜국의 섬 주민들에게 태풍은 좋은 돈벌이 수단이 되는 셈이었다. 물론 상업이 발전하지 않고 장인들을 천하게 여기는 조선의 입장에서 보면 남의 어려움을 이용해서 돈을 버는 인정머리 없는 짓이라고 욕을 먹을 수도 있었다. 하지만 영학은 안전한 피난처를 제공하고 그에 대한 대가를 받는 것은 상호이익을 얻는 좋은 방법이지 않을까 생각했다.

요시토시는 어부들이 만든 집의 방 한 칸을 따로 잡고 영학에게 같이 지내자고 했다. 그러자 영학이 반문했다.

"잠시 태풍을 피하는데 그럴 필요가 있습니까?"

"태풍을 피하려면 잠시가 아니라 최소 사나흘은 머물러야 합니다."

이때까지 한 번도 태풍을 경험하지 못한 영학은 도대체 얼마나 바람이 세기에 그러는 것인지 납득이 가지 않았다. 조선에서는 간혹 여름에 큰 바람이 남해를 거쳐 지리산 쪽으로 불어오는 때도 있지만 대개는 하루를 넘기지 않았다.

요시토시는 의아해하는 영학에게 태풍에 대해 설명해주었다.

"태풍은 저 멀리 남쪽의 더운 바다에서 발생하여 북쪽으로 이동하면서 점점 힘이 더 세어지다가 북쪽의 대륙에 부딪히고 나서야 힘을 잃고 소멸됩니다. 겨울에 북쪽의 차가운 대륙풍이 남쪽의 바다에 이르러 힘을 잃고 소멸하는 것과 마찬가지로 태풍이나 대륙풍은 서로의 영역을 철저히 지키지요."

그리고 웃으면서 계속 말을 이었다.

"그런데 조선은 태풍과 대륙풍의 경계지역입니다. 일본의 열도가 남쪽의 태풍을 온몸으로 막아주는 바람에 조선은 태풍의 피해를 입지 않는 것이지요. 그렇기 때문에 조선은 일본을 고맙게 생각해야 합니다."

그 말에 얼른 영학이 응수했다.

"그럼 일본은 조선이 북쪽의 차가운 대륙풍을 막아주는 것을 고마워 해야 하지 않겠습니까."

영학의 말에 큰 선심이나 쓰듯이 요시토시가 말했다.

"그럼 서로 고마워 해야겠네."

그렇게 둘은 서로 농을 주고받으며 웃었다.

시간이 흐를수록 빗줄기는 굵어지기 시작했다. 비가 내리는 것이 아니라 마치 하늘에서 폭포수가 쏟아져 내리는 것 같았다.

영학은 태풍이 지나갈 동안 한 방에서 요시토시와 함께 지내게 된 것이 기뻤다. 그러면서도 일부러 투덜거렸다.

"어쩌다 내가 남의 나라까지 와서 태풍을 만나 이 고생을 하는지…."

그러자 요시토시가 능글맞게 응수했다.

"글쎄 말입니다. 그런데 인생사 자기 마음대로 되는 게 있겠습니까?

다 팔자대로 가는 것이지요."

"그대는 나와 동갑이면서 말하는 걸 보면 꼭 육십 먹은 노인 같습니다. 무슨 운명론자도 아니고, 이 나이에 마음대로 안 되는 일이 그리 많았던 것입니까?"

"제가 어릴 때 대마도주가 될 거라고 꿈에서라도 생각했겠습니까. 그런데 양부로부터 대마도주의 직위를 물려받은 형이 하나도 아니고 둘이 다 병으로 죽는 바람에 졸지에 제가 대마도주가 되었습니다. 그 때문에 지금 조선과의 전쟁을 막아 보려고 급히 오사카로 가다가 여기서 이렇게 태풍을 만나지 않았습니까."

"하긴, 그렇습니다. 저도 생각지도 않게 남의 나라에 와서 그대를 만나고, 또 이리 생고생을 하니, 아마 그대와 난 전생에 철천지원수였나 봅니다."

영학이 너털웃음을 터트리며 말하자, 요시토시는 한숨을 쉬며 말했다.

"생각해 보면 인간사 자기 마음대로 되는 건 하나도 없는 것 같습니다. 우리네 조상만 해도 그렇지요."

그때부터 요시토시의 긴 이야기가 시작되었다.

소(宗) 씨 가문의 시조인 쥰사이(重尙) 어른은 지금으로부터 550년 전 고려의 장사치였다. 그런데 대마도에 기근이 생겨 쌀이 비싼 값에 팔린다는 사실을 알고 부산포에서 급히 쌀을 배에 실어 보낸 뒤 대마도에 쌀값을 받으러 갔다가 당시 대마도주인 아비류 평태랑과 시비가 붙었다.

　시조 할아버지와 아비류가 서로 싸우게 되자, 먹고 살기 힘든 대마도 인들은 끈 떨어지고 인심을 잃은 고구려의 후손인 아비류 대신 가까운 부산포에 기반을 둔 준사이 할아버지의 편을 들었다. 이 때문에 시조 할아버지는 뜻하지 않게 대마도의 주인이 되었다.

　그렇지만 시조 할아버지는 대마도에 평생 살고 싶은 생각은 없었고 적당한 시기가 오면 고향인 고려로 돌아가려고 했다. 그런데 그 무렵 왜와 고려 및 몽골 사이에 강력한 전운이 감돌면서, 고려가 대마도를 적대시하는 바람에 시조 할아버지는 대마도의 재산을 처분하여 고려로 귀환할 시기를 놓치고 말았다.

　그 후 주고쿠(助國) 할아버지가 2대 대마도주가 되었으나, 그 역시 고려와 몽골에서 일본을 적대시하는 바람에 고려에 귀환할 기회를 잡지 못했다. 그러다 급기야 고려와 몽골의 연합군이 일본을 상대로 전쟁을 하는 바람에 2대 할아버지는 대마도인들과의 의리를 지키느라 여몽 연합군에 맞서 싸웠다. 이때부터 조선의 송 씨 가문은 일본의 소 씨 가문으로 바뀌었다고 한다.

　소 씨 가문의 유래를 들은 영학은 삶의 신비로움과 인생의 불가예측성에 새삼 저절로 고개가 숙여졌다.

　요시토시는 지금으로부터 140여 년 전 조선의 고관인 신숙주가 왜국에 사신으로 왔다가 규슈 후쿠오카(福岡)의 동쪽인 하카타(博多)에 머물며 지은 시를 읊었다.

半歲天涯已倦遊(반세천애이권유) / 먼 타국에 온 지 벌써 반 년이 지나 유람도 지쳤고,

歸心日夕故山秋(귀심일석고산추) / 밤낮으로 돌아가고픈 마음에 가을 산천을 그린다.

山中舊友靑燈夜(산중구우청등야) / 산속의 오랜 벗들은 푸른 등불로 밤을 지새우며,

閑話應憐海外舟(한화응련해외주) / 바다 건너 숙주가 불쌍타고 한담을 하겠구나.

一任東西自在遊(일임동서자재유) / 임무를 띠고 동서를 이리저리 오가니,

滄溟萬里海天秋(창명만리해천추) / 푸르고 먼 만 리 바다의 하늘도 가을이구나.

翻思有命應先定(번사유명응선정) / 곰곰이 생각하면 이미 정해진 운명이로니,

字是泛翁名叔舟(자시범옹명숙주) / 그래서 자가 범옹이고 이름이 숙주로구나.

신숙주는 하카타에 머물면서 조선의 친구들을 그리며 이 시를 지었다. 본래 부모로부터 받은 이름은 숙주(叔舟)인데, 그는 범옹(泛翁)이라는 호를 썼다. 범옹은 '물에 뜬 노인'이라는 뜻이고, 숙주는 '젊은 배'라는 뜻이니, 신숙주의 삶은 그 이름대로 산 셈이다.

요시토시와 영학은 이름처럼 살았던 신숙주에 대해 이야기하면서 자신들의 이름을 풀어 보았다. 요시토시(義智)는 '의리'와 '지혜'를 의미하는 것이고, 영학(英鶴)은 '꽃부리'와 '학'을 뜻한다. 이름대로 본다면 요시토시는 의를 위해 지혜롭게 살고, 영학은 아름답고 고고하게 산다는 뜻이었다.

그러나 영학은 고개를 갸우뚱했다. 아무리 생각해도 자신의 삶이 아름답고 고고하게 펼쳐질 것 같지 않다는 예감이 들었기 때문이다. 그렇지만 요시토시는 지금까지도 그랬지만 앞으로도 의리 있고 지혜롭게 살 것이라고 생각했다.

그런데 요시토시의 생각은 영학과는 정반대였다. 지금까지의 삶을 돌이켜보면 자신이 의리 있고 지혜롭게 살아왔다고 생각되지 않고, 앞으로도 그렇게 살 자신도 없었다. 그렇지만 영학은 지금처럼 앞으로도 아름답고 고고하게 살아갈 것이라는 예감이 들었다.

요시토시와 영학은 칠언율시와 칠언절구에 대해서 이야기를 나누다가 두보와 이백을 논했다. 두보와 이백은 동시대를 함께 산 대문장가이지만 삶의 모습은 너무나 달랐고, 이에 따라 시의 정서도 서로 달랐다.

두보는 배고픔과 설움 속에서 일생을 보냈다. 그의 삶은 가난과 고난으로 점철된다. 7세 때부터 시를 지어 명성을 떨쳤지만 과거에 합격하지 못해 평생을 빌어먹다시피 했다. 아내와 자식들은 굶주림이 일상생활이었고, 자식 하나는 굶어죽었다. 그가 유랑하다 삶을 마쳤을 때 유족들은 돈이 없어 시신을 고향으로 옮기지도 못했다. 그래서 그의 시에는 한과 이별과 사회의 모순이 적나라하게 드러나 있다.

그와 반대로 이백은 부유한 집안의 아들로 태어나 먹고사는 데 구애받지 않고 자랐다. 게다가 부유한 집안의 딸과 결혼하여 평생을 풍류와 여유로 살았다. 그러다보니 이백의 시에는 풍류가 있고, 여유가 있으며, 멋이 있다. 그래서 이백의 시에 그려지는 세상은 풍요롭고 낭만이 넘쳤다.

두보와 이백의 시는 동시대의 고려와 일본에서도 널리 유행되었다. 그런데 조선에 이르러 이백의 시는 널리 유행하였지만, 두보의 시는 널리 알려지지 못했다. 그렇지만 일본에서는 이백의 시보다는 두보의 시가 더 널리 퍼졌다.

요시토시는 이런 차이가 생긴 이유를 설명했다. 고달프고 힘들게 살아가는 서민들에게는 두보의 시가 정서에 맞았다. 그러나 귀족들은 서민들과 달랐기에 이백의 시를 사랑했다.

일반 백성들은 두보의 시를 좋아하고, 상류층이 이백의 시를 좋아하는 것은 당이나 고려나 일본이나 모두 마찬가지였다. 그런데 당이나 일본에서는 귀족들이 쓰는 말이나 백성들이 쓰는 말이 다르지 않았다. 그래서 서민들은 서민들대로, 귀족들은 귀족들대로 그들의 문화를 발전시킬 수 있었고, 이런 연유로 두보의 시는 서민층에서, 이백의 시는 귀족층에서 사랑을 받고 유행했다.

그렇지만 조선에서는 양반들이 쓰는 글과 백성들이 쓰는 글이 달랐다. 그리고 백성들이 쓰는 글은 천시당하고 억제를 받았고, 양반들은 그들이 쓰는 글을 독점해 백성들의 접근을 차단했다. 이 때문에 백성들의 정서와 통하는 두보의 시는 잊혀지고, 양반들이 좋아하는 이백의 시는 전국 강산을 유람했다.

요시토시의 말을 듣고 나서 비로소 영학은 이백의 시는 몇 십 수나 외우고 있지만, 두보의 시는 하나도 외우고 있지 않다는 사실을 깨달았다. 부끄럽고 참담했다. 이런 영학의 심정을 아는지 모르는지 요시토시는 두보가 달밤에 아우를 그리워하며 지은 月夜憶舍弟(월야억사제)라는 시를 읊었다.

戍鼓斷人行(수고단인행) / 수루의 북소리에 인적은 끊기고,
邊秋一雁聲(변추일안성) / 한 마리 기러기 울음 변방의 가을.
露從今夜白(노종금야백) / 이슬은 이 밤에도 하얗고,
月是故鄕明(월시고향명) / 밝은 달을 보고 고향을 그린다.
有弟皆分散(유제개분산) / 있는 아우들은 모두 흩어지고,
無家問死生(무가문사생) / 생사를 물어볼 곳조차 없구나.
寄書長不達(기서장부달) / 오래도록 이유 없이 편지가 없으니,
況乃未休兵(황내미휴병) / 전황은 병사들에게 만만치 않네.

시를 읊은 뒤 요시토시는 결연하게 말했다.

"조선과의 전쟁을 막지 못하면, 수많은 일본의 백성들은 눈물을 흘리면서 이 시를 읊을 것입니다. 이것만은 목숨을 걸고서라도 막아야 하지 않겠습니까."

그러면서 요시토시는 분위기를 바꾸기 위해 영학에게 이백의 시 한

수를 읊어달라고 청했다.

영학은 내키지는 않았지만, 요시토시의 청을 거절할 수가 없어 친구와 함께 함께 밤을 보내면서 지은 **友人會宿**(우인회숙)을 읊었다.

滌蕩千古愁(척탕천고수) / 천고의 시름을 모조리 씻으려,
留蓮百壺飮(유련백호음) / 남는 미련에 백 병을 마신다.
良宵宜且談(양소의차담) / 정담에 더 없이 좋은 밤,
皓月未能寢(호월미능침) / 밝은 달에 잠을 이룰 수 없구나.
醉來臥空山(취래와공산) / 빈산에 취해서 누우니,
天地則衾枕(천지즉금침) / 하늘과 땅이 곧 이불과 베개로다.

시를 읊으며 영학은 갑자기 서글픈 생각이 들었다. 지금 왜국에는 아래위 따로 구분 없이 하나같이 전쟁을 하느냐 마느냐로 걱정이 태산 같은데, 조선의 양반들은 지금도 탐욕과 유흥에 취해 흐느적거리면서 백성들의 고혈을 빠느라 정신이 없다. 지금 조선에는 왜와의 전쟁을 막기 위해 목숨을 거는 벼슬아치가 몇이나 될까라는 생각이 들자 한탄이 저절로 나왔다.

두보의 시를 들으면서 영학은 당 왕조를 새로이 인식했다. 생각해보면 당은 대륙에 들어선 역대 왕조 중에서 가장 국제적이고 개방적인 문화를 이루었고, 그만큼 찬란한 제국을 이루었다. 백성들의 살림살이도 역사상 가장 윤택했다. 이처럼 당이 찬란한 경제와 문화의 꽃을 피웠던 이유가 무엇일까? 그것은 바로 세계무역에 기반한 상업과 공업의 발전

이었다. 그러한 경제적 윤택에 힘입어 당의 귀족들은 이백의 시를 찬양하고 즐겼다. 그러면서 두보의 시를 통해 백성들이 자유롭게 자신들의 번민과 고통을 문학적 아름다움으로 승화시키는 것을 방해하지 않았다.

이 때문에 이백의 시와 대비된 두보의 시는 당에 그치지 않고, 송, 원, 명에 이르기까지 오래도록 백성들의 사랑을 받았다. 그리고 그의 사상은 다른 나라에 전파되어 여러 나라 백성들의 심금을 울렸다. 이렇듯 개방적인 문화와 남을 존중할 줄 아는 관용이 당을 세계제국으로 크게 번창시킨 가장 큰 이유였다.

다음날에도 비는 도무지 그칠 기미를 보이지 않았다. 하늘에 구멍이라도 난 것처럼 내리 이틀을 퍼붓는 빗줄기에 집안의 다다미마저 습기가 차서 눅눅했다.

'이런 날씨에는 안방의 아랫목에 군불을 떼놓고 부추전에 막걸리 한 사발이면 정말 최고인데….'

영학은 생각만으로도 절로 입에 군침이 돌았다. 그러다 이내 마음을 접고 성경책을 꺼내 읽기 시작했다. 그런데 그때 방문이 열리면서 선장이 방안으로 얼굴을 내밀고는 밖에서 선원들과 함께 따뜻한 정종이나 같이 마시자고 했다. 그렇지 않아도 출출함을 느끼던 영학이나 요시토시는 거절할 이유가 없었다.

선원들이 생활하는 넓은 방의 중앙 화로에는 숯불이 벌겋게 타고 있었다. 화로 위에는 사각의 철판이 얹혀 있고 철판 위에는 동전보다 조금 더 큰 지지미가 굽히는 중이었다.

시커멓게 그을린 얼굴에 구레나룻을 기른 40대 후반의 나이로 보이는 선장이 지지미 하나를 젓가락으로 집어 영학의 앞으로 내밀었다. 그 지지미는 다코(문어)를 잘게 쓸거나 얇게 저미며, 계란과 야채를 섞은 반죽에 버무려 철판 위에서 구운 음식인데, 다코야키라고 부른다고 했다. 문어에는 소금기가 배어 있어 간이 맞았고, 고소한 맛이 일품이었다. 특히 다코야키는 깔끔하고 맛깔스러운 정종과 잘 어울렸다.

중앙의 탁자에는 나무로 만든 쟁반에 고래 고기가 담겨 있었다. 고래 고기는 까맣고 윤이 나는 얇은 껍질 속에 희거나 검붉은 살코기가 붙은 채로 얇게 썰어져 있었다. 영학은 말로만 들어 보았던 고래 고기 한 점을 젓가락으로 집어 맛을 보았다. 소고기나 돼지고기에서는 느낄 수 없는 새로운 맛이었다. 육고기의 쫄깃함과 생선의 비릿함이 섞여 있었다.

요시토시는 신분에 어울리지 않게 뱃사람들과 스스럼없이 어울렸다. 젓가락으로 철판 위의 다코야키를 이리저리 뒤집기도 하고, 잘 익은 다코야키를 뱃사람들이 먹기 편하도록 그들의 앞으로 밀어 놓기도 하면서, 서로 술잔을 주거니 받거니 했다.

조선에서는 양반과 상민이 겸상을 하는 것은 법도에 어긋나는 일이다. 같은 잔치에 참석하더라도 양반과 상민들이 받는 상은 서로 다르다. 아니, 상민이나 노비들에게는 상차림 자체가 없고, 그냥 그릇을 손에 들고 먹는다. 양반들 앞에 놓이는 상도 지위의 고하에 따라서 철저히 구별된다. 놓이는 술잔과 음식의 가짓수도 다르고 그릇의 재질이나 색깔도 다르다.

그러다 보니 잔치를 위해 격식을 차리는 게 보통 어려운 일이 아니다. 만약 제대로 격식을 차리지 못하면 즐거운 잔치가 아니라 망신살이 뻗친다. 그리고 양반에게 망신살이 뻗치면, 그 집안의 며느리나 노비들에게는 가혹한 체벌이 가해진다. 그렇기 때문에 조선에서의 잔치는 몇 사람의 여흥을 위한 것이고, 다른 많은 사람들에게는 고역도 보통 고역이 아니다.

그렇지만 왜국에서는 지방백성들의 어버이인 영주가 백성들과 함께 술을 마시고 농을 하는 게 지극히 자연스럽다. 왜 그런지 영학은 의문스러웠다. 먼 바다를 항해하는 목숨을 건 위험한 여행이기에 한 배에 탄 사람들은 하나의 공동운명체로서 동료의식을 가지기 때문에 그런 것일까? 그래서 생사고락을 함께하는 동료의식은 신분의 벽마저도 사라지게 하는 것일까?

이런 생각을 하던 영학은 뱃사람들과 어울리는 술자리가 처음에는 어색했지만 시간이 지남에 따라 재미를 느꼈다. 먼 바다를 터 삼아 생업을 이루는 뱃사람들의 이야기는 펄펄 뛰는 물고기를 보는 것처럼 싱싱하고 생동감이 있었다.

그들의 영웅담은 다음날에도 계속되었다. 영학이 생전 듣도 보도 못한 남방의 나라 사정과 명, 마카오, 인도는 물론 아라비아와 로마인들을 비롯한 서양제국 사람들의 살아가는 모습이 회자되었다.

고래잡이 이야기도 있었다. 고래는 바다에 살면서도 숨은 물 밖으로 나와서 쉰다. 그래서 어부들은 고래가 숨을 쉬기 위해 물 밖으로 나올 때 밧줄로 연결된 작살을 고래의 등에 꽂는다고 한다. 어부들은 고래보다 영리했다. 앞은 뾰족하고 뒤는 우묵한 화살촉처럼 생긴 작살을 일단 고래의 몸에 꽂고 나면 그때부터 배는 고래가 이끄는 대로 따라다니기에, 집채만 한 고래도 잡을 수 있다고 했다. 화살을 맞은 고래는 인간을 피해 물속으로 도망가려고 하지만, 아무리 힘센 고래라도 자기 몸에 꽂힌 작살에 배가 연결되어 있기에, 배를 물속으로 끌고 들어갈 수는 없다. 그래서 발버둥치면 칠수록 힘이 빠져 더 빨리 숨이 끊긴다.

고래사냥은 어부의 목숨을 거는 위험한 작업이라고 한다. 산에서 호랑이나 곰을 사냥하는 것보다 훨씬 더 위험하고, 많은 사람들이 호흡을 맞추어야 성공할 수 있다. 실제로 고래잡이에 나서다 목숨을 잃는 어부들도 많다고 한다. 그런데 흥미롭게도 고래잡이를 잘 하는 사람은 작살을 잘 쓰는 사람보다는 고래를 잘 찾는 사람이라고 한다.

왜인들도 고래잡이를 즐기는데, 고래잡이가 성공했을 때 어부들에게 돌아가는 몫이 크다고 한다. 그래서 왜인들은 고래잡이를 통해 모험과 함께 짜릿한 성취감을 맛본다고 한다.

이야기를 들으면서 영학은 속으로 조선의 사냥놀이를 떠올렸다. 우선 우두머리 몇 명이 활을 들고 창이나 칼을 든 몇 명의 호위꾼과 함께 짐승들이 몰려올 것으로 예상하는 길목에서 기다린다. 그러면 불려 나온 백성들은 몰이꾼이 되어 북이나 꽹과리를 치거나 나무막대기로 두들기면서 산 위에서부터 짐승들을 아래로 내몬다. 그러다 간혹 사나운

맹수가 달려드는 바람에 무방비로 사람이 다치는 사고도 흔하다. 그뿐만 아니라 짐승을 몰면서 비탈진 산길을 정신없이 내려오다 미끄러지거나 가시에 찔려 다치는 사람도 생긴다.

그렇게 고역을 겪는 몰이꾼들에게 내몰린 짐승들은 도망을 치다 막바지에 이르러 수없이 쏟아지는 화살을 맞고 나자빠진다. 그러면 포획물은 모두 활을 쏜 우두머리가 다 가져가고, 백성들은 '이제 끝났다'는 안도의 한숨과 함께 가지고 왔던 북이나 꽹과리를 챙겨서 집으로 돌아간다. 그리고 그때부터 가족들의 끼니를 마련해야 한다.

그나마 이는 사냥이 성공했을 때 이야기다. 사냥이 시원치 않으면, "몰이꾼들이 멍청해서 일을 망쳤다"고 성질을 내는 양반 벼슬아치의 기분을 달래기 위해 아리따운 기생이 동원된 주연을 마련해야 한다. 물론 이 비용은 모두 백성들의 몫이었다. 그렇기 때문에 왕족이나 양반들의 사냥놀이는 백성들을 맥 빠지고 지치게 만든다. 사냥놀이와 고래잡이는 조선과 왜의 문화적 차이를 단적으로 보여주는 것인지도 모른다는 생각이 들었다.

왜의 뱃사람들은 조선의 바다가 너무 부럽다고 하며 조선의 바다이야기를 하기 시작했다. 영학이 전혀 알지 못하는 내용이었다.

조선의 서쪽 바다에는 황하나 양자강의 큰물이 흘러든다. 이때 물만이 아니고 대륙의 엄청난 흙과 영양분이 바다로 휩쓸려 들어온다. 그래서 바닷물의 색깔을 온통 흙빛으로 물들이고, 드넓은 갯벌을 만들어낸다.

이에 반해 조선의 동해는 수심이 깊고 물이 너무나 맑다. 그리고 북쪽의 차가운 물과 남쪽의 따뜻한 물이 서로 뒤섞이며 소용돌이치기 때문에, 바다의 용왕이 마시는 맑디맑은 옥정수(玉淨水)를 만들어 낸다고 한다. 그래서 동해에서는 찬물에서 사는 물고기와 따뜻한 물에서 사는 물고기가 함께 잡힌다고 한다.

그뿐만이 아니다. 남해는 동해의 맑은 물과 서해의 영양분이 뒤섞이는 데다 만 개에 이르는 섬과 구불구불한 해안선이 있어 온갖 해조류가 널려 있다. 그래서 왜인들은 조선의 백성들은 바다만 잘 이용해도 먹고 사는 데 아무 걱정이 없을 것이라고 한다.

긴 머리를 산발하고 웃옷을 벗어젖힌 늙수그레한 노꾼 한 사람이 영학의 얼굴을 힐끔 쳐다보면서 말했다.

"조선은 그렇게 좋은 바다를 갖고 있으면서도 백성들에게 고래잡이는커녕 바다에 나가지도 못하게 하고, 섬에도 못 들어가게 하는 걸로 보아 아마 온 나라에 곡식이 남아넘치는 모양입니다."

영학은 그 말이 비아냥거리는 소리라는 것을 알고 기분이 상했지만, 달리 대꾸할 말도 없어 그냥 잠자코 있을 수밖에 없었다.

31 장

알
현

알
현

다음날 아침, 그렇게 쏟아지던 비는 언제 그랬냐는 듯 뚝 그쳐 있었고, 바다의 물결도 폭풍에 시달린 사람들을 달래려는 듯 부드럽게 뱃전을 간질이고 있었다. 영학은 태풍이 지나간 뒤 하늘이 이토록 맑고 깨끗하며, 공기가 이렇게 부드럽고 신선한 것인지 처음 알았다.

태풍 때문에 하카타섬에서 사흘을 쉬었기 때문에 오늘은 좀 더 멀리 항해를 해야 했다. 오늘의 목적지는 다카마쓰(高松)라는 시코쿠(四國) 지방에 있는 큰 포구도시인데, 하카타섬에서 250리 길이다.

요시토시의 설명에 의하면, 다카마쓰는 지금으로부터 900여 년 전 스이코(推古) 천황 때 나라(奈良)분지의 아스카(飛鳥)강 유역에서 일어난 아스카 문화가 시작된 곳이었다.

당시 쇼토쿠(聖德) 태자는 자신의 고모이자 최초의 여왕이던 스이코 천황의 섭정을 맡아 실제 정사를 주관하였다. 그때 그는 기존의 혈연 중심의 사회를 개혁하여 사상과 이념 중심의 사회로 통합하기 위해 불교를 도입하고, 중앙 집권을 강화하였다. 그런데 그때 들어온 것은 불교만이 아니었다. 당이나 신라, 고구려, 백제, 말갈, 여진 등으로부터 엄청나게 많은 외래문화가 들어오면서, 다양하고 복잡한 국제문화가 형성되었다.

고구려에서는 불교, 회화, 종이, 붓이 들어오고, 백제로부터는 불교와 회화는 물론 유학과 도교사상 및 천문, 역법이 전래되었다. 신라에서는 조선술과 제방술이 들어왔고, 가야에서는 토기제작술이 전래되었으며, 북방의 말갈과 여진에서는 기마술과 가죽과 모피제품이 들어왔다. 그때 쇼토쿠 태자는 수나라에 처음으로 국서를 보내기 시작했는데, 그 국서에서 일본(日本)이라는 국호가 사용되었다.

이렇게 중앙의 권부에서 불교를 장려하자 왜국의 지방 귀족들도 과거 큰 무덤을 축조하여 가문의 권위를 과시하던 풍습 대신, 가문의 이름으로 큰 사찰을 세우는 풍습이 유행하기 시작했다. 이때 소가(蘇我) 씨가 세운 아스카사(飛鳥寺), 조메이(舒明) 천황이 창건한 구다라다이사(百濟寺), 쇼토쿠 태자가 창건한 시텐노사(四天王寺)와 호류사(法隆寺), 대륙 출신의 가문인 하타(秦) 씨가 세운 고류사(廣隆寺)처럼 지금도 명성을 자랑하는 많은 절들이 세워졌다. 지금 호류사에는 백제의 아좌 태자가 그린 쇼토쿠 태자의 초상화가 1,000년의 세월 속에서도 여전히 빛을 바래지 않고 있다.

이처럼 찬란했던 국제문화는 주로 도래인(渡來人)들에 의해서 아스카 지역에 전파되었다. 그런데 당시의 도래인들은 아스카 지역보다는 다카마쓰에서 살기를 선호했다고 한다. 왜냐하면 다카마쓰는 대륙에서 출발한 배가 세토나이카이를 거쳐 오사카나 교토로 들어가는 길목에 있기 때문이었다.

이런 지리적인 장점에다 기후가 온난하고 다른 지방에 비해 비가 적게 내리기 때문에 섬나라의 습한 공기에 익숙하지 않은 대륙인들은 이곳을 좋아했다. 그래서 그들은 지명을 다카마쓰(高松)라고 했는데, 다카(高)는 고구려 동명성왕 고주몽의 후예를 의미하는 것이고, 마쓰(松)은 대륙의 소나무(松)를 의미한다고 한다. 이런 역사적 유래로 인해 다카마쓰에는 7~800년이 지난 지금도 고구려의 풍습이 그대로 남아 있고, 고구려의 왕족들이 묻힌 큰 무덤들이 많다.

요시토시는 갑자기 영학에게 뜬금없는 질문을 했다.

"가문의 시조가 누구입니까?"

"고려의 개국공신인 문다성 할아버지가 문가의 시조입니다."

"중국의 원(文) 씨와는 관련이 없는 것입니까?"

"제가 알기로 문가는 삼한시대 때 반도에서 생긴 토착 성 씨입니다."

영학의 답을 들은 요시토시가 혼잣말 하듯 중얼거렸다.

"아하, 조선의 문(文) 씨는 중국의 원(文) 씨와 뿌리부터 서로 다르군. 하지만 송(宋) 씨는 최초 시조가 중국인데, 당나라 때 고려로 건너간 것이지…."

"그런데 갑자기 시조 이야기는 왜 꺼내는 것입니까?"

영학의 물음에 요시토시는 빙그레 웃으면서 대답했다.

"우리 소(宗) 씨 시조는 고려 때 부산포의 우암리에 살던 송 씨라고 말하지 않았습니까? 그래서 송 씨 가문에 대해서 관심을 가지는 것이지요."

요시토시의 말에 슬며시 호기심이 발동한 영학이 물었다.

"그럼 송 씨의 시조는 누구입니까?"

"송 씨의 도시조는 당나라에서 호부상서 벼슬을 한 송주은(宋柱殷)이라는 사람인데, 그 손자 중의 한 사람이 고려로 건너와서 정착한 것입니다. 그런데 송(宋)자는 중국어로 '쑹'이라고 발음하고, 당의 '쑹' 씨가 고려로 건너와서 '송' 씨가 된 것이지요. 그렇지만 송 씨가 대마도로 건너온 뒤에는 '소' 씨로 바뀌었습니다."

요시토시는 이어 송 씨가 소 씨로 바뀐 이유를 설명했다.

"처음 부산포에 살던 송 씨 할아버지는 대마도로 건너온 뒤에도 성씨를 바꾸고 않고 그냥 '송' 씨가 되기를 원했지요. 그런데 '宋'를 조선에서는 '송'이라고 발음하지만 일본에서는 '쏘우'라고 발음을 합니다. 그러다보니 고려의 '송' 씨는 일본에서는 '쏘우' 씨가 되어야 했지요. 그런데 부산포의 송 씨 할아버지는 '쏘우' 씨가 되고 싶지 않았습니다. 그렇지만 글자의 받침이 발달하지 못한 일본어로는 아무리 연구를 해도 '송'으로 발음되는 성씨가 없었지요. 그래서 부득이 '소' 씨가 되기로 하고 '소'로 발음되는 일본한자 '宗'을 성씨로 삼기로 결정한 것입니다. 이렇게 해서 결국 당나라의 '쑹' 씨는 고려에서 '송' 씨가 되었다가 일본에서 '소' 씨가 된 것입니다."

'그렇다면 명의 '원(文)' 씨는 조선에서 '문' 씨가 되고, 일본에서는 '분' 씨가 되는가?'

영학은 이런 생각을 하면서 성씨를 보면 명이나 조선이나 일본의 문화와 역사의 유사성이나 차이를 알 수 있겠다는 흥미로움을 느꼈다.

다카마쓰의 포구에 당도했을 때 요시토시는 영학의 어깨를 두드리면서 칭찬했다.

"혹시 전생에 도래인이 아니었습니까? 우리는 지금 도래인들이 아스카로 갔던 길과 똑같은 항로를 가고 있습니다. 그런데 그대를 보니 도저히 처음 항해하는 사람 같지 않고 익숙해 보입니다."

영학은 밝게 웃는 요시토시의 얼굴을 보면서 생각했다.

'앞니가 참 가지런하구나. 왜인들은 뻐드렁니가 참 많은데…. 그리고 보면 요시토시의 조상이 고려인이라는 건 틀림없는 사실인가 보군.'

다카마쓰는 큰 포구라 야심한 밤에도 등불을 켜고 장사를 하는 점포들이 줄을 지어 있었다. 영학은 시내를 구경하고 싶은 욕심에, 항해에 필요한 물건을 구입하려고 배에서 내린 선장을 따라나섰다.

포구의 거리에는 이미 어둠이 내렸지만 포목점, 의류점, 양곡점, 잡화점, 피혁점, 정육점, 어류점, 주점, 여관 따위의 온갖 점포들이 대낮처럼 환하게 불을 밝히고 장사를 하고 있었다. 장사치들은 영업을 마치기 전에 한 사람이라도 손님을 더 잡기 위해 눈만 마주치면 미소 띤 얼굴로 허리를 숙이고 인사를 하면서 '들어와서 구경하세요'라고 손짓하고 있었다.

이러한 포구의 모습에 영학은 선장에게 말을 건넸다.

"때마침 오늘이 장날이네요."

선장은 영학의 말을 얼른 알아듣지 못했다. 그는 잠시 어리둥절한 표정을 짓다가 물었다.

"장날이 뭡니까?"

"장이 열리는 날이 장날이지요."

그제야 영학의 말이 약간 이해가 된다는 듯이 선장이 대답했다.

"이곳에서는 매일 점포가 열리고 밤에도 해시(亥時, 오후 9시에서 11시 사이)가 넘어서야 장사를 마치기 때문에 특별히 장날로 정해진 날이 없습니다."

선장의 말에 영학은 순간 머쓱해졌다.

영학은 3일이나 5일마다 열리는 장터가 아니고, 매일 장사를 하는 점포가 즐비한 상설장터를 처음 보았다. 어두운 밤에 환하게 불을 밝힌 장터는 한양에서도 보기 힘든 풍경이라고 생각되었다.

장터를 둘러보던 영학은 또 한 번 놀랐다. 상인들의 태도가 너무나 공손하고 친절했기 때문이다. 그리고 하나라도 물건을 더 팔기 위해 최선을 다하는 모습이 얼굴에 확연히 드러났다. 또 대낮처럼 환하게 밝힌 점포들을 보면서 '등을 밝힌 기름만 해도 엄청날 텐데, 야간에 등불을 밝히고 장사를 해서 수지가 맞을까?' 하는 의문이 들었다. 등불 하나하나가 너무 밝았다. 조선의 부잣집에서나 쓸 수 있는 들기름 넣은 호롱불에 비해 몇 배는 더 밝아보였다.

영학은 호기심을 참을 수 없어 부끄러움을 무릅쓰고 선장에게 또 물었다.

"저 등에는 무슨 기름을 쓰길래 저렇게 등이 밝습니까?"

"고래 기름을 쓰지요."

그 말을 듣고 영학은 고래가 인간에게 참 여러 가지로 유용하다는 것을 깨달았다.

왜인들의 말에 따르면, 조선의 동해에는 고래가 엄청나게 많다고 한다. 특히 동해의 바다는 북쪽의 찬물과 남쪽의 따뜻한 물이 서로 만나는 곳이라 물이 맑고 먹이가 풍부하다. 그래서 집채만 한 고래들이 수천 마리씩 떼를 지어 사는데, 배가 고래에 부딪힐까봐 겁이 날 지경이라고 한다.

그런데 조선의 어부들은 고래잡이를 하지 않았다. 고래잡이는 수천 년 전 인류가 글을 알지 못할 때부터 행해졌던 어로작업이다. 하지만 지금 조선에서 고래잡이를 나섰다가는 당장 목이 날아갈 수 있다. 또 고래잡이를 하려고 관에 요청해도 허가 받기는 힘든 일이었다.

영학은 점포의 불이 하나씩 차례로 꺼질 시간이 되어서야 시장 구경을 마치고 배로 돌아왔다. 선실로 들어가자 요시토시는 고래 기름으로 밝힌 등을 켜고, 열심히 책을 읽고 있었다. 성경이었다. 그 모습을 본 영학이 농을 걸었다.

"아직 영세를 받지 않아 야소교인도 아니면서, 왜 그렇게 성경을 열심히 읽는 것입니까?"

그러자 요시토시는 책을 덮으면서 대꾸했다.

"성경은 종교를 떠나서 인류의 역사를 적은 책입니다. 교인이 아니더라도 역사공부는 당연히 해야지요. 그리고 저도 곧 영세를 받고 교인이 될 것입니다."

영학은 화제를 바꿔 다카마쓰의 포구에 대한 소감을 털어놨다. 그런 그에게 요시토시는 더 신기한 이야기를 들려주었다.

대륙에서 건너 온 도래인들이 다카마쓰에서 도시를 이루고 살던 때는 1,000년 전의 과거이기 때문에 지금은 대륙문화의 흔적이 많이 사라졌다고 한다. 그렇지만 오사카나 교토에는 아직도 대륙의 문물이 지천으로 널려있다고 한다.

그리고 지금 규슈의 남쪽에는 노란 머리와 푸른 눈을 가진 서양인들이 모여 사는 도시가 있다고 한다. 그곳에는 먼 바다를 자유로이 오가는 큰 배들이 즐비하고, 서양인들이 자기네 풍습대로 집을 짓고, 밝고 아름다운 꽃으로 장식한 화려하고 넓은 정원을 꾸며놓고 산다고 한다.

그중에서 화란인들은 그들의 고향에서처럼 집에 풍차를 설치하고, 풍차를 이용해서 물도 긷고 방아를 찧는다고 한다. 그 마을을 본다면, 아마 1,000년 전 고구려인들이 다카마쓰에 건설했던 도시의 번영과 화려함을 짐작할 수 있을 것이라고 했다. 영학이 한탄하듯 말했다.

"지금 일본 백성들의 생활은 활기가 넘쳐납니다. 그에 비하면 조선의 백성들은 완전히 기가 죽어 주눅이 든 채 살고 있지요. 불과 7~80년 전만 해도 일본인이 부러워하던 조선 백성들의 생활이 어떻게 이렇게 달라질 수 있습니까."

요시토시는 냉소적으로 대답했다.

"그건 정치의 문제라고 봅니다. 폐쇄된 통제사회에서 조선의 백성들이 무엇을 알며, 무슨 힘을 쓰겠습니까?"

"폐쇄된 통제사회라고 해도 어떻게 수많은 백성들이 이다지도 세상의 흐름을 까마득하게 모를 수 있단 말입니까?"

"원래 인간의 눈은 절대로 자기 자신을 볼 수 없지요. 그대도 콧등에 붙은 코딱지를 볼 수 없지 않습니까? 인간은 자신의 존재를 타인의 시선을 통해서만 인식할 수 있고, 타인의 입을 빌어야만 자각할 수 있지요. 그런데 조선의 양반들이 나라의 문을 꽁꽁 닫은 채 바깥세상을 보지 못하도록 철저히 통제를 하는데 백성들이 어떻게 현실을 바로 볼 수 있겠습니까? 지금 조선사회의 모순을 해결하는 방법은 의외로 간단합니다. 백성들에게 하고 싶은 말을 하고, 하고 싶은 일을 하고, 가고 싶은 대로 갈 자유만 주면 모든 사회적 모순은 저절로 해결될 것입니다. 조선은 자연이나 백성들의 잠재력이 무궁무진하니까…."

그 말에 영학은 속으로 생각했다.

'그게 말처럼 그리 쉬운 일인가? 백성들에게 자유를 주려면 반상의 차별부터 없애야 하는데, 그걸 바꾸는 건 왕조를 뒤엎는 것만큼 힘든 일이야.'

그렇지만 겉으로 아무런 내색을 하지 않고, 그저 아는 체 고개를 끄덕거렸다.

다음날 아침 일찍 또다시 배는 출항했다. 배는 다카마쓰로부터 동북쪽으로 200리를 가서 아와지(淡路)섬의 북쪽 해안에 정박할 예정이었다. 아와지섬은 남북으로 비스듬히 누운 자세로 세토나이카이의 동쪽을 틀어막고 있는 섬이다. 북쪽에 아카시(明石) 해협을 사이에 두고 오사카의 입구인 고베(神戶)와 마주보고 있다.

아와지섬은 섬이기는 하나 주민들이 섬에서 생산한 우유, 채소, 과일, 꽃, 건축 자재 따위의 물건을 수도인 교토, 오사카, 고베 등의 대도시에 내다팔아 큰돈을 벌었다. 그래서 살림살이는 교토나 오사카, 고베 못지않게 윤택했고, 경제뿐만 아니라 문화적으로도 크게 발달해 있다.

4~500년 전 헤이안(平安) 시대 때부터 왜국에는 '구구츠마와시(傀儡回し)'라는 인형극단이 있었는데, 이 인형극단은 전국을 순회하면서 공연을 했다. 이 인형극단의 순회공연은 세월이 흐름에 따라 상업의 발전과 더불어 더욱더 발달하였고, 수백 년이 지난 지금은 일반대중은 물론 왕족과 귀족들의 사랑을 받고 있다고 한다.

왕족과 막부의 무사들은 인형극 공연을 보기 위해 수시로 공연단을 교토나 오사카로 불러들였고, 공연 후에는 열렬한 박수와 함께 후한 공연료를 지불했다. 그러다 보니 구구츠마와시는 지방을 순회하는 것보다는 교토나 오사카에서 공연하는 게 더 수지가 맞았다. 그렇지만 오랜 전통인 지방공연을 게을리하지는 않았다.

다만, 그들은 지방을 돌면서도 교토나 오사카의 귀족들의 부름에 응하기 위해 교토의 관문, 오사카가 바로 눈앞에 보이는 이 아와지섬에 자리를 잡았다. 이렇게 아와지섬에 자리 잡은 인형극은 500년이 넘는 세월을 통해 발전을 거듭하여 지금은 분라쿠(文樂)라는 명성과 함께 모든 백성들의 사랑을 받고 있다고 한다.

지낸 지 며칠밖에 지나지 않았지만, 왜국은 지방마다 그 나름의 독특한 문화와 자부심을 가지고 있고, 백성들의 생활도 중앙과 지방의 차이가 별로 없는 것 같았다. 지리적으로 수많은 섬과 중간의 높고 험한 산맥이 있어 지역 간의 교류가 쉽지 않을 것 같은데, 현실에서는 지역 간의 교류는 물론 경향 간의 교류가 조선에 비해 훨씬 더 원활하다.

요시토시는 그 이유를 상업의 발전이라고 했다. 그의 말에 따르면 상업은 가장 이상적인 형태의 분배와 교류이다. 상업은 양쪽 모두에게 이익이 되지 않으면 자발적으로 이루어지지 않고, 서로 필요한 만큼 대가를 지불해야 이루어지기 때문이다. 또한 상업의 발전은 더 많은 물품을 유통시키려고 하는 상인들의 욕구로 공업과 농업을 덩달아 발전시킨다.

그리고 문화적인 면에서 보면 상업의 발전은 백성들의 상호이익을 증대시키고, 자발적인 거래를 통한 자율적인 사회를 만든다. 그런데 지금 조선에서의 물품 공급수단은 상업이 아니고 상납과 진상이 주를 이룬다. 그러나 상납이나 진상은 받는 쪽은 이익이지만 주는 쪽은 손해이기 때문에 전체적인 사회적 이익은 절대로 늘지 않는다. 그래서 상납과 진상이 횡행하는 사회에서는 비자발적이고 수직적인 문화가 형성될 수밖에 없다고 한다.

그렇기 때문에 상납이나 진상체제 아래에서 중앙의 발전은 지방의 후퇴를 불러오고, 지방의 후퇴는 곧이어 중앙의 궁핍으로 연결되는 악

순환을 초래하며, 사회에 불평과 불만이 팽배해지게 만든다고 한다.

농업은 인간이 자연으로부터 생산물을 얻는 활동이다. 그리고 공업은 자연으로부터 얻은 생산물을 편리하고 가치 있게 만드는 활동이다. 상업은 생산물을 인간들에게 분배하는 것이다.

이렇듯 농공상은 인간의 생존을 위한 경제활동의 근간이다. 농은 생산이요, 공은 혁신이며, 상은 순환이다. 어느 것 하나 소홀할 수 없는 필수불가결한 요소이다. 농공상을 식물의 생육에 비유한다면, 농업은 뿌리요, 공업은 잎과 꽃이며, 상업은 줄기이다. 뿌리와 줄기가 튼튼하고 잎과 꽃이 무성해야 나무가 잘 자라듯 농업과 공업 및 상업이 왕성해야 그 사회가 발전할 수 있다.

이런 생각에 이른 영학이 요시토시에게 불쑥 물었다.

"그러면 사(士)는 무엇입니까?"

요시토시는 영학의 물음에 얼른 대답을 하지 않았다. 왠지 알면서도 괜히 이웃나라의 험담을 하는 것 같아 망설이는 듯했다. 영학은 자신의 생각과 같은지 알고 싶어 요시토시의 대답을 재촉했다. 그러자 요시토시는 아무 말 없이 조용히 붓을 들어 글자를 썼다. 그 글자는 단 한 자, '충(蟲)'이었다. 슬프게도 요시토시의 생각은 영학과 같았다.

그의 생각은 사농공상(士農工商)이 상공농사(商工農士)로 자리를 바꾸고 상공농충(商工農蟲)으로 인식되는 그날, 조선은 비로소 사해만방에 빛나는 부강한 나라가 된다는 것이었다.

나무에게 벌레는 꼭 필요한 소중한 존재이다. 흙을 썩게 만드는 벌레가 없으면 나무의 뿌리는 땅의 영양분을 빨아들일 수 없다. 그래서 영양분이 많은 흙은 그만큼 많은 벌레를 가지고 있다. 그러나 땅 밑의 벌레는 나무에게 유익하지만, 송충이와 같은 땅 위의 벌레는 나무에게 해롭다. 그래서 줄기와 잎에 벌레가 많으면 그 나무는 시들시들하다가 말라 죽을 수밖에 없다.

그런데 조선이라는 나무에는 땅 밑에 있어야 할 벌레들이 줄기를 타고 몽땅 기어 올라와 잎과 열매는 물론 줄기까지 갉아 먹으면서 포식하고 있다. 그렇지만 땅 밑의 벌레가 땅위로 올라오는 것은 자연의 섭리를 거역하는 것이고 궁극에는 제명을 재촉하는 짓이다. 땅 밑에 살아야 할 벌레가 밖에 나와서 떵떵거리고 살려는 것은 대자연의 섭리를 거스르는 아집과 탐욕이고, 이는 결국 모두의 파멸을 가져올 뿐이다.

따스한 초봄의 태양이 서쪽으로 뉘엿뉘엿 기울었을 무렵, 배는 항해를 멈추고 닻을 내렸다. 배의 오른쪽에는 바로 지척에 초보자라도 헤엄쳐서 갈 수 있는 아와지섬의 짙푸른 숲이 있고, 앞쪽으로는 저 멀리 혼슈섬 어촌마을의 불빛이 아련하게 보였다.

선장은 세토나이카이의 뱃길에는 여기저기 암초들이 많기 때문에 어둠 속에서 항해를 하는 것은 아주 위험하다고 했다. 그래서 날이 어두워지면 배를 정지시키고, 선원들과 노꾼을 쉬게 하는 게 현명하단다.

여기서부터 오사카까지는 100리가 조금 넘는다고 한다. 그렇다면 내일 아침에 일찍 출발하면 아마 신시(申時, 오후 3시에서 오후 5시 사이) 전에 오사카에 닿을 것이다. 오사카에서 교토까지는 육로로 100리 길이라고 한다.

영학은 갑판으로 나와 바람을 쐬고 있다가 어둠이 깊어져 사방에 불빛이 모두 꺼질 무렵이 되어서야 천천히 선실로 들어가서 자리에 누웠다. 막상 내일 목적지에 닿는다고 생각하니 이런저런 생각에 잠이 오지 않았다. 밤새 뒤척이다 새벽녘에야 얼핏 잠이 들었다.

영학이 잠에서 깼을 때 배는 이미 바다를 달리고 있었다. 갑판으로 나가보니 양쪽 민가의 지붕이 뚜렷이 보일 정도로 뭍이 가까이 있었다. 이 수로가 혼슈와 아와지섬 사이에 있는 아카시(明石) 해협이라고 한다. 배의 오른쪽에 보이는 수로의 끝에는 상상도 못할 정도로 넓은 바다가 펼쳐져 있었는데, 그 바다 끝은 아무도 가보지 못한 미지의 영역이라고 한다.

드디어 배는 오사카에 도착했다. 아직 태양이 서쪽의 산봉우리에 걸리지도 않은 한낮이었다. 오사카에 닿자마자 요시토시는 선원들에게 휴식을 명했다. 그리고 히데요시 간바쿠(關伯)의 소재파악을 위해 부하 한 명을 이시다 미쓰나리(石田三成)에게 보내고, 다른 부하 한 명은 오토모 가쿠에이(大友角榮)의 집으로 보냈다.

오사카의 포구에는 수많은 배들이 들락거리고 있었다. 오사카는 왜국의 수도인 교토(京都)의 관문 역할을 하는 곳으로, 왜의 왕은 근 800년째 교토에 궁궐을 두고 있다. 그러나 왜의 왕은 상징적인 존재로서 실제 정치에는 관여하지 않는다고 한다.

왜의 실권은 교토의 한 지역인 무로마치(室町)에 무로마치 도노(室町殿)라는 궁전을 지은 아시카가(足利) 가문이 쥐고 있었다. 그러나

250년의 역사를 가진 무로마치 막부는 지금으로부터 15년 전에 오다 노부가나에 의해 폐지되었고, 지금은 도요토미 히데요시가 관백의 자리에 올라 실권을 행사하고 있다고 한다.

오사카는 전국의 지방에서 교토로 향하는 모든 물산과 돈이 모이는 곳이다. 교토가 정치와 문화의 중심지라면 오사카는 물류와 교통의 중심인 셈이다. 히데요시가 오사카를 자신의 영지로 삼은 것을 보면 그는 아주 계산이 빠른 사람이라는 것을 알 수 있다.

한 시진이 지났을 무렵 오토모 가쿠에이가 선실에 나타났다. 요시토시와 영학이 왔다는 소식을 듣고 반가운 나머지 득달같이 말을 타고 온 것이다.

영학은 초면이었지만 왠지 낯이 익다는 느낌을 받았다. 그는 나이가 갓 마흔 정도로 보이고, 적당한 키에 준수한 외모를 가지고 있었다. 가쿠에이는 영학에게 공손하게 절을 했다. 아버지뻘 나이의 어른으로부터 절을 받은 영학은 황급히 엎드려 맞절을 하면서도 당황스러움을 감추지 못했다.

그로부터 "제 아들의 목숨을 구해주셔서 고맙습니다."라는 말을 듣고서야 비로소 영학은 예전에 하동에서 배에 화살이 박힌 젊은이의 아버지라는 것을 알아차렸다. 생면부지의 외국 땅에서 처음 보는 사람이었지만, 고맙다는 인사를 받으니 기분이 좋았다.

"아드님은 잘 지내고 계십니까?"

영학이 아들의 안부를 묻자 가쿠에이는 호탕하게 너털웃음을 지으면서 화답했다.

"아들 녀석이 규슈에서 온 손님과 함께 교토 구경을 갔는데, 사나흘 후에 돌아올 것입니다. 선생께서 오사카에 온 사실을 까마득히 모르지만, 알면 아마 너무 반가워서 뒤로 자빠질지도 모릅니다."

그날 밤 영학은 가쿠에이, 그리고 요시토시와 함께 밤이 늦도록 술을 마시며 이야기를 나누었다.

왜국에서 가장 큰 포구인 오사카에 정박한 배 안에서 고래등불을 밝히고, 따뜻한 봄바람과 갯내음을 음미하다 보니 술보다 분위기에 먼저 취했다. 하지만 대화의 내용은 결코 가볍지 않았다. 조선과의 전쟁과 국제정치가 그날의 주제였기 때문이다.

지금 도요토미 히데요시는 20만의 대군을 이끌고 직접 규슈정벌에 나설 준비를 완료했다고 한다. 오토모 가쿠에이는 규슈정벌을 하더라도 대륙침략까지는 앞으로 변수가 많다고 했다. 그리고 히데요시가 대륙을 침략하려는 이유를 알아야 한다며 설명을 시작했다.

"히데요시가 대륙진출을 천명한 것은 국내의 권력기반이 불안정하기 때문입니다. 지금 히데요시가 일본의 최고 실력자라고는 하나 이는 매우 불안한 상황이고, 그 불안의 원인은 간토(關東)지방에 버티고 있는 도쿠가와 이에야스를 비롯한 지방세력 때문이지요. 도쿠가와 이에야스의 실력은 사실상 히데요시에게 결코 밀리지 않습니다. 오다 노부나가의 죽음 후 이에야스와 히데요시는 전쟁을 벌였는데, 쉽게 승부가 나지 않자 히데요시는 이에야스에게 강화를 위해 교토로 올 것을 요구했습니다."

그렇지만 이에야스가 바보가 아닌 이상 아무런 안전장치 없이 히데요시의 안방인 교토로 올 리가 없었다. 그래서 히데요시는 작년에 자신의 여동생 아사히히메(朝日姬)를 억지로 이혼시킨 뒤 이에야스에게 시집을 보내고, 이것으로도 부족해서 자신의 노모를 이에야스에게 인질로 보냈다.

이에야스는 효자로 소문난 히데요시가 여동생에 이어 어머니까지 인질로 보내는 것을 보고서야 비로소 교토로 와서 강화를 체결하고, 히데요시의 지위를 인정했다. 그리고 교토의 왕실과 정부에 복종을 맹세했다.

"히데요시는 이상주의나 과대 망상자가 아니고, 오히려 철저한 현실주의자입니다. 그렇기 때문에 그는 교토로부터 500리나 떨어진 미카와에 본거지를 둔 이에야스를 무리하게 제압하기보다는 동북쪽에 가두어 놓았습니다. 대신 자신은 교토의 정치와 오사카의 경제를 장악하고, 남방과 대륙과의 무역을 독점하는 실리를 취했지요. 이런 현실적인 계산이 있었기에 자신의 여동생을 시집보내고, 자신의 어머니를 인질로 보내어 가장 큰 정적인 이에야스를 안심시킬 수 있었습니다."

가쿠에이는 히데요시가 대륙진출을 천명한 것도 다 계산적이고 현실적인 이유 때문이라고 했다. 수년 전 히데요시는 자신의 권력기반을 다지고 대외적으로 세력을 과시하기 위해 오사카성을 축조하기 시작했다. 그런데 위용을 보이기 위해 화려하게 성을 짓다 보니 평생의 전투에서 얻은 전리품을 다 쓰고도 돈이 부족했다. 그래서 그는 궁리 끝에 대륙진출을 바라는 세력들의 건의를 받아들임으로써 그들을 자신의 세력 아래 두고, 대륙진출을 명분으로 지방의 영주들로부터 군자금 명목의 돈을 걷었다고 한다.

그런데 대륙진출을 선언한 뒤 걷은 황금이 예상 밖으로 너무 많은 게 탈이었다. 오사카성을 완성하고도 하나 더 지을 수 있을 정도로 많은 돈이 모였기 때문이다. 불과 2~3년 만에 모인 황금이 평생 목숨 걸고 전쟁터를 헤매면서 벌인 돈의 몇 배나 되어, 히데요시 자신도 놀랄 수밖에 없었다.

왜인들에게 대륙은 동경과 기회의 땅이다. 수천 년의 역사를 통해 왜인들은 대륙의 선진문화를 받아들임으로써 백성들의 살림을 살찌우고, 국가체계를 정비해 왔다. 그래서 왜인들은 대륙의 바람조차 좋아했다.

그런데 지금은 세계가 변했다. 굳이 대륙이 아니라도 서양의 문물을 받아들일 수 있는 데다, 서양인들조차 군침을 흘릴 정도로 일본은 막대한 은을 생산하고 있다. 이런 상황에서 왜인들은 하나같이 적극적으로 대륙으로 진출하기를 소원했다. 다만, 방법론에서 무력을 동원해서까지 대륙진출을 할 것인지는 논란이 많았다.

그런데 현실적인 계산이 아주 뛰어난 히데요시는 백성들의 바람을 자신의 권력획득의 수단으로 이용했다. 적극적인 대륙진출을 위해 무력까지 동원할 수 있다는 공약을 내세웠고, 이는 왜인들의 열광적인 지지를 받았다.

이런 과정을 잘 알고 있는 오토모 가쿠에이는 히데요시가 현실적인 계산에 능한 사람이라, 대륙진출을 위해 전쟁을 불사할 가능성은 크지 않다고 점쳤다. 그렇지만 그도 히데요시의 권력이 커지면 커질수록 공명심과 과잉충성에 빠진 아첨꾼들에게 둘러싸여 현실과 환상을 혼동한 독단에 빠질 위험이 커진다는 점을 경계했다. 그러면서 히데요시의 오판을 막기 위해서는 핏줄을 이어 받은 확실한 후계자가 꼭 필요하다고 강조했다.

"그런데 지금 히데요시는 51세의 노인입니다. 그리고 아직 그에게는 자식이 없고, 부인은 가임능력이 없는 할머니가 된 지 오래이지요. 그에게 과연 새로운 젊은 여자를 구해서 자식을 두려는 정열이 있겠습니까? 지금 일본의 최고 권력자인 히데요시에게 자신의 지위를 물려줄 자식이 없다는 것은 정국에 지대한 영향을 미치고 있습니다. 벌써부터 측근들은 히데요시의 조카나 혈족을 중심으로 누구를 후계자로 만들 것인지에 관해 눈치를 보면서, 눈에 보이지 않는 암투를 치열하게 펼치고 있지요. 그런데 최근 히데요시가 마음을 두고 있는 여인이 생겼습니다. 그녀의 이름은 기쿠코(菊子)인데 올해 18세이며, 오다 노부나가(織田信秀)의 누이인 오이치(お市)의 장녀이지요."

기쿠코의 아버지는 외삼촌인 오다 노부나가와의 전투에서 패하여 할아버지와 함께 자결하고, 가문의 상속자인 장남 만보쿠마루(万福丸)는 히데요시에게 죽음을 당했다. 그 후 그녀의 어머니 오이치는 시바타 카츠이에(柴田勝家)라는 오다 가문의 가신 출신과 재혼을 했는데, 카츠이에는 4년 전 히데요시와의 전투에 패배하여 자결하였고, 오이치도 그를 따라 자결했다.

그런데 히데요시는 오래 전부터 오다 오이치를 몰래 연모했었다고
한다. 그래서 오이치의 딸들은 죽이지 않고 보호를 했는데, 기실 그는
어머니를 가장 많이 닮은 기쿠코에게 마음을 두고 있다고 한다. 그러나
섣불리 접근했다가 어머니를 닮아 자존심이 강한 기쿠코로부터 거절이
라도 당하는 날에는 천하의 웃음거리가 된다고 생각한 히데요시는 시
간을 끌면서 기회만 살피고 있다고 한다. 이에 영학이 다그치듯 말했
다.

"기쿠코에게 히데요시는 어머니, 양아버지, 남동생을 죽인 원수인
데, 혼인을 하는 게 가능한 일입니까?"

"이 혼란의 시대에 사적인 감정 때문이 아니고, 상대를 죽이지 않으
면 내가 죽는 전투에서 살아남기 위해 죽인 것인데, 왜 혼인을 할 수
없겠습니까."

오토모 가쿠에이가 대수롭지 않다는 투로 말하자, 영학은 도저히 이
해가 되지 않아 고개를 갸우뚱했다.

오토모 가쿠에이와 요시토시는 그런 영학의 태도에 개의치 않고 말
을 이어나갔다. 만약 기쿠코가 히데요시의 측실이 되어 아들을 낳는다
면, 히데요시의 권력 기반은 아들을 중심으로 막강한 오다 가문과 히데
요시의 가문이 뭉치게 되어, 일본의 정국이 훨씬 안정될 것이라고 점쳤
다.

오토모 가쿠에이는 그렇게 되면 히데요시가 무리하게 조선과의 전
쟁을 일으킬 이유가 없어진다고 했다. 어린 자식을 두고 무모한 모험을

감행하지는 않을 것이기 때문이다. 더욱이 50이 넘은 노인이 자식을 보면 누구보다도 애지중지할 것이었다.

이야기를 마친 가쿠에이는 정면으로 영학을 쳐다보면서 의견을 재촉했다. 가쿠에이와 마주친 영학은 일본의 정서가 이해되지 않아 약간 고개를 갸우뚱했다. 그렇지만 조선과의 전쟁을 막기 위해서는 방법을 가릴 처지가 아니라 생각하고 대답했다.

"어쨌든 제가 할 역할이 있다면 기꺼이 하겠습니다."

술이 거나해지자 가쿠에이는 자신의 가문에 대한 불평을 쏟아내었다. 불과 수년 전만 해도 오토모 가문은 9개의 나라가 존재했던 규슈에서 유력한 4대 가문 중의 하나였다. 그런데 규슈의 전 영토를 그리스도 왕국으로 건설한다는 기치를 내걸고 군사를 일으켰다가 매복기습 공격에 걸려 참패하고 가문의 명맥을 잇기 위해 교토에 중재를 요청했다가 결국에는 규슈 전체를 히데요시에게 갖다 바치는 꼴이 되고 말았다. 더욱이 히데요시는 규슈를 차지한 이후, 규슈를 발판으로 조선과 명을 상대로 전쟁을 일으킨다고 하니, 오토모 가문으로서는 예상치 못한 상황전개에 기가 차서 땅을 칠 노릇이었다.

예로부터 규슈는 무역으로 번창하였고, 선진문명이 꽃피는 곳이었다. 교토나 오사카는 물론 혼슈의 동부평야지대에 산재한 모든 소국은 무역을 위해서 반드시 규슈와 혼슈 사이의 해협을 통과해야 한다. 그러기에 규슈는 옛날부터 지금까지 무역의 중심지이고, 미래에도 그럴 것이다. 이렇게 좋은 나라를 맥없이 히데요시에게 날름 바치게 되니, 오

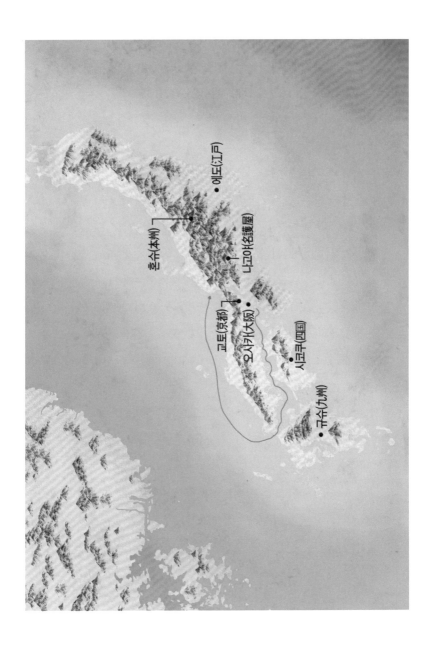

혼슈(本州)

에도(江戸)

니고야(名護屋)

교토(京都)

오사카(大阪)

시코쿠(四国)

규슈(九州)

토모 가문은 속으로 분통이 터질 수밖에 없었다.

그러나 이제 와서 후회한들 아무 소용도 없었다. 살아남기 위해서는 어쩔 수 없는 일이었다. 그렇지만 조선과의 전쟁은 어떤 수를 써서라도 막고 싶었다. 대륙과 전쟁이 벌어진다면 가장 먼저 타격을 입는 곳이 바로 규슈이기 때문이었다. 가쿠에이는 장광설을 늘어놓기 시작했다.

"역사적으로 일본과 대륙이 충돌할 때마다 대마도와 규슈는 항상 큰 피해를 입은 반면, 혼슈나 시코쿠는 적의 그림자도 보지 못했습니다. 고려와 몽골의 연합군이 쳐들어 왔을 때도 그랬지요. 교토의 귀족들은 몽골의 사자를 무시하고 나중에는 사자의 목을 쳐서 전쟁의 원인을 제공해놓고서는, 막상 전쟁이 발발하자 규슈에 제대로 된 군사지원도 하지 않았습니다. 운 좋게도 가미카제(神風)가 여몽연합군의 함대를 박살내자 이번에는 중앙에서 그 승리가 자신의 공이라고 떠벌리며 권력을 잡으려고 서로 설쳐댔습니다. 여몽의 군대가 태풍을 몰라서 규슈를 지킬 수 있었는데, 왜 교토의 중앙정부와 극단적 사상 논쟁을 일삼던 니치렌(日蓮)이 구국의 영웅이 되었는지 참으로 이해가 안 되는 일이지요. 게다가 지금 히데요시의 간에 붙었다 쓸개에 붙었다 하면서 대륙과의 전쟁을 충동질하는 무리들은 대부분 니치렌의 추종자들입니다. 그리고 보면 참 웃긴 일이지요. 규슈에 그리스도 왕국을 만들려는 오토모 가문의 시도 때문에 규슈가 우상숭배자들의 손에 들어가다니, 참으로 원통하기 짝이 없습니다."

술이 취한 탓인지 그의 장광설은 끊이지 않고 계속 이어졌다.

"대륙과의 전쟁? 택도 없는 소리입니다. 조선은, 명은 또 어떤 나라입니까? 역사나 문화가 일본보다 한창 앞선 나라입니다. 그런데 요즘 돈 좀 있다고 해서, 군사력이 좀 생겼다고 조선과 명을 상대로 전쟁을 일으키다니, 절대 성공 못합니다. 조선식으로 말해서, 일본이 이기면 제가 손에 장을 지집니다."

가쿠에이는 젓가락으로 고래 고기 한 점을 입에 넣고 우물거리면서 말을 계속했다.

"나중에 전쟁에 실패하고 나면 대마도나 규슈는 수백 년 동안 고통을 받을 것입니다. 조선이나 명에서 일본을 상대나 해주겠습니까? 왜 교토 놈들이 저지른 일을 규슈나 대마도 사람이 수백 년 동안 뒤치다꺼리를 해야 됩니까? 오토모 가문이 그리스도 왕국 건설을 위해 전쟁을 일으켰을 때 모두 다 실패할 리가 없다고 믿었는데, 지금 결과를 보십시오! 적의 매복 기습 한방에 당하고 난 뒤 교토에 목숨을 구걸하고 있잖습니까? 전쟁에서 눈에 보이는 병력은 아무 것도 아닙니다. 백성들의 지지를 받지 못하면 아무 소용도 없지요. 히데요시가 과거에 가진 게 뭐가 있었습니까? 제 밥벌이도 못해 떠돌이 생활을 했잖습니까? 그런데 지금 돈이나 부하가 많아 못할 게 없다고 우쭐거리는 모양인데, 개구리 올챙이 시절 모르는 짓이지요. 인간은 절대로 교만하면 안 됩니다! 그러면 하나님한테 벌 받지 않겠습니까? 하나님 앞에서 사람 밑에 사람 없고, 사람 위에 사람 없는데…."

오토모 가쿠에이는 숨이 찬지 열변을 그치고 잠시 숨을 고르더니, 한참 동안 눈을 감고 침묵했다. 영학과 요시토시도 그냥 말없이 앉아 있었다. 가쿠에이는 흥분이 조금 가라앉았는지 성경구절을 인용하면서 말을 마무리했다.

"내가 너희에게 이르노니 사람의 모든 죄와 훼방은 용서를 얻되 누구든지 말로 성령을 훼방하는 것은 용서를 얻지 못하겠고, 또 누구든지 어진 사람을 거역하면 용서를 얻되 누구든지 말로 성령을 거역하면 이 세상과 오는 세상에도 용서를 얻지 못하리라."

요시토시는 그 말을 듣고 나지막하게 '아멘'이라고 호응하였다.

자정 무렵이 되어서야 이시다 미쓰나리에게 갔던 부하가 돌아왔다. 그의 전갈에 따르면, 히데요시는 지금 오사카에 머물고 있다고 한다. 내일 사시(四時, 오전 9시에서 11시 사이) 전에 요시토시가 오사카성에 들어가서 기다리고 있다가 연락을 받으면 관백 전하를 알현하라고 알려왔다. 그리고 관백전하의 알현이 끝나면 미쓰나리가 오토미 가쿠에이와 영학을 만나자고 했다고 한다.

영학은 아직 한양에 한 번도 가본 적이 없었다. 그런데 뜻밖에 왜국의 실력자인 히데요시의 성에 간다고 하니 긴장이 되었다. 요시토시는 영학의 심정을 눈치 챘는지 웃으면서 말했다.

"그대는 그냥 따라가서 어전에서 기다리기만 하면 됩니다. 알현 시간은 일각이면 끝날 것이고, 그 후 이시다 나리와 차를 마시면서 이야기를 나눕시다."

가쿠에이도 요시토시의 말을 거들었다.

"혹시 관백전하와 마주칠지도 모르니 그때는 얼른 관상과 체형을 관찰하십시오. 보약을 쓸 때 사람의 체질을 고려한다고 들었습니다. 혹시 압니까? 그대가 관백전하에게 옥동자를 선사하게 될지…. 그렇게 되면 그대는 황금 백만 관보다 더 가치 있는 일을 하는 셈이지요."

오토모 가쿠에이는 내일 아침 오사카성으로 가기 위한 준비를 한다면서 자시(子時, 오후 11시에서 오전 1시 사이)가 지나기 전에 자리를 떴다.

32장

유곽

遊廓

遊廓

유
곽

　　다음날 아침 일찍 요시토시는 황금이 든 궤짝을 마차에
싣고, 영학과 함께 미쓰나리가 보낸 경호무사들의 안내를 받으면서 오
사카성으로 향했다. 오사카성은 오사카 포구에서 동쪽으로 30리 길이
고, 나라(奈良)와 가깝다고 한다.

　　요시토시는 오사카성이 경제의 중심지인 오사카와 정치의 중심지
인 교토 그리고 역사와 문화의 중심지인 나라의 중심에 자리를 잡고 있
으며, 일본에서 가장 크고 화려한 성이라 교토의 천황궁은 비교도 되지
않는다고 한다. 그 말을 듣고 영학은 히데요시가 오사카성을 크고 화려
하게 지은 것은 어린 시절의 가난과 가문에 대한 열등감 때문이 아닐까
라는 생각을 했다.

　　히데요시의 부하들 중에는 그에게 바쿠후(幕府)를 열고, 세이이타이

쇼군(征夷大將軍)으로 취임할 것을 건의하는 사람이 많다고 한다. 그러나 빈농 출신으로서 가문이 한미한 그가 막부를 세우려면 교토의 귀족들로부터 엄청난 반발이 초래될 게 뻔했다.

그런데다 지위를 물려 줄 자식도 없었기에 귀족들의 반발을 무릅쓰고 막대한 비용을 들여 막부를 세울 필요가 없다고 생각했다. 그래서 그는 억지로 막부를 세우는 것보다는 정치와 경제의 중심지에 크고 화려한 성을 짓는 것이 훨씬 더 실속 있는 일이라고 판단했다고 한다.

그런데 영학은 오사카성의 건축비 마련을 위해 히데요시가 대륙침략을 공언했다는 오토모 가쿠에이의 말을 기억하고선 결국 이 성은 왜의 백성들, 특히 규슈 백성들의 피땀으로 짓는 것과 마찬가지라는 생각을 했다.

지금 오사카성은 윤곽은 다 건축되었지만, 내부 장식은 앞으로도 계속된다고 한다. 그렇다면 앞으로 얼마나 더 많은 백성들이 피땀을 흘려야 할지, 영학으로서는 저절로 한숨이 나오는 대목이었다.

이윽고 오사카성의 정문에 도착했다. 과연 웅장하고 아름다운 성이었다. 영학은 한양의 궁궐도 한 번 구경하지 못했었는데, 왜국에서 제일 크고 아름다운 성을 구경하다니, 세상일은 참 모를 일이라 생각했다.

성의 한쪽 길이만 해도 일만 보가 넘어보였다. 성의 둘레를 빈틈없이 쭉 둘러서 해자가 파여져 있었다. 해자의 폭은 자그마치 100자는 되어 보였다. 그 못의 물이 얼마나 깊은지 연잎이 무성하고, 팔뚝만한 오색의 잉어가 떼를 지어 노닐고 있었다.

그런데다 해자 너머 석축만 해도 높이가 족히 30자는 되어 보였다. 영학은 이렇게나 깊은 해자와 석축이 적의 침입을 막기 위한 것인지, 아니면 보는 사람에게 위용을 과시하려는 것인지 궁금했다.

성 중앙에 삐죽이 솟은 건물은 덴슈카쿠(天守閣)라는 영주의 집무실 겸 사령탑이라고 한다. 대여섯 겹으로 이루어진 지붕의 기와는 푸른색이었고, 기와의 바로 아랫부분은 온통 금칠이 되어 있었다. 가쿠에이의 말에 의하면, 저 천수각 지붕의 처마는 모두 순금이란다.

발걸음을 서둘러 돌다리를 건너니 바로 성문에 다다랐다. 성문의 높이는 10자가 넘었다. 그런데 성문은 조선식의 기와지붕이었다. 영학은 오사카성에서 조선식 기와지붕을 보니 너무 반갑고 신기했다. 가쿠에이는 저 문을 고라이몬(高麗門)이라 부른다고 했다. 영학은 고려의 기와건축술이 전해져 붙은 이름이 틀림없다고 생각했다.

성문에 이르자 영학과 요시토시, 가쿠에이만 안으로 들어가고, 나머지는 금괴를 오사카성의 경비 무사들에게 인계하고 곧장 되돌아갔다.

꾸불꾸불한 길을 돌아 몇 개의 단을 올라갔다. 천수각은 가장 높은 곳에 있었고, 그 앞에 건물이 하나 있었다. 영학과 요시토시, 가쿠에이는 천수각 맞은편의 대기실에 도착했다. 대기실 건물에는 긴 마루가 깔려 있었고, 그 마루를 따라 스무 개나 됨직한 미닫이문이 달려 있었다. 영학 일행은 마루의 중간에 있는 한 방으로 안내되었다.

방 안 바닥은 움푹하게 패여, 앉은 사람의 다리가 밑으로 들어가도록 만들어져 있었고, 중간에는 탁자가 설치되어 있었다. 방안의 가구는 아주 고급스러웠고, 십장생(十長生)이 화려한 원색으로 수놓인 벽화는 테두리마다 금칠이 되어 있었다. 영학은 방안의 호화로움에 놀라 사방을 두리번거렸고, 요시토시와 가쿠에이도 그 화려함에 기가 죽었는지 말이 없었다.

반 시진이나 지났을까. 연락을 받은 요시토시는 옷매무새를 가다듬으며 밖으로 나갔다. 방 안에 남은 영학은 가쿠에이에게 말했다.

"일본에서도 벽화에 십장생을 많이 그리는군요."

"어느 나라 누구든지 오래 살고 싶은 것은 사람의 본심 아니겠습니까? 더욱이 벽을 십장생으로 장식할 수 있는 사람은 부유하고 출세한 사람이니 오래 살고 싶은 욕심이 더 하겠지요."

"그렇군요. 그렇지만 십장생 중 해, 산, 물, 돌, 구름을 생명체라고할 수는 없지요. 그리고 소나무와 영지는 그렇다 치고 거북, 학, 사슴은 수명이 그리 깁니까?"

"거북은 이백 년 이상 산다고 합니다. 그렇지만 학이나 사슴은 다른동물에 비해 오래 산다는 말이지 인간보다야 더 오래 살겠습니까?"

영학은 고개를 끄덕이며 말했다.

"십장생은 원래 도교사상에서 유래된 것 아닙니까? 그런데 도교사상은 무위자연(無爲自然), 즉 아무 욕심 없이 자연과 더불어 사는 것이 장수하는 삶이라고 하지 않습니까? 그런데 사람들은 욕심을 버리라는 말은 귀에 담지 않고, 오래 살기만을 바라는 것 같습니다."

"그게 인간입니다. 인간은 자신이 원하는 것만 보려는 성향이 있습니다. 특히 욕심이 많으면 더욱 더 그렇지요. 이 치열한 전국시대의 권력자들은 자신이 죽지 않기 위해서는 상대를 죽여야 합니다. 이 시대 일본의 권력자들이 오래 살고 싶다고 비는 것은 적을 많이 죽이게 해 달라고 비는 것과 다름이 없지요. 시대의 비극이기도 하지만, 권력의 속성이요, 자신의 생존을 위해서는 다른 생명을 죽여야 하는 생명의 원죄(原罪)가 아니겠습니까?"

영학은 그의 말에 공감을 표하면서 다시 물었다.

"인생은 수천, 수만 개의 길이 서로 얽혀져 있는 미로와 같은 것이군요. 과연 어떻게 사는 것이 잘 사는 길일까요?"

"그걸 어떻게 알겠습니까? 수천 년의 인류역사를 통해 수많은 철학자들이 고민했지만, 정답을 찾지 못했습니다. 그런데 저처럼 어리석은 사람이 어떻게 그 답을 알겠습니까? 다만, 저는 주어진 현실에서 열심히 살고, 회개하며, 하나님의 말씀 속에서 살려고 애쓸 뿐입니다."

"그럼, 어르신께서는 하나님의 말씀을 아십니까?"

"감히 어떻게 안다고 말하겠습니까. 잘은 모르지만 성경에는 과거 하나님의 역사가 적혀 있습니다. 그래서 찬찬히 읽어보고, 연구하고, 고민하다 보면 정답은 아니라도 근사치에는 접근할 수 있지 않을까요?"

영학은 조용히 눈을 감고 생각에 잠겼다. 그 사이에 가쿠에이는 탁자에 팔꿈치를 댄 채 두 손을 합장하고 주기도문을 외웠다. 영학은 갑자기 독실한 신앙을 가진 가쿠에이가 부럽다는 생각이 들었다.

얼마 있지 않아 요시토시가 돌아왔다. 그러더니 영학과 가쿠에이에게 얼른 어전으로 들어갈 채비를 하라고 했다. 영학은 영문을 몰라 물었다.

"왜 그러십니까?"

영학의 물음에 요시토시가 말했다.

"관백 전하께서 보자고 하니 잠깐 문안인사만 드리면 됩니다."

요시토시의 채근에 영학과 가쿠에이는 얼떨결에 대기소를 나섰다.

종종걸음으로 어전에 들어서자 어전의 호위무사가 미닫이문을 열었다. 방안에는 바닥보다 한 자가량 높은 단 위의 중앙에 한 사람이 책상다리를 한 채 앉아 있고, 단 아래의 다다미 바닥에는 양쪽으로 열이 넘는 신하들이 줄지어 앉아 있었다.

요시토시가 중간, 영학은 오른쪽, 가쿠에이는 왼쪽에 차례로 섰다. 영학은 요시토시가 하는 대로 방의 중앙에 앉은 사람을 향해 무릎을 꿇고 절을 했다. 그리고 일어나서 요시토시를 따라 허리를 꼿꼿이 세운 채 정면을 바라보았다.

앞에는 얼굴이 새까맣고, 광대뼈가 툭 튀어나온 사람의 얼굴이 또렷이 보였다. 정면으로 바라보니 눈빛은 날카로웠지만, 눈 끝이 아래로 약간 처져서 날카로운 눈매가 조금 순해 보였다.

중앙에 앉은 사람이 영학에게 물었다.

"그래, 젊은이는 어떻게 그런 훌륭한 의술을 배웠나?"

영학은 잠시 당황했지만 곧 정신을 차리고 대답했다.

"훌륭한 스승을 만나고, 좋은 책과 인연이 되어 의술을 공부하게 되었습니다."

"좋은 책은 어떤 책을 말하느냐?"

"의방유취라고 하는 조선의 의학대백과사전입니다."

영학의 대답을 들은 히데요시는 앞쪽의 한 신하에게 물었다.

"의방유취? 그 책이 어떤 책이냐?"

"150년 전 조선의 정부에서 만든 의학대백과사전인데, 고려와 조선은 물론 당, 송, 원, 명의 의학서적까지 연구해서 집대성한 책입니다."

그 말을 듣고 영학은 속으로 놀라지 않을 수 없었다. 왜국의 신하가 의방유취에 대해 너무도 잘 알고 있었기 때문이다.

히데요시가 다시 그 신하에게 물었다.

"그 책은 지금 어디에 있느냐?"

"의방유취는 지금 조선의 궁궐에 보관되어 있습니다. 그래서 이 젊은이는 의방유취를 요약해서 베낀 책으로 공부를 했습니다."

히데요시는 더 이상 아무 말을 하지 않고, 고개를 끄떡거렸다.

이때 대답을 했던 신하의 맞은편에 있던 한 신하가 요시토시에게 손짓을 했다. 그 손짓을 본 요시토시는 자리에서 벌떡 일어나 또렷한 목소리로 말했다.

"관백 전하를 알현하여 영광입니다. 앞으로 목숨 바쳐 충성하겠습니다. 만수무강하시옵소서."

그리고는 무릎을 꿇고 절을 했다. 영학과 가쿠에이도 요시토시를 따라 엉거주춤 일어섰다가 함께 절을 한 뒤 어전을 물러나왔다. 어전을 나오면서 영학은 요시토시를 나무랐다.

"갑자기 알현을 시키면 어떻게 합니까? 얼떨결에 실수라도 하면 어쩌려고."

그러자 요시토시가 변명하듯 말했다.

"저도 관백 전하가 그대를 아는 걸 보고, 무척 놀랐습니다. 아마 이시다 미쓰나리나 가토 기요마사가 귀띔을 했겠지요."

"누가 미쓰나리고 누가 가토 기요마사입니까?"

"아까 의방유취에 관해 설명을 한 사람이 가토 기요마사이고, 맞은편에서 손짓을 한 사람이 이시다 미쓰나리입니다."

그 말을 듣고 영학은 놀란 기색으로 물었다.

"아니, 가토 기요마사나 이시다 미쓰나리라면 관백의 핵심측근인데, 어떻게 그렇게 젊은 사람이 그런 자리에 있습니까?"

"전장을 누비고 다니려면 젊어야지 않겠습니까? 가토 기요마사는 올해 스물다섯, 이시다 미쓰나리는 올해 스물일곱인데, 그 나이면 한참 일할 나이이지요. 나도 지금 그대하고 동갑인 19세의 나이인데 벌써 대마도주를 거치고 물러난 몸이 아닙니까? 일본에서는 실력과 공적이 중요하지, 나이는 문제가 되지 않습니다."

그러면서 영학에게 농을 했다.

"그댄 참으로 행운아입니다. 어떻게 일본으로 오자마자 최고 권력자를 만난단 말입니까? 아무래도 앞으로 그대가 큰일을 할 것 같습니다. 앞으로 잘 보여야겠어요."

그 뒤 세 사람은 바로 성을 나왔다. 영학은 관백을 알현한 뒤 잠깐 이시다 미쓰나리와 만나기로 했다는 사실을 들은 바가 있어, 그 일에 대해 물었다. 그러자 요시토시는 "저녁에 교토에서 만나기로 했다"고 짤막하게 대답했다.

성을 나온 요시토시는 성 밖에서 기다리고 있던 부하들에게 뭔가를 지시한 뒤 세 사람은 바로 앞의 식당에서 점심으로 우동을 먹었다.

점심을 먹은 후 요시토시는 영학에게 말을 탈 줄 아느냐고 물었다. 영학은 한 번도 말을 타본 적이 없다고 대답했다. 그럼에도 요시토시는 천천히 말을 몰면 된다고 하고, 가쿠에이는 식당주인에게 말을 두 필 주문했다. 그 광경을 보고 영학은 생각했다.

'조선에서 말은 역에나 있고, 역마는 허가를 받은 관원들이 공무로 사용하는데, 왜국에서는 돈만 주면 말을 탈 수 있구나.'

주문한 말이 도착하자 가쿠에이는 말의 고삐를 잡아 말을 고정하였고, 요시토시는 영학에게 왼쪽 발을 먼저 등자에 끼운 뒤, 그 발을 딛고 순식간에 한 동작으로 오른발을 들어 말 등에 타라고 일렀다.

영학은 요시토시가 시키는 대로 말 등에 올라탄 뒤 가쿠에이로부터 고삐를 넘겨받았다. 처음으로 말등에 앉아보니 의외로 높아 더럭 겁이 났다. 그래서 저절로 고삐를 쥔 손에 힘이 들어갔다. 그러자 요시토시는 영학에게 허리를 꼿꼿이 세우고, 고삐를 세게 쥐면 말이 달리라는 신호로 알고 마구 달리니 조심하라고 겁을 주었다. 그 말에 영학은 손에서 고삐를 놓치지 않으려고 손에 힘을 주면서도 고삐를 당기지 않으려고 애를 썼다. 그제야 비로소 자세가 안정되는 느낌이 들었다.

영학이 말을 탄 모습을 보고 가쿠에이가 말했다.

"이야, 역시 기마민족의 후예라 말을 잘 타시는군요. 잘 다녀오십시오."

"왜 어르신은 함께 가지 않습니까?"

영학의 물음에 가쿠에이가 손을 흔들면서 말했다.

"젊은이들 노는데 늙은이가 주책없이 왜 끼겠습니까."

영학도 가쿠에이에게 손을 흔들며 인사한 후 요시토시에게 행선지를 물었다. 그러자 요시토시는 "교토"라고 간단하게 대답했다.

처음 타는 말이었지만 영학은 금방 익숙해졌고, 요시토시는 경치나 구경하면서 천천히 가자고 하면서 여유 있게 말을 몰았다.

오사카에서 교토로 가는 길은 널찍하게 정비가 잘 되어 있었다. 바닥의 군데군데 돌이나 그루터기 나무가 박혀 있어서 비가 내려도 흙이 패일 염려가 없어 보였다. 미쓰나리는 오전에 틈을 내어 영학과 만나기로 했지만, 조선에서 온 귀한 손님을 소홀히 대접할 수 없다며 따로 별도의 시간을 내기로 일정을 바꾸었다고 한다. 다만, 오후에 교토의 의정부로 들어가는 히데요시를 봉행해야 하기 때문에 저녁에 교토에서 만나자고 한 것이었다.

교토로 가는 길에는 통행하는 사람들이 많았다. 마차를 타고 가는 사람들이나 말을 몰고 가는 사람이 있었고, 당나귀에 짐을 싣거나 말이나 당나귀가 끄는 수레를 모는 사람도 많았다. 지게에 물건을 싣고 가는 사람들도 눈에 띄었다. 지게의 모양은 조선의 것과 다를 게 없었다. 그렇지만 조선에서처럼 큰 보따리를 머리에 이거나 어깨에 메고 가는 사람은 볼 수 없었다.

요시토시는 영학에게 말을 처음 타는 소감을 물었다. 영학은 처음 말을 탈 때는 조금 겁이 났지만, 되도록 말의 움직임에 그냥 몸을 맡기니 자연스럽고 편안하게 느껴진다고 대답했다. 요시토시는 영학에게 안장의 뒷 돌출부에 엉덩이를 붙이고 기대면서, 허리를 곧추 세워서 타면 척추가 튼튼해진다고 설명했다. 그러면서 요시토시는 말을 탈 때 자세가 안 좋으면 안장에 고환이 눌릴 수 있고, 빨리 달리다 보면 몸이 아래위로 움직이다가 고환을 다칠 수 있으니 조심하라고 했다.

영학은 요시토시의 그 말이 농담인 줄로 알았다. 그런데 뒤이은 요시토시의 말은 그 말이 농담이 아니라고 생각하게 만들었다. 그는 히데요시에게 아직 자식이 없는 것은 생식기능이 시작된 소년시절부터 전장을 누비면서 너무 오랫동안 말 위에 있다 보니 고환의 기능에 이상이 생겼을지도 모른다고 했다. 더군다나 히데요시는 상체가 길고 다리가 짧은 체형인데, 이런 체형의 사람이 말을 오래 타면 상체의 무게 비중 때문에 고환이 압박을 받을 위험이 더 커진다고 한다. 듣고 보니 그럴듯했다.

"부실한 고환 때문에 히데요시에게 자식이 없는 것이라면, 아무리 뛰어난 의원이 치료를 해도 소용이 없을 것 아닙니까?"

요시토시가 영학에게 농담반 진담반으로 말하자, 영학이 웃으며 말했다.

"탄생이나 죽음은 다 하늘이 결정하는 것이고, 인간은 시늉만 낼 뿐입니다. 그렇지만 최선은 다해야지요."

이야기를 나누며 말을 타고 천천히 오다보니 교토 시내에 들어섰을 때 해가 서산으로 뉘엿뉘엿 기울고 있었다. 한참을 가다보니 맑은 물이 흐르는 내가 있고, 냇가에는 벚나무가 길게 줄지어 있었다.

벚꽃은 벌써 지기 시작해서 나무 위의 꽃보다는 땅 위에 흩날리는 꽃잎이 더 많았다. 흐드러지게 핀 벚꽃나무도 아름답지만 냇가에 흩날리며 무수히 물 위로 떨어진 벚꽃의 풍경도 장관이었다. 한눈으로 보아도 교토는 고색창연하고 아름다운 도시였다.

이윽고 영학과 요시토시는 목적지에 도착했다. 나무로 지은 2층 집이 양쪽으로 나란히 줄을 지어 길게 늘어 선 곳이었다. 중간에 있는 길의 넓이는 30자쯤 되어 보였는데, 요시토시는 이곳이 교토에서 제일 번화한 유곽(遊廓)거리라고 했다. 유곽이라면 조선의 색주가(色酒家)나 기방(妓房)을 뜻했다. 그런데 눈앞에 보이는 길가의 유곽만 해도 족히 2~30개는 되어 보였다.

영학과 요시토시가 비와코(琵琶湖)라는 간판을 단 유곽의 문 앞에 이르자, 안에서 중노미들이 나와 잽싸게 말고삐를 받아 챙겼다. 말에서 내리면서 영학은 사타구니 부분의 엉덩이와 허벅지에 뻐근한 통증을 느꼈다. 오늘 처음 타보는 말이라서 그런가 보다 생각하면서도, 말을 많이 타면 고환에 이상이 올 수도 있다는 요시토시의 말을 떠올리고서는 혼자서 피식 웃었다.

안으로 들어서자, 남색 바탕에 흰 매화무늬를 박은 기모노를 입은 여인이 영학 일행을 맞이했다. 여인은 14~5세가량 되어 보이는 앳된 얼굴이었다.

2층의 방으로 올라가니 바닥에 다리를 내릴 수 있도록 움푹 패인 방 바닥에 양쪽으로 세 개 씩 여섯 개의 방석이 놓여 있었다. 미쓰나리는 미리 도착해서 차를 마시면서 기다리고 있었다.

영학이 방안으로 들어가자 미쓰나리는 일어서서 영학에게 절을 했다. 영학도 얼른 허리를 숙이면서 함께 절을 했다. 그리고 고개를 들어 서로 무릎을 꿇은 상태에서 첫인사를 나누었다.

미쓰나리는 영학과 인사를 나눈 후 요시토시에게 인사를 건넸다.

"먼 길 오느라 수고 많았네, 그래, 요시시게 님은 안녕하신가?"

"요시시게 님이 시력을 잃고 거의 소경으로 지냈는데 이 분께서 신묘한 의술로 치료를 해줘서 광명을 되찾았습니다."

미쓰나리는 마치 큰형이 어린 동생을 보듯이 흐뭇한 표정을 지으면서 칭찬을 했다.

"치료도 있지만, 자네의 효심 때문에 그런 기적이 일어나지 않았나? 아무튼 고생했다."

"히데요시 전하께서 대마도에서 올린 선물에 만족하셨습니까?"

미쓰나리는 앞에 놓인 찻잔을 들면서 만족스러운 표정으로 말했다.

"황금을 보고 좋아하지 않을 사람이 어디 있나? 특히 관백 전하께서는 황금을 아주 좋아하시지. 그런데 대마도 형편에 그 정도의 황금은 부담일 텐데……. 아무튼 전하를 대신해서 내가 고마움을 표하겠네. 그리고 전하께서는 요시시게 님이 전함과 병사를 대동하여 규슈로 온다는 전갈에 아주 흡족해 하셨네."

그러자 요시토시가 걱정을 털어놓았다.

"형님께서도 잘 아시겠지만, 대마도가 전쟁터로 변하는 것을 막을 수가 있다면 무엇인들 못하겠습니까? 필요하다면 화란인들을 고용해서 군사를 더 지원할 수도 있습니다. 그런데 요즘 들어 히데요시 전하의 대륙침략 의지가 점점 더 강해지는 것 같아 두렵습니다."

"화란인들은 장사만 하려고 하지, 일본 내의 정치문제에 휘말리기를 원하지 않으니 규슈정벌에는 참여하지 않을 것이네. 그리고 전하께서는 영민하신 분이니 국내의 안정을 위해 대륙진출을 천명하셨지만, 실제 침략을 실행할지는 아직 당신께서도 모르는 일이네."

"벌써부터 많은 지방의 영주들이 대륙진출을 적극 지지하고 선봉에 서기 위해 충성경쟁을 하고 있지 않습니까? 이런 추세라면 전하께서도 말을 바꾸기 힘들지 않겠습니까?"

"그야 우리가 명분을 만들면 되지. 그래서 말인데, 규슈는 앞으로 2~3개월이면 정리가 될 걸세. 그 뒤 우리가 조선과 자유교역 협정을 추진하면 어떻겠는가? 그러기 위해서는 조선을 잘 아는 대마도에서 적극 나서야 하네."

"알겠습니다. 제가 대마도로 돌아가는 대로 바로 조선 정부에 일본으로 통신사 파견을 요청하겠습니다. 그건 그렇고, 정국의 안정을 위해서는 히데요시 님께서 지금이라도 2세를 가져야 하지 않겠습니까?"

그 말을 듣고 미쓰나리는 아무 대꾸 없이 술잔을 들었다. 그렇지만 요시토시는 그치지 않고 물었다.

"네네 님은 나이가 마흔이 넘은지라 출산은 불가능할 것이고……. 요즘 히데요시 님은 아즈치(安土)성에 있는 기쿠코(菊子)라는 여인에게 마음을 두고 있다면서요?"

"눈치를 보면 그런 것 같네. 그런데 기쿠코 님이 그렇게 호락호락한 여자가 아니라 걱정이네. 오다 가문의 피를 이어 받았으니 대가 보통 센 게 아닐 걸세. 히데요시 님이 애정을 품는다고 하더라도 그녀가 받아들이겠는가?"

"주변 사람들이 설득하면 되지 않겠습니까? 악연이라고 볼 수도 있지만, 그녀의 아버지를 죽인 사람은 바로 그녀의 외삼촌이지 않습니까? 히데요시 님이야말로 명령에 따른 것뿐이지요. 그리고 그녀의 양부는 왜 현실을 무시하고 히데요시 님에게 대항했습니까? 그녀의 양부는 오다 노부나가의 가신일 때 자신의 부하였던 히데요시에게 항복하자니 자존심이 허락하지 않아 자결한 것 아닙니까? 그녀의 어머니 또한 히데요시의 여자가 되려니 수치심을 견딜 수 없어 자결한 것이고요. 어차피 죽이지 않으면 죽임을 당하는 세상인데, 그녀가 히데요시 님을 원망할 이유가 있겠습니까?"

미쓰나리는 그 말을 부정하지 않으면서도 쓸쓸한 마음에 이렇게 말했다.

"세상의 인연이란 인간이 알 수가 없지. 아무튼 평생을 전쟁터에서 보낸 히데요시 님이 모처럼 조강지처가 아닌 여인에게 정을 주고 있으니, 신하로서 주군을 위해 최선을 다해야지."

이야기를 마치자 화사한 기모노를 입은 게이샤(기생)들이 방 안으로 들어 와서 남정네들의 옆에 앉으면서, 주연이 시작되었다.

몇 잔의 술이 돈 후, 동석한 사람들이 서로 어울려 시구를 번갈아 가

면서 지었다. 렌가(連歌)라는 시였다. 요시토시가 한 구절을 읊으면 요
시토시의 옆에 앉은 기생이 한 구절을 짓고, 미쓰나리가 한 구절을 지
으면, 미쓰나리의 옆에 앉은 기생이 한 구절을 보탰다. 이렇게 서로 화
답하면서 막힘없이 시를 짓는 것으로 보아 기생들의 문학실력이 대단
하다고 여겨졌다.

그러나 왜어에 서툰 영학은 렌가에 끼일 수가 없어서 그냥 듣기만 했
다. 시의 내용은 인생의 무상함을 절절히 표현하고 있었다. 살아남기
위해 남을 죽여야 하는 삶의 현실에 대한 비애가 물씬 풍겨졌다.

그러나 렌가는 오래 지속되지 않았다. 요시토시는 영학이 빠지면 재
미가 없다면서 한시(漢詩)로 바꾸자고 했고, 미쓰나리도 그렇게 하자고
맞장구를 쳤다. 눈치 빠른 기녀 한 명이 붓을 들어 전쟁터에 나간 동생
과의 이별을 슬퍼하는 두보의 한별(恨別)이라는 시를 써 내려가기 시작
했다.

洛城一別四千里(낙성일별사천리) / 낙양성 떠나 사천리,
胡騎長驅五六年(호기장구오륙년) / 오랑캐 기마병과 오륙년.
草木變衰行劍外(초목변쇠행검외) / 검각성 밖 초목은 시들고,
兵戈阻絶老江邊(병과조절노강변) / 싸움에 막혀 강변에서 늙는다.
思家步月淸宵立(사가보월청소입) / 집 생각에 달빛 거닐다 우뚝 서서,
憶弟看雲白日眠(억제간운백일면) / 동생을 생각하고 흰 구름 바라보며
한낮에 졸기도 하네.
聞道河陰近乘勝(문도하음근승승) / 하음땅 근처에서 승전 소식 들리니,

司徒急爲破幽燕(사도급위파유연) / 군사들이여 어서 유연을 깨어 주오.

이제는 영학이 화답할 차례였다. 영학은 술자리의 분위기가 가라앉은 것 같아 흥을 돋우기 위해 이백이 산중에서 술을 즐기면서 지은 산중여유인대작(山中與幽人對酌)이라는 시를 읊었다.

兩人對酌山花開(양인대작산화개) / 둘이 술잔을 나누니 산에 꽃이 열리고,
一杯一杯復一杯(일배일배부일배) / 한잔, 한잔이 또 한잔이 되네.
我醉欲眠君且去(아취욕면군차거) / 내가 졸리니 그대는 그만 가게나.
明朝有意抱琴來(명조유의포금래) / 내일 생각 있으면 거문고를 갖고 오게나.

영학이 붓으로 이백의 시를 쓰면서, 시를 읊자 다른 사람들은 박수를 치면서 멋있다며 호응을 해주었다. 미쓰나리는 아까 읊은 두보의 시는 전란에 시달리는 지금의 일본이고, 이백의 시는 태평성대를 구가하는 조선의 모습을 연상한다고 소감을 말했다.

그렇지만 영학은 그 말에 결코 동의할 수 없었다. 전란에 시달리는 것은 왜의 백성들이라기보다는 출세를 위해 스스로 전장에 나온 무사들이고, 태평성대를 구가하는 사람들은 조선의 백성이 아닌 소수의 양반이 아닌가?

왜의 백성들은 궁핍을 이겨낼 수 있다면 굳이 군인이 되어 전쟁터에

나가지 않아도 된다. 그리고 군인이 아닌 다른 업에 종사할 수도 있고, 거기서 성공하면 얼마든지 출세도 할 수 있다. 그러기에 왜의 백성들은 자유를 누린다. 그래서 왜의 사회는 오랜 내전에도 불구하고 백성들의 생활에 의욕과 활기가 넘친다.

그런데 조선은 이와 다르다. 태평성대를 누리면서 꽃놀이를 즐기고 취하도록 술을 마실 수 있는 사람은 5푼밖에 되지 않는 양반사내들이고, 9할5푼의 백성들은 숨도 제대로 쉬지 못한다. 조선의 백성에게는 자유가 없는 것이다. 말 한마디 잘못했다가는 그 이유만으로 관아에 끌려가 맞아 죽기 십상이다. 이러니 백성들에게 의욕이나 활기가 있을 리 없었다.

그렇기에 왜의 백성들은 두보의 시에 눈물짓고, 이백의 시에 부러워한다. 그러나 조선의 백성들은 두보의 시를 모르고, 이백의 시에 냉소한다.

한여름에 땀 흘리며 일했던 개미는 겨울의 추위와 굶주림에 시달리고, 한여름에 그늘만 찾던 베짱이는 겨울에도 등 따시고 배부른 게 조선의 현실인데, 이런 세상이 태평성대라니…. 영학은 말도 안 되는 소리라고 생각했다.

영학은 갑자기 가슴속에서 울분이 치밀어 올랐지만, 숨을 가다듬으면서 끝끝내 내색하지 않았다. 요시토시는 이런 영학의 심정을 눈치챘는지 급히 화제를 돌려 기생들에게 말했다.

"이제 작시는 그만두고, 조선에서 귀한 손님이 왔으니 일본의 풍류를 보여 드려라."

그러자 한 기생이 샤미센이라는 악기를 켜기 시작했다. 샤미센의 짧고 높은 음은 비파를 닮아 있었다. 그렇지만 기약 없이 타국으로 건너온 처량한 신세라 그런지, 영학에게는 샤미센 소리가 한밤 초승달 아래서 울리는 비파소리보다 더 구슬프게 들렸다.

샤미센은 네모난 작은 몸체에 긴 목을 가진 모양으로, 비단실로 만든 3개의 줄을 가지고 있었다. 요시토시는 원래 남지나에서 많이 쓰는 악기인데, 류큐왕국을 거쳐서 왜국으로 전파되었다고 했다.

영학은 구슬픈 연주를 듣고 있자니 고국땅을 버리고 타국으로 도망치듯 온 자신의 처지가 청승맞게 느껴졌다. 그리고 고국에 대한 그리움이 사무치게 몰려왔다. 손님들과 어울려 즐겁게 시문(時文)을 겨루는 왜의 기생들을 보면서, '천한 기생 년의 더러운 주둥아리로 신성한 시를 모욕한다'고 수모를 당하는 가희의 슬픈 얼굴도 생각났다. 그러면서 영학은 더 이상 슬픔을 주체하지 못하고, 자신도 모르게 왈칵 눈물을 쏟아냈다.

즐거워야 할 자리이건만 영학의 가슴속에서는 찬바람만 불었다. 그래서 그런지 술시(戌時, 오후 7시에서 9시 사이)도 끝나지 않아 주연은 끝이 났다. 미쓰나리는 내일 아침 일찍 조회에 참석해야 한다며 서둘러 자리를 파하고 바로 돌아갔다.

영학은 요시토시에게 밤새 같이 술이나 마시자고 했다. 그러나 요시토시는 술이 취한데다 피곤하니 내일 아침에 보자고 하면서 다른 방으로 가버렸다.

영학은 정종을 제법 많이 마셨는데도 정신이 말짱했고, 홀로 술병에 남은 술을 잔에 따랐다. 그런데 나이 많은 기생이 와서 거처를 옮겨야 한다고 말했다. 영학은 뒤채의 한 구석방으로 건너갔다. 영학은 방으로 건너가자마자 벌렁 드러누웠다. 그 바람에 호롱불이 흔들리면서 방안의 물건들도 흔들렸다.

천장에 민지의 얼굴이 비쳤다. 연지곤지까지 찍어서 그런지 하늘에서 내려온 천사처럼 예쁜 모습이었다. 민지와 혼인날을 잡은 뒤 연지곤지를 찍고 족두리를 쓴 민지의 모습이 어떨까 상상하곤 했던 영학은, 그때마다 콧구멍이 벌렁거릴 정도로 기분이 좋아지곤 했었다.

그날의 사건이 없었더라면, 지금쯤 영학은 새신랑이 되어 새색시가 된 민지랑 알콩달콩 살고 있을 것이다. 그런데 지금 꿈에도 생각하지 않았던 왜의 땅에 있지 않은가? 도대체 어쩌다 이렇게 되었을까?

영학이 이런 생각에 잠겨 있을 때, 미닫이문이 미끄러지듯 열렸다. 그리고선 아까 옆에 앉아 있던 기생이 방안으로 들어왔다. 아까 술을 마실 때는 짙은 화장을 하고 있었지만, 지금은 화장을 지운 민낯이었다. 한눈에 보아도 보기 드문 미인이었다.

영학은 동래에서 기방을 출입했던 경험이 있는지라 그 여인이 방안으로 들어 온 의미를 알았다. 그렇지만 오늘은 민지를 생각하기에도 아까운 시간이었고, 영학은 혼자 있고 싶다고 말했다.

영학의 말에 여인은 당황스러워 했다. 그렇다고 밖으로 나가지도 않았다. 영학은 재촉하는 표정으로 고개를 돌려 그녀를 쳐다보았다. 그러자 그녀는 살짝 미소를 지으면서 말했다.

"이 방은 제 방입니다. 그리고 저는 오늘밤 손님을 이곳에서 모시기로 하고 돈을 받았습니다. 그런데 혼자 있고 싶다고 하시면 제가 갈곳이 없답니다."

"그럼 제가 나가지요. 그런데 이곳을 모르니 내가 잘 방을 하나 마련해주시오."

"이곳은 유곽이라 영업을 하는 방 말고는 별도의 방이 없습니다. 오늘은 그냥 여기서 주무셔야 합니다. 그러니 제가 오늘 손님을 받지 않는 기녀가 있으면, 그 방에서 기녀와 함께 자겠습니다."

듣고 보니 영학이 그 방을 혼자서 차지하고 있을 처지가 아니었다. 그래서 영학은 그녀를 붙잡으며 말했다.

"그럼, 나가지 말고 그냥 이야기나 좀 합시다."

그렇게 그녀의 이야기는 시작되었다.

그녀의 고향은 후쿠시마(福島) 지방의 이와키(磐城)라는 어촌이었다. 그곳은 오사카나 교토에서 동북쪽으로 2,000리 길이었다. 고향 마을의 서쪽은 높은 산이고 동쪽에는 끝없이 넓은 바다가 펼쳐져 있는데, 그 바다의 끝은 아무도 가 본 사람이 없어 무엇이 있는지 알 수가 없다고 했다.

고향에는 아버지와 어머니 그리고 여동생 둘과 남동생 셋이 있다고 했다. 아버지는 배를 타고 고기잡이를 나갔다가 허리를 다쳐 걷지를 못한다고 한다. 그래서 그녀는 가족들을 부양하기 위해 꼬박 두 달을 걸어서 교토에 와서 유곽에 일자리를 얻었다고 한다.

그러면서 그녀는 도요토미 히데요시 관백을 존경한다는 이야기를 꺼냈다.

"관백 전하는 출신이 가난한 농민의 아들이라 가난한 백성들의 힘든 삶을 잘 이해하기 때문에 제가 진심으로 존경한답니다."

"어째서 그렇게 생각하는 것입니까?"

"여기에 있는 수많은 유곽들은 관백 전하가 나라를 다스리기 시작하면서 비로소 생기게 된 것입니다. 전하께서는 수많은 남자들이 가난과 전란으로 혼인을 못하고 혼자 산다는 말을 듣고서는 교토에 대형 유곽을 짓도록 하였습니다. 서민들의 생활을 모르는 귀족들은 도저히 상상도 못할 일이지요. 그 때문에 가난이나 불구로 짝을 만나지 못한 남성들은 이곳에서 외로움을 해소하고, 가난한 여인들은 돈을 벌 수 있게 되었습니다. 저도 이곳에서 돈을 벌어 영리하고 똑똑한 남동생들이 전쟁터에 나가지 않고, 공부를 하거나 밑천을 마련해서 장사를 할 수 있도록 뒷바라지하고 있습니다."

영학은 그녀의 말을 이해할 수 없었다. 그녀의 말대로라면, 혼인을 못한 남자들은 크게 부끄러워함이 없이 돈을 주고 여인의 몸을 사고, 여인들은 가족들을 먹여 살린다는 구실로 목숨과도 같은 정절을 돈에 판다는 말이 아닌가?

조선에도 기방이 있고, 색주가가 있다. 그렇지만 관비인 기녀의 신분이 아닌 일반 양민 신분의 여자가 돈을 받고 몸을 판 것이 적발되면, 당장 그 자리에서 맞아죽어도 한마디 변명의 길이 없다. 몸을 판 여자뿐만 아니라 몸 팔아 번 더러운 돈으로 밥을 먹은 가족들도 가차 없이 목이 날아갈 것이었다. 남자의 경우도 그렇다. 버젓이 그 짓을 했다가 양반의 눈에 띄면 미풍양속을 어긴 강상범(綱常犯)으로 관아에 붙들려갈 필요도 없이 그 자리에서 박살이 나게 된다. 박살은 사람이나 짐승을 주먹이나 몽둥이 따위로 때려서 죽이는 것이다.

아무리 나라 간 법과 풍습이 다르다 하더라도 여자의 몸을 사고파는 행위가 사회적으로 중벌을 받지 않는 것은, 왜국의 법이나 제도에 뭔가 큰 잘못이 있기 때문이라는 생각이 들었다.

영학이 다시 여인에게 물었다.

"만약 유곽에서 일하다가 아이가 생기면 어떻게 합니까?"

여인은 의아하다는 표정으로 영학을 쳐다보다가, 곧 입을 열었다.

"낙태가 안 되면 당연히 하늘이 내린 귀한 생명이라 여기고 낳아서 키워야지요."

그 말에 영학은 또다시 충격을 받았다. 그리고 도저히 믿기지 않아 다시 한 번 더 확인하기 위해 물었다.

"그러면 혼례도 하지 않은 여인이 아이를 낳아도 그대로 키운단 말이오?"

영학의 연이은 물음은 점입가경으로 여인의 심기를 불편하게 했다.

"아니, 왜 안 키운단 말입니까? 벌어 놓은 돈이 있으면 오히려 남들보다 더 잘 키울 수 있지요. 그럼, 조선에서는 그런 아이를 안 키우고 갖다 버립니까?"

여인은 짜증 섞인 목소리로 반문했다. 영학은 여인이 짜증을 내는 이유를 도저히 납득할 수 없었고, 궁금증을 참지 못하고 다시 비아냥거리듯 물었다.

"유곽에서 일한 여인이 자신의 과거를 속이고 혼인할 수도 있습니까?"

그 말을 들은 여인은 잠시 어안이 벙벙해하다가 영학을 째려보며 말했다.

"아니, 가난 때문에 가족들을 위해 몸을 파는 것이 그렇게 큰 죄입니까? 어떤 이유든 여자가 몸을 파는 것은 수치스러운 일입니다. 그렇지만 거짓말이 훨씬 더 큰 죄가 아닙니까? 그래서 유곽에서 일했던 사실을 굳이 먼저 이야기하지 않지만 그렇다고 거짓말하거나 일부러 숨기지는 않습니다. 물론 여인의 과거를 캐묻는 그런 옹졸하고 무례한 사내도 없고요."

여인의 앙칼진 대답에 영학은 더 이상 말을 하고 싶지 않았다. 괜히 더 물어 보았자 옹졸하고 무례한 사내로 비춰질 뿐이라 생각했다. 그런데 그 여인은 화가 난 듯 계속 말을 이었다.

"조선은 어떨지 모르지만, 남자가 전쟁에 나가든, 외국으로 나가든, 물건을 만들든, 장사를 하든 모두 먹고 살기 위해 자유의지로 선택한 것 아닙니까? 마찬가지로 여자가 몸을 팔든, 남자와 놀아나든, 아버지 모르는 자식을 키우든, 남자를 꾀어 같이 살든 모두 남에게 해를 주는 것도 아니고, 그 사람의 선택일 뿐입니다. 그런데 삶의 방식이 다르다고 함부로 욕하고, 벌하는 것은 인간을 인격적으로 보지 않는 차별의식과 옹졸함 말고 또 다른 무슨 이유가 있습니까? 그게 제대로 된 세상입니까?"

여인이 쏘아 붙이면서 훈계하듯 말하자 영학은 저절로 얼굴이 화끈

달아오르면서 비위가 상했다.

'아니, 내가 다른 사람도 아닌 기생년으로부터 훈계를 듣고, 옹졸하고 무례한 사내 취급을 당하다니…. 사내대장부가 이 무슨 망신이냐! 나 참, 기가 막혀서…. 내가 이 꼴을 당하려고 왜국으로 왔나? 조선이라면 당장 저 년을 요절을 낼 텐데….'

영학은 불쾌감과 수치심에 말문이 막혀 더 이상 한마디도 할 수 없었다. 그러다 끙 하는 나지막한 신음소리와 함께 깊은 한숨을 내뱉고는 방 한구석에 드러누웠다. 그리고 이불로 몸을 둘둘 말고는 벽을 향해 고개를 돌렸다. 영학은 자존심도 상하고 분한 마음에 쉽게 잠을 이루지 못하고 한참을 뒤척이다, 새벽녘에야 겨우 잠이 들었다.

33장

소명

소명

　다음날 아침 느지막이 영학은 요시토시와 함께 말을 타고 다시 오사카로 돌아갔다. 오사카 부근에 이르러 근처 식당에 들어가 점심을 먹었다.

　조선에는 술과 밥을 함께 파는 주막은 있지만 따로 밥만 파는 식당이라는 곳은 존재하지 않는다. 며칠마다 열리는 장터에서 아낙네가 떡이나 국밥을 팔기는 한다. 그리고 간혹 천막을 쳐 놓고 장사를 하기도 하지만 별도로 점포를 내고 밥을 파는 곳은 전국 어디에도 없다.

　왜국의 식당에서는 남자들이 부엌에서 힘들게 요리를 하고, 아낙네들은 설거지나 빈 그릇을 나르는 쉬운 일을 한다. 조선에서는 남자가 부엌에서 일을 한다는 것은 상상도 못할 일인데, 왜국의 사내들은 부엌일을 아무 거리낌 없이 했다. 조선의 사내들은 설사 노비라는 천한 신분이라도 부엌에 들어가는 것을 부끄럽게 생각한다.

그러나 왜국의 사내들은 부끄러워하기는커녕 손님들에게 아는 체 말을 걸면서 아부를 떨고, 이 고기는 어디서 잡았는데 어디가 맛있으며, 3대째 식당을 하는데 생선구이만 전문으로 해왔다는 둥 한시도 쉬지 않고 입을 놀린다. 영학의 눈에 이런 모습은 사내로서의 위신을 떨어뜨리는 행동으로 보일 뿐이었다.

점심을 먹은 후에는 빌려온 말을 되돌려 주고, 오사카성에서 가까운 오토모 가쿠에이의 집으로 갔다. 규슈의 명문가 집안이라 그런지 집은 꽤나 넓고 커 보였다.

열린 대문 안으로 들어서니 마당에는 온통 빨갛고 노랗고 푸른 옷감들이 높은 나무기둥에 연결된 줄에 수없이 매달려 있었다.

요시토시가 "오토모상" 하고 부르니 빨랫줄에 널린 옷감을 헤치고 가쿠에이가 나타났다. 영학은 줄에 달린 옷감들을 보면서 물었다.

"이게 뭡니까?"

그러자 가쿠에이가 싱긋이 웃으면서 말했다.

"대대로 내려오는 가업인 염색작업을 하는 중입니다."

마당 안쪽에는 염료를 끓이는 큰 솥이 나무 삼각대에 걸려 있고, 그 옆에는 염색을 기다리는 천들이 차곡차곡 쌓여 있었다. 가쿠에이가 입고 있는 작업복에는 군데군데 수많은 얼룩이 져 있었다. 영학으로서는 처음 보는 낯선 풍경이었다.

왜국에서는 만 석 이상의 땅을 가진 귀족이나 무사는 그 땅을 관리하느라 다른 부업을 하지 않지만, 그렇지 못한 귀족이나 무사들은 대부분 대대로 내려오는 가업으로 돈을 번다고 한다.

방직이나 염색, 종이부채, 우산, 신발을 만드는가 하면 칼이나 창 따위의 무기나 낫, 쟁기 같은 농기구를 만드는 등 부업의 종류도 아주 다양하다. 그리고 그들은 자신이 만든 제품에 가문의 신용과 명예를 건다고 한다.

가신들 중에는 주군으로부터 받은 녹봉은 오직 주군을 위해서 쓰고 생계는 가업을 통해서 영위하는 것을 당연시하는 사람들도 많다고 한다. 어제 만난 이시다 미쓰나리도 주군인 히데요시로부터 받은 땅을 모두 부하들에게 나누어 주고, 자신은 부업으로 자린고비 생활을 한다고 한다. 요시토시는 근검을 철칙으로 여기는 이시다 미쓰나리가 어제 유곽에서 술을 마신 것은 그만큼 영학을 귀한 손님이라 생각했기 때문이라고 했다.

이처럼 왜의 귀족이나 무사들의 검약과 절제는 생활 속에 철저히 배어 있다. 영학은 이런 검약과 절제가 왜의 백성들에게는 고마운 일이지만, 적대관계인 이웃나라의 백성들에게는 무시무시한 위협이 될 수 있다는 생각에 미치면서, 갑자기 걱정스러운 마음이 들었다.

그런데 그때 갑자기 옷감이 내걸린 나무 삼각대와 물감이 담긴 솥이 흔들리기 시작했다. 그리고 온몸이 부르르 떨리기 시작했다. 그뿐만이 아니었다. 집도 흔들리고, 땅도 흔들리고 있었다.

'어? 이게 뭐지? 내가 갑작스런 빈혈에 걸렸나? 어젯밤에 잠을 설치

는 바람에 현기증이 생겼나?'

영학이 그렇게 생각하는 사이, 흔들림은 거짓말처럼 뚝 멎었다. 현기증이 없어졌나보다 하고 생각하면서 주위를 둘러보니 요시토시와 가쿠에이가 겁에 질린 표정으로 그 자리에 우두커니 서 있었다. 영학 본인만 현기증을 느낀 것이 아니었다.

'어, 어떻게 현기증을 느껴도 이렇게 동시에 똑같이 느끼지? 이런 희한한 일이 있나?'

영학의 생각도 잠시, 다시 땅이 흔들리기 시작했다. 이번에는 아까보다 더 세게, 그리고 더 오랫동안 흔들렸다. 솥 안의 물감이 출렁거리고 나무삼각대에 걸린 솥이 좌우로 흔들렸고, 줄에 걸린 옷감들도 나부끼기 시작했다.

요시토시와 가쿠에이는 영학의 손을 이끌고 뜰의 중간으로 나가 그곳에 풀썩 주저앉았다. 영학은 어지럼증을 느끼면서 구토할 것처럼 속이 거북해졌다.

그러는 동안 또다시 땅이 조용해졌다. 땅이 흔들린 시간은 반각도 되지 않았지만, 영학에겐 영원으로 기억될 만큼 길게 느껴졌다. 그 짧은 시간에 평생을 느껴왔던 기쁨과 슬픔, 후회와 번민의 순간을 다 머릿속에 한꺼번에 그려낼 수 있다는 것을 처음으로 알았다.

흔들림이 멈추자 요시토시와 가쿠에이는 삼각대에 걸린 솥을 바닥에 내려놓고, 줄에 걸린 옷감들은 치우지 않고 그대로 두었다. 그 사이에 서로 아무런 말이 없었다. 영학은 말로만 듣던 지진을 경험하고 나니 어안이 벙벙했다.

지진이 나면 막상 사람들은 피할 곳이 따로 없다. 떨어질 물체가 없는 곳으로 피하거나, 피할 곳이 마땅치 않으면 떨어지거나 넘어지는 물건에 다치지 않도록 숨는 것 말고는 마땅히 할 일도 없다. 눈에 보이는 온 땅이 흔들리고 있어 도망갈 수도 없다. 바다에는 해일이 염려되고, 산에는 산사태가 걱정된다. 지진이 약하게 일어나서 빨리 그치면 다행이다. 그러나 강한 지진이 일어나 집이 무너지고, 해일이 일고, 산사태가 나서 사람들이 죽거나 다치면 그만큼 슬프고 불행한 일이 어디 있겠는가.

그런데 그 다행과 불행은 신이 선택할 뿐이고, 인간에게는 아무런 선택권이 없다. 그저 자신의 운명을 신에게 맡기고 처분만 기다릴 뿐이다. 신의 선택 앞에서는 잘난 놈, 못난 놈의 구별이 없고, 가진 놈이나 없는 놈의 구별도 없다. 그냥 제 운에 달렸을 뿐이다.

이날만 해도 몸이 떨리기는 하지만 넘어지지는 않을 정도의 지진이 다섯 번, 기대지 않고는 서 있기 힘들 정도의 지진이 두 번, 그리고 주저앉아 있기에도 힘들 정도의 지진이 한 번 있었다.

그런데 영학은 신기하게 생각되는 점이 하나 있었다. 처음 지진인지 아닌지 몰랐을 때를 제외하고, 그 다음부터는 지진의 강도와 공포심이 비례하지 않는다는 것이었다. 영학은 약하든 강하든 지진을 느낄 때, 인간은 극한의 공포감과 무기력감에 빠지면서 마음속에서 저절로 신을 찾는다는 것을 알았다. 담벼락이 무너지고, 지붕이 내려앉을 정도의 대지진은 피할 수 없지만, 그런 대지진이 언제 어떻게 올지는 아무도 모르기 때문이다. 며칠 후나 몇 달 후, 아니면 몇 년 뒤에 올 수도 있다.

어쩌면 몇 백 년 뒤에 올 수도 있다. 그렇기 때문에 왜인들은 무너지더라도 충격이 적고, 수리하기 쉬운 나무집을 짓는 것 말고는 지진에 대비할 엄두도 내지 못했다. 영학은 왜인들의 대륙으로의 진출 열망은 왜국이 좁은 섬나라라서가 아니라 속수무책으로 당하기만 해야 하는 지진이 무섭기 때문인지도 모른다는 생각이 들었다.

다음날에는 훨씬 더 지진이 잦았다. 아마도 열댓 번은 더 땅이 흔들리는 것 같았다. 그런데다 비까지 내렸다. 이곳의 봄비는 조선의 장맛비 못지않게 축 늘어지듯 계속 이어졌다. 하늘에서는 굵은 빗방울이 쏟아져 내리며 세상을 적시고, 땅은 끊임없이 흔들렸다. 우울하고 음침하다는 말이 폐부 깊숙이 각인되는 느낌이었다.

비가 와서 그런지 아무도 밖으로 나가지 않았다. 그럼에도 일상생활은 변함없이 평온하게 유지되었다. 아무도 우왕좌왕하거나 호들갑을 떨지 않고, 겉으로 보기엔 표정에 아무런 공포나 무기력감도 보이지 않았다. 인내심이 많은 건지, 아니면 수없이 반복되는 지진에 무뎌지거나 체념을 한 건지, 겉으로 봐서는 도저히 속을 알 수 없었다.

영학과 요시토시는 그날 밤을 가쿠에이의 집에서 보냈다. 오늘은 오토모 신조(大友晋三)가 교토에서 돌아오는 날이라고 했다. 요시토시는 신조가 오면 잠시 얼굴만 보고 돌아가기로 했다. 내일 아침 일찍 대마도로 출발하기 위해서는 배 수리부터, 양식 마련, 무기 점검 등 할 일이 많다고 했다.

정오가 지날 무렵 오토모 신조가 돌아왔다. 신조는 영학을 보자마자 삿갓과 도롱이를 벗어 던지고, 비에 젖은 몸으로 달려와 안겼다. 생명의 은인에게 감사의 큰절을 하려고 했지만, 영학이 비슷한 연배에 무슨 큰절이냐며 극구 사양을 했다. 그 바람에 절은 생략하고, 서로 두 손을 맞잡으며, 반가움을 나누었다. 목숨이 위태롭던 가엾은 그때의 모습은 찾아볼 길이 없고, 의젓하고 귀티 나는 헌헌장부로만 보였다.

조금 있다가 요시토시가 자리에서 일어나자, 신조는 요시토시에게 투정부리듯 말했다.

"만나자마자 떠나는 법이 어디 있습니까?"

요시토시는 신조를 달래듯 말했다.

"갈 길이 멉니다. 그리고 대마도의 선발대가 규슈에서 관백 전하를 맞이하기 위해서는 급히 서둘러야 합니다."

신조는 고향인 규슈 이야기가 나오자 더 이상 붙잡지 않았다. 요시토시는 영학에게 작별인사를 했다.

"가을쯤에나 다시 오겠습니다. 여기서는 오토모 가문이 그대를 극진히 보살필 것입니다. 타국에서 외롭고 힘들더라도 대의를 위해 참으십시오. 한 삼 년 후에는 저도 함께 조선에서 그대 어머니와 스승님께 인사를 드릴 수 있을 겁니다."

요시토시가 작별인사를 서두르는 중에도 여전히 비는 내리고 있었고, 땅도 간헐적으로 흔들리고 있었다.

다음날 아침이 되자 비도 그치고, 지진도 멈췄다. 다행히 집이 무너지거나 크게 다친 이웃이 없었다. 가쿠에이는 영학에게 오늘은 가토 기요마사를 만나자고 말했다. 그러면서 앞으로 영학이 일본에서 활동하는 동안 실질적인 후견인은 가토가 될 것이며, 영학이 일본에 오기를 가장 학수고대한 사람 또한 가토라고 말했다.

"저는 생판 알지도 못하는데 왜 그 분이 나를 일본에 오기를 바라는 것입니까?"

"가서 만나 보면 압니다."

가쿠에이는 더 이상의 자세한 설명을 피했다. 그러나 영학은 아무리 생각해도 그 사람이 왜 자신을 만나려고 하는지 이해가 되지 않아 궁금증만 커져 갔다.

'그는 주전파의 중심인물이라고 하지 않는가? 그렇다면 그가 나를 통해 조선의 사정을 알아볼 일이 있나? 그렇지만 지금까지 만난 왜인들을 보면 조선인인 나보다도 훨씬 더 조선의 사정에 훤하던데…. 이왕 여기까지 왔으니 한 번 만나보자. 그렇지 않아도 왜의 주전파들을 진정시키기 위해서 그를 만나고 싶었던 참인데, 차라리 잘 된 일인지도 모르지.'

영학은 이런 생각 끝에 가쿠에이의 말을 순순히 따르기로 했다.

그의 집은 오사카성의 바로 앞에 있었다. 일본 최고 무장 중의 한 사람이 살고 있는 집이라고는 생각되지 않을 만큼 집은 소박했다.

집안으로 들어서자 마당의 평상 위에는 종이로 만든 부채가 수북하게 쌓여 있고, 옆에는 대살과 종이가 어지럽게 펼쳐져 있었다. 평상 위에는 회색바탕에 물방울무늬의 유카타를 입고 흑갈색의 겉옷을 걸친 모습의 젊은이가 대살에 종이를 붙이고 있었다. 인기척이 나자, 젊은이는 일을 멈추고 인기척이 나는 쪽으로 고개를 돌렸다. 그는 가쿠에이와 신조를 보고 반색을 하면서 일손을 멈추고 자리에서 일어나 그들을 맞았다.

바로 그 젊은이가 가토 기요마사였다. 일본 최고의 무장이라고 하나 체구도 그리 크지 않았고, 얼굴 생김새도 갸름하여 샌님 같은 인상을 주었다. 손님을 맞이하는 태도도 무인이라기보다는 서생이라고 생각될 정도로 겸손하고 정중했다. 가토는 영학에게 인사했다.

"일본으로 와 줘서 고맙습니다."

영학은 단도직입적으로 물었다.

"제가 일본에 온 게 그리 고맙습니까?"

그러자 가토는 껄껄 웃으면서 대답했다.

"뱃속에 깊이 박힌 화살을 빼내서 죽어가는 사람의 목숨을 살린 신통한 의원을 어느 누군들 뵙고 싶지 않겠습니까? 더욱이 전란으로 인해 수많은 백성들이 죽거나 다치고, 수없이 반복되는 자연재해와 고온다습한 기후로 역병이 끊이지 않는 이 나라는, 그대의 가르침이 진정으로 필요합니다. 그래서 꿈에라도 보고 싶었는데, 오늘 이렇게 뵙게 되니 반갑기 그지없습니다."

"저를 어떻게 아십니까?"

"여기 계시는 오토모 가쿠에이 님이 계시는 오토모 가문은 관백 전하의 충성스런 신하이며, 저 또한 같은 입장입니다. 그런데 관백께서 조선에 파견되었던 오토모 가문의 공자가 겪은 일을 알게 된 후 우리

나라에는 왜 그런 의원이 없느냐고 아쉬워했습니다. 그런데 하늘이 복을 내려서 이렇게 일본으로 오시니 저희들은 기쁘기 한량이 없습니다."

"저는 조선에서 피치 못할 사정으로 당분간 일본으로 피신하게 되었습니다. 이왕 이렇게 되었으니 앞으로 잘 부탁드리겠습니다. 저도 이곳에 있는 동안 일본의 백성들을 위해서 능력이 닿는 한 최선을 다하겠습니다."

"대마도에 오시자마자 요시시게 님의 시력을 되찾게 하였다는 소문을 이미 들었습니다. 그 때문에 요시시게 님이 관백 전하의 규슈평정에 큰 역할을 하실 것입니다. 정말 고맙습니다. 앞으로 일본의 젊은 이를 제자로 거두어 조선의 선진의술을 가르쳐 주십시오. 그러면 우리 일본인들은 선생을 길이 받들어 모실 것입니다."

"능력은 미약하나 힘껏 애를 쓰겠습니다."

가토와의 인사를 마친 후, 가쿠에이는 가토와 할 이야기가 있다면서 그곳에 남았고, 영학은 신조와 함께 오토모의 집으로 돌아왔다.

돌아오는 길에 신조는 영학에게 어떻게 해서 일본에 오게 되었느냐고 자초지종을 물었다. 영학은 그동안 있었던 사정을 이야기했고, 사정을 들은 신조는 안타까움에 혀를 찼다. 영학은 감영의 포교들이 왜 그 먼 길을 달려 와서 자신을 체포하려고 했고, 또 어떻게 하다 시게노부나 요헤이가 자신을 구하게 되었으며 그 과정에서 어떤 이유로 관원이 살해되었는지, 그리고 왜 자신이 관원살해범으로 전국에 수배가 되었는지 아무리 생각해도 이해가 되지 않는다고 말했다.

그러나 오토모 신조는 대번에 알아차렸다.

'영학이 일본에 온 것은 도피가 아니라 공작에 의한 납치다. 그렇다면 내 목숨의 은인은 결국 나 때문에 공작의 대상이 되어 일본으로 납치된 게 아닌가? 이 무슨 배은망덕인가? 만약 내 짐작이 사실이라면, 규슈에 그리스도왕국을 건설하려 했던 오토모 가문은 신의를 저버렸다.'

그러나 신조는 영학에게 아무런 내색을 할 수가 없었다. 대신 그는 결심했다. 어떻게든 그를 잘 보살펴서 나중에 조선으로 무사히 돌려보내기로.

한편 오토모 가쿠에이는 가토 기요마사로부터 크게 칭찬을 받았다. 그리고 그로부터 오토모 가문의 미래를 보장받았다. 가토는 조선에서 온 의원으로 하여금 일본의 영재들에게 의술을 가르치고, 그 영재들이 전국의 열도에 선진의료기술을 널리 보급할 수 있게 하라고 당부했다. 그러면서 영학의 존재를 철저히 비밀에 부치라고 명을 내렸다.

가토가 영학의 존재를 비밀로 하라고 한 데는 다른 중요한 목적이 있어서였다. 그것은 바로 주군인 히데요시의 2세 문제 때문이었다.

'저 젊은 의원이 도요토미 가문의 대를 잇는 공을 세우기를 기대해보자. 도요토미 가문의 후계자 탄생이야말로 바로 가토 가문의 무궁한 번영이 아닌가? 그리고 만약 저 젊은 의원으로도 안 된다면, 그때는 그의 스승을 모셔오면 되지 않는가? 저 젊은이를 일본으로 데리

고 왔다면, 그 스승 또한 못 데려올 이유가 없다.'

이렇게 생각한 가토 기요마사는 히데요시의 평생 소원을 풀어줄 수 있는 공을 세울 절호의 기회를 잡았다는 기쁨으로 가득 찼다. 그뿐만이 아니다. 의료수준의 개선이야말로 지금 일본 백성들에게 가장 필요한 것이다. 그는 최고의 무장으로서 일본 백성들에게 진정한 도움을 줄 수 있는 자신의 존재가 너무나 뿌듯하고 자랑스럽게 느껴졌다.

영학은 다다미가 깔린 방으로 들어가 편백나무로 만든 목침에 머리를 베고 드러누워 생각에 빠졌다.

'이제부터는 무얼 어떻게 해야 하나? 앞으로 얼마나 더 왜의 땅에서 머무르게 될까? 지금 조선은 어떻게 돌아가고 있을까? 그리고 조선의 사정은 어떻게 알아보나? 요시토시가 가을에 온다는데, 그때까지 꼼짝없이 여기에 있어야 하나?'

영학이 알기로 가토 기요마사는 주전파의 대표적인 인물이고, 영학의 주변 사람들은 모두 반전파들이었다. 그런데 그들은 왜 자신을 가토에게 먼저 소개했으며, 가토가 자신에게 진정으로 바라는 것은 무엇인지 의문이 생겼다.

'아직 나는 의원이라기보다는 고작 흉내만 내는 초보에 불과한데 왜 인들은 나를 너무 과대평가하는 건 아닐까? 혹시 나와 스승님을 혼돈한 건 아닐까? 그렇지 않다면 일개 초보 의원에 불과한 내가 어찌 감히 도요토미 히데요시나 대마도주나 이시다 미쓰나리, 가토 기요마사 같은 쟁쟁한 왜의 실력자들을 만난단 말인가?'

이런 생각으로 영학의 머릿속은 온통 뒤죽박죽이었다.

저녁을 먹고 난 뒤 가쿠에이와 신조가 영학의 방으로 찾아왔고, 가쿠에이가 용건을 이야기했다.

"어렵게 일본에 오셨지만, 아마 조선으로 돌아가려면 한 2~3년 정도는 여기에 계셔야 할 것입니다."

"2~3년 정도는 각오하고 있습니다. 그런데 그동안 무얼 해야 할까요?"

"할 일이 너무 많습니다. 우선 일본의 젊은 영재들에게 의술을 가르쳐 주십시오."

"그게 좋기는 한데, 아직 제 실력이 초보에 불과하고, 임상경험도 별로 없습니다. 그리고 지금까지는 스승님으로부터 의술을 배우는 단계에 있었고요. 아직은 제가 남을 가르칠 단계가 아닌데, 걱정이 태산 같습니다."

"그렇지 않습니다. 선생은 지금 실력만으로도 충분합니다. 그리고 선생은 의방유취요록을 갖고 있지 않습니까? 그것만 해도 일본의 의료 수준을 100년은 앞당길 것입니다."

"의방유취요록도 30권 중에서 겨우 18권만 가지고 이곳에 왔습니다. 그 18권도 제대로 다 공부하지 못했고요. 아직은 학생들을 가르치기에 형편없이 부족한 실력입니다. 더욱이 의술은 사람의 생명과 신체를 다루는 분야입니다. 제 스승님은 의원이 버려야 할 가장 첫째가 교만이라고 하셨습니다. 초보에 불과한 제가 의술을 가르친다는 것은 사실 엄청난 교만이자 무리입니다."

그 말을 들은 가쿠에이는 잠시 호흡을 가다듬고 차분하게 이야기를 꺼냈다.

"선생은 우리 일본의 의학수준이 어느 정도나 된다고 생각합니까?"

"왜의 백성들은 자유롭고, 사회가 활기찬 것으로 보아 의학수준도 조선 못지않을 거라고 생각합니다. 이곳에도 훌륭한 의원들이 많을 것 아닙니까? 더욱이 전란의 시대를 겪었고, 자연재해가 많기 때문에 그에 대비하여 의학수준도 당연히 발달했겠지요."

"그렇게 좋게 보아주시니 고맙습니다. 그러나 현실은 선생의 생각과 너무 다릅니다. 우리 일본의 의학수준은 조선에 비해서 한참 낙후되어 있습니다. 한양의 궁궐은 이미 150년 전에 만들어진 의학대백과사전을 통해 수만 가지 질병의 증상과 치료법, 약재, 약초를 기록하고 있지만 부끄럽게도 일본에는 아직 그렇게 체계적으로 만든 의학사전이 없습니다. 그러다 보니 일본의 백성들은 병이 나면 자기가 믿는 신에게 비는 것 말고는 할 수 있는 치료가 없습니다. 마치 지진이 일어났을 때 떨어지는 물건이 없는 곳으로 피하는 것 말고 아무 것도 할 수 없는 것처럼 말입니다."

"의학대백과사전까지는 아니라도 향약집성방(鄉藥集成方) 같은 책은 있을 것 아닙니까? 하다못해 명나라에서 만든 본초서(本草書)라도 있을 것 아닙니까?"

"아직 일본에는 향약집성방과 같은 책이 없습니다. 그리고 명의 본초서는 기후와 토양이 다르기 때문에 일본에서 쓸 수가 없습니다. 그렇기 때문에 지금 선생이 가지고 있는 18권의 요약서만 잘 응용해도 일본 의술이 최고 수준으로 향상될 것입니다."

옆에 앉아 있던 신조가 아버지 가쿠에이를 거들고 나섰다.

"사실 일본은 인쇄술에 있어서도 조선에 비해 많이 뒤떨어졌습니다. 일본의 목판인쇄술은 모두 신라, 백제, 고구려로부터 배운 것입니다. 그런데 지금으로부터 350년 전 고려에서 증도가자(證道歌字)라는 금속활자를 만들지 않았습니까? 그렇지만 금속활자는 아직 일본에 전해지지 않았습니다. 왜냐하면 고려가 세계최초로 금속활자를 만든 그 시기에 일본은 몽골과 고려연합군의 침공을 받았고, 이 때문에 고려와 외교가 단절됐기 때문입니다. 그래서 일본에 금속활자가 전래된 것은 얼마 되지 않았습니다. 그런데 조선은 고려 때 만든 금속활자를 발전시켜 계미자, 갑인자와 같은 정교한 활자로 발전시켰지 않습니까? 이처럼 활자기술이 뒤지다 보니 일본의 출판문화는 아직 조선에 훨씬 뒤처져 있습니다."

신조는 양국의 인쇄술의 차이를 설명하고는, 의학적인 부분에서의 차이도 짚어 나갔다.

"더구나 의학서적은 차원이 다른 문제입니다. 의학서적을 편찬하려면 활자술은 기본이고, 수백 년의 임상경험을 통한 증상과 치료법, 실제경험을 통한 약재, 약초의 효능과 복용방법 및 용량이 전부 다 기록되기 때문에 수백 년에 걸친 문화의 축적 없이는 불가능합니다. 그러다 보니 지금의 일본은 다른 분야에서는 조선을 많이 따라가고 있지만 의학수준에서는 아직 한참 뒤져 있습니다. 그러니 선생님의 지나친 겸손은 우리 일본인에게는 야박하게 보일 수 있습니다."

신조의 말을 듣고 영학은 그의 해박한 지식에 놀랐다. 사실 그는 금속활자가 고려 때 만들어졌다는 것은 알고 있지만 '증도가자'라는 정확한 명칭이나 제작시기는 알지 못했다. 그리고 목판인쇄술이 고구려, 백제, 신라를 거쳐 왜국으로 건너 간 사실이나, 고려 때 만든 금속활자가 왜국에 전해지지 않은 이유가 여몽연합군의 일본공격 및 조선과의 외교단절이라는 것도 모르는 사실이었다.

그러면서 한편으로는 왜의 지식인들은 국가의 안위와 백성들의 생활에 필요한 지식으로 무장하고 있지만, 조선의 지식인들은 아무 쓸데없는 내용으로 머리를 채우고 있다는 생각이 들었다. 빈 수레가 요란하다는 말처럼 조선 양반들의 머리에 실용적인 지식은 없고 허례허식과 같은 쓰레기만 가득하다 보니 유독 주둥아리만 발달한 게 아닌가 하는 생각까지 들었다.

영학은 신조의 말을 듣고 나서 더 이상 겸양을 부려봤자 소용없다는 생각이 들어, 그의 제안을 승낙하는 의미로 말했다.

"그럼, 가르친다기보다는 서로 함께 연구하고 공부하기로 하되, 제가 의방유취요결의 내용을 좀 더 아니까 제가 아는 만큼 열심히 동료들에게 전달하도록 하겠습니다."

영학에 말에 가쿠에이와 신조는 기뻐했다. 이로써 의학교육에 대한 이야기가 마무리되고, 가쿠에이는 드디어 기쿠코에 대한 이야기를 꺼냈다.

"지금 기쿠코 아가씨는 부모와 남동생의 죽음과 가문의 몰락으로 심각한 우울증을 앓고 있습니다. 그래서 기쿠코 아가씨의 우울증 치료와 함께 히데요시 님의 마음을 받아들이도록 해 줄 것을 부탁드립니다."

그러나 영학은 우울증 치료는 그렇다 치더라도 뚜쟁이 역할까지 하는 것은 왠지 거부감이 들었다. 그래서 조금 짜증스러운 목소리로 대꾸를 했다.

"제가 그런 것까지 해야 합니까?"

"그렇게만 생각할 것이 아닙니다. 그것이 장차 일본과 조선의 전쟁을 막을 수 있는 가장 효과적인 수단입니다."

그 말에 영학의 태도는 조금 수그러들었다. 그렇지만 왠지 찜찜한 기분이 들어 옛 역사를 예로 들며 말했다.

"의원이 정치와 깊이 관련되면 제명대로 살기 어렵습니다. 옛 고구려 땅인 발해국 출신의 명의로, 못 고치는 병이 없고 심지어 숨이 끊긴 곽나라의 태자를 살리기도 했던 편작은 진나라의 시종 이혜의 시기와 질투 때문에 자객의 칼에 죽었습니다. 그리고 초나라 출신의 화타는 위왕 조조의 두통에 '마비탕으로 온몸을 마취시킨 뒤 도끼로 두개골을 깨고 골속 병의 원인인 풍기를 제거하면 된다'는 처방을 내렸다가 조조의 의심과 분노를 사는 바람에 옥에 갇혀 고문으로 목숨을 잃었습니다. 저 같은 뜨내기를 편작이나 화타 같은 명의에 비유할 수는 없지만, 어쨌든 의원은 인술에 전념할 뿐 정치에 관여하는 것은 바람직스럽지 않다고 봅니다."

그 말에 신조가 다시 대화에 끼어들었다.

"지나와 일본은 정치문화가 완전히 다릅니다. 일본의 권력자들은 기분이 나쁘다고 백성들을 함부로 죽이거나 처벌하지 않습니다. 하다 못해 권력을 이용해서 여인을 능욕하는 일은 더더욱 용납되지 않습니다. 위로는 천황이, 아래로는 백성들이 권력을 남용한 비도덕적인 행위를 용납하지 않습니다. 천황께서는 태평 시에는 정치에 관여하지 않지만, 비상시에는 권력의 향방에 결정적인 영향을 미칩니다. 그래서 실력자인 막부의 대장군도 형식적으로는 천황 앞에서 무릎을 꿇어야 합니다. 위로만 그런 게 아닙니다. 가신에게도 주군을 선택할 권리가 있고, 백성들에게도 영주를 선택할 권리가 있으며, 주군이 마음에 들지 않으면 받은 토지를 반납하고 주군을 바꿀 수 있으며, 영주가 마음에 들지 않으면 타향으로 이사를 갈 수 있습니다. 그렇기 때문에 위왕인 조조가 화타를 죽이거나, 진나라의 시종인 이혜가 편작을 죽인 그런 말도 안 되는 일은 일본에서 절대 일어나지 않습니다. 그리고 맹세컨대, 제가 선생님 곁에 있는 한 어느 누구도 감히 선생님을 해하지 못할 것입니다."

옆에 있던 가쿠에이도 맞장구를 쳤다.

"그래, 맞다, 맞아. 천황께서 굽어보시고, 수많은 백성들이 밑에서 올려보고 있는데, 어떻게 권력이 제 마음대로 설칠 수 있단 말인가? 그건 절대 안 되지. 역시 내 아들은 영특하구나!"

영학은 서로 격려하며 애쓰는 부자지간의 모습이 보기 좋았지만, 현실을 일깨워 줄 필요가 있다는 생각에서 일침을 놓았다.

"일본의 권력자가 위로 천황과 아래로 백성들의 눈치를 살피기 때문에 권력을 농단할 수 없다면, 지금 왜 히데요시가 무모하게 조선과 명을 상대로 말도 안 되는 전쟁을 일으키려고 합니까? 위로 천황과, 아래로 백성들이 히데요시의 전쟁구호에 동조하고 있는 것입니까?"

그 말에 가쿠에이가 심각한 표정으로 말했다.

"조선과 명에 대한 전쟁은 관백 전하가 먼저 구호로 내세웠지만, 솔직히 말하면 지금 백성들도 그 구호에 솔깃해하고 있습니다. 일본은 수천 년 동안 대륙의 문물을 받아들였습니다. 그러다 보니 백성들은 대륙에서 불어오는 바람조차 선망하고 있습니다. 대륙은 일본인에게 동경의 대상입니다. 특히 조선이 차지한 반도의 땅을 천국으로 여기고 있습니다. 사계절이 뚜렷한 기후, 낮고 완만하여 살기 좋고 아름다운 산, 굽이굽이 흐르는 강과 기름진 평야, 국토를 감싸고 있는 풍부한 바다와 긴 해안선, 수천 개의 아름다운 섬, 대륙과 해양의 관문……. 도저히 말로는 다 표현할 수가 없지요. 그렇지만 일본의 자연과 지형은 어떻습니까? 지금도 우리 일본인들의 가슴속에는 언젠가 화산폭발과 지진으로 열도가 바다 속으로 가라앉지 않을까 하는 공포심이 웅크리고 있습니다. 이 때문에 많은 일본의 백성들이 대륙진출에 기대하고 열광하는 것이지요."

"그렇다고 이웃의 재물을 탐내면 안 되지요."

"일본의 백성들이 원하는 것은 이웃나라끼리 서로 잘 지내자는 것이지 이웃의 재물을 탐하는 것이 아닙니다. 전쟁을 원하는 자 또한 권력자들이지 백성들이 아니고요."

"아까 많은 일본 백성들이 대륙진출에 기대하고 열광한다고 하지 않았습니까? 그런 기대와 열광이 권력자에게 전쟁을 부추기는 것 아닙니까?"

"권력자들이 권력을 유지하기 위해 백성들의 기대와 열망을 이용하여 전쟁을 불사하는 것이지, 백성들이 권력자에게 전쟁을 부추기는 것은 결코 아닙니다. 조선과 마찬가지로 일본인도 다 선량하고 온순한 백성들입니다. 백성들은 양국이 서로 자유롭게 교류하기를 바라지만 그렇다고 전쟁으로 가족들이 죽거나 불구가 되는 재앙을 감수하면서까지 그렇게 되기를 원하지 않습니다. 백성들이 진정으로 원하는 것은 가족들의 건강과 행복이지 부귀영화가 아니니까요. 일부 출세에 눈먼 권력자들이 조선의 부패상과 정치의 난맥상이나 민심을 부풀려서 일본의 백성들을 충동질하는 것입니다. 다시 한 번 말하지만, 전쟁을 원하는 자들은 탐욕의 노예가 된 권력자들이지, 절대로 백성들이 아닙니다."

생각해보니 그랬다. 전쟁으로 가족을 잃는 것을 원하는 백성들이 있을 리 없었다. 그들에게는 가족이 삶의 이유이자 목적이니 말이다. 자식을 잃고 남편을 잃는 것은 자신의 삶이 무너져 내리는 것과 마찬가지다.

영학은 생각을 정리했다. 사람들의 탐욕 때문에 전쟁이 일어나지만 그 탐욕은 다름 아닌 소수 권력자의 탐욕일 뿐 백성들의 의지와는 무관하다. 전쟁이 일어나면 권력자는 권력을 잃지만 백성들은 자신이나 가족의 목숨을 잃는다. 그렇기 때문에 권력자들은 자신의 유불리에 따라 섣불리 전쟁을 결정한다. 그리고 상대국의 잘못을 부풀리고, 전쟁 말고 다른 수단이 없다는 거짓말로 백성들을 죽음의 길로 내몬다. 인간은 스스로 똑똑한 존재라고 말한다. 그렇지만 전쟁이란 너무도 잔인하고 어리석은 짓이다. 그렇기에 실상은 미물보다 훨씬 못난 존재가 바로 인간인지도 모른다.

지금 왜국의 사정이 그렇다. 히데요시는 벼락출세 후 자신의 권력기반을 확고히 하기 위해서 황금이 필요했다. 그래서 그는 황금을 얻기 위해 백성들의 대륙에 대한 동경을 이용하여 대륙진출을 구호로 내세우고, 전쟁을 불사하겠다는 애국심을 내세워 지방의 영주들에게 충성과 황금을 바치라고 압박을 가한다. 그렇다면 히데요시의 진짜 목적은 권력과 황금이지 전쟁이 아니다.

그런데 처음에는 단순한 명분과 구호로 내세워진 대륙침략이 시간이 흐름에 따라 점점 더 심해지는 충성 경쟁과 비뚤어진 민족감정에 편승하여 서서히 현실화되고 있다. 이럴 때 히데요시에게 후계자로 삼을 아들이 생겨 그의 권력기반이 안정된다면, 현실적인 계산에 빠른 히데요시가 무모하게 전쟁을 일으킬 가능성은 극히 낮아질 것이다. 그렇다면 무슨 수를 써서라도 도요토미 가문의 2세가 탄생할 수 있도록 해야 했다.

영학은 지리산에 은거하던 스승과 인연이 되어 의술을 배우고, 뜻하지 않게 왜국으로 온 것도 어쩌면 하늘이 자신에게 소명을 주기 위함인지도 모른다는 생각이 들었다. 그래서 영학은 작정하고 말했다.

"능력은 부족하지만 왜국에 선진의학이 널리 보급되고, 도요토미 가문에 2세가 탄생하도록 모든 노력을 다하겠습니다. 그러니 어떻게 하면 좋을지 잘 가르쳐 주십시오."

가쿠에이는 감격하여 눈물을 흘렸다. 곁에 있던 신조도 콧날이 찡했
다.

34장

기류

氣流

氣流

기
류

　　가쿠에이는 오사카성 바로 앞에 약방을 내었다. 가토 기
요마사의 집에서도 바로 보이는 곳이었다. 약방의 주인은 가쿠에이이
고, 영학은 표면에 나서지 않았다. 의술을 배우려고 지원한 다섯 명의
소년들이 환자를 직접 치료했고, 영학은 그 소년들을 지도하는 역할만
했다. 교재는 의방유취요록이었고, 영학은 스승이 가르치던 방식을 그
대로 따라했다.

　　다섯 명의 소년들 중 가장 선임자는 오토모 신조였다. 오토모 신조
아래 16세의 미와자와 나오이에(宮澤直家), 15세의 간 하루노부(管晴
信), 다카하시 요시히로(高橋義博), 13세의 고이즈미 가쓰히로(小泉勝
弘)는 조선의 양반들이 평생을 매달려 공부하는 사서오경(四書五經)은
물론 동양사와 서양사까지 공부한 수재들이었다.

약방의 시설이나 형태가 갖추어지자 가쿠에이는 영학을 데리고, 교토의 아즈치성(安土城)으로 갔다. 아즈치성은 비와호(琵琶湖)가 한눈에 보이는 아즈치산(安土山) 위에 있었다. 비와호는 교토의 동쪽 끝자락에 있는 거대한 호수인데, 남북으로 150리, 동서로 30리나 되고, 모양이 비파를 닮았다.

아즈치성은 지금으로부터 11년 전 오다 노부나가가 천하통일의 거점으로 삼기 위해 지은 성이다. 성 안의 가장 높은 곳에 천수각을 세운 것도 아즈치성이 처음이다. 그렇지만 노부나가는 성을 완성한 지 6년 만에 부하의 반란으로 죽고, 성의 중요 건물들은 모두 불에 타버렸다. 지금은 관리소와 경호무사들의 숙소로 쓰이던 건물 몇 채만 달랑 남아 있다.

그 성에 노부나가의 질녀이자 노부나가의 칼에 아버지를 잃은 기쿠코가 다른 외삼촌인 오다 나가마스(織田長益)의 보호 아래 머물고 있었다.

그녀는 말이 없었다. 그리고 시선은 항상 땅이나 비와호의 물을 향하고 있었다. 그러나 그녀의 미모는 누가 보더라도 눈에 확 띄었다.

가쿠에이는 먼저 오다 나가마스에게 영학을 소개했다. 오다 나가마스는 오다 노부나가의 동생으로, 5년 전 혼노지(本能寺)의 변란 때 노부나가의 장남으로서 오다 가문의 후계자인 노부타다(信忠)를 지키고 있었다. 그런데 노부나가가 이미 자결하고, 반란군이 포위망을 좁혀 오는 절망적인 상황에 처하게 되자 조카이자 노부나가의 아들인 노부타다에게 할복을 강요한 뒤 자신은 소란한 틈에 도망쳐 목숨을 건졌다.

그 후 그는 노부나가의 둘째 아들인 노부카츠(信雄)의 신하가 되어 아즈치성에 머물면서, 기쿠코와 그 동생들을 돌보고 있었다. 그는 전란에서 싸워서 이기지 않더라도 살아남는 방법을 터득했고, 자신이 돌보고 있는 기쿠코가 히데요시의 여자가 되어주기를 간절히 원했다.

영학이 그녀를 진맥해보니 몸이 차고 맥이 약했다. 그리고 심장도 약했다. 그러나 심각한 병증은 없었다. 다만, 그녀의 가슴속에 웅크리고 있는 한과 서러움이 문제였다. 그래서 영학은 산책을 자주 하고, 다른 사람들과 대화를 많이 나눌 것을 권했다. 그리고 꼭 약을 처방해 달라는 가쿠에이의 간청에 따라 몸을 따뜻하게 하기 위해 원나라 황실의 비법으로 전해오는 공진단을 처방했다.

기쿠코는 진맥을 할 때도 보일 듯 말 듯한 엷은 미소를 지을 뿐 아무 말이 없었다. 엷게 미소 짓는 그녀의 모습은 뭇 사내들의 가슴을 녹아내리기에 충분했다. 영학은 불현듯 그녀의 얼굴 위로 민지의 미소 짓는 모습이 겹쳐 보였다. 그 순간 영학은 그녀에게 마음을 터놓고 대화할 수 친구가 필요하고, 되도록이면 그녀가 전쟁의 상흔으로 가득 찬 아즈치성을 벗어나야 한다고 판단했다.

영학은 나가마스와 가쿠에이에게 기쿠코가 오사카의 약방을 오가며 치료를 받아야 한다고 말했다. 그리고 기쿠코에게 3일에 한 번씩 오사카로 와서 오후에 치료를 받고 하루를 묵은 뒤, 다음날 오전 다시 치료를 하자고 했다.

그날 이후, 기쿠코는 3일에 한 번씩 가마를 타고 오사카로 왔다. 가마의 창으로 보이는 거리의 모습은 그녀에게 활기를 주었다. 그녀는 아즈치성의 맑고 신선한 공기보다는 사람들로 북적거리는 거리의 공기가 숨쉬기에 훨씬 더 좋다는 사실을 깨달았다. 그래서 그녀는 날씨가 좋을 때는 가마에서 내려 걷기를 좋아했다. 발등으로 느끼는 나막신의 무게와 땅의 촉감을 느끼면서, 대지의 양기를 받아들였다.

영학은 그녀가 오사카로 올 때 항상 숙제를 주었다. 상점에 들러서 종이우산이나 손수건을 사오라고 시키는가 하면, 줄이 고운 나막신이나 향기 좋은 편백나무 목침을 사오라고 시켰다. 어떤 때는 약재와 신선한 과일을 사오라고도 했다. 그러면서 돈은 적게 주었다. 그러다보니 그녀는 오래도록 상인들과 흥정을 하고, 싸고 좋은 물건을 고르기 위해 이곳저곳을 돌아다녀야 했다.

진료를 할 때는 기쿠코에게 말을 많이 시켰다. 그리고 틈틈이 의방유취요록을 보여주면서 실제 치료하면서 있었던 생생하고 재미있는 이야기를 많이 들려주었다.

그녀는 생전 듣도 보도 못한 이야기를 들으면서 점점 말과 웃음이 많아지기 시작했다. 그럴 때마다 영학은 하동에서 민지에게 이야기를 들려주던 추억을 떠올렸고, 막상 기쿠코가 떠나고 나면 까닭 없이 엄습하는 허전함과 그리움에 시달려야 했다. 그러면서 그리움이란 세월이 흐름에 따라 옅어지는 것이 아니라 더욱더 진해지는 고통이라는 것을 몸으로 느꼈다.

기쿠코는 역사와 문학에 조예가 깊었다. 그녀는 왜의 여류문학에 대해 이야기했다. 그러나 영학은 조선의 여류문학에 대해 해줄 이야기가 별로 없어 조선의 소헌왕후 이야기를 들려주었다. 기쿠코는 소헌왕후의 한 맺힌 삶에 귀를 기울였다. 이따금 그녀는 북받치는 슬픔을 더 이상 참지 못하고 흐느껴 울었다. 그러다 나중에 솔직한 소감을 말했다.

"심 씨 가문의 남자들은 모두 사형을 당하고 여자들은 모두 관노가 되었지만, 그녀는 사내로부터 평생토록 진정한 사랑을 받았고, 첫째와 둘째아들이 왕위에 올랐으니 여인으로서의 삶은 비운이 아니군요."

"비운인지 행운인지 어떻게 한마디로 단정하겠습니까? 다만, 그녀는 평생 가슴속에 한을 담고, 언행을 신중하게 살다보니 지아비로부터 사랑받고, 신하와 백성들로부터 존경을 받았습니다. 그리고 그녀가 왕비일 때 조선은 역사상 가장 부강했고, 백성들의 살림살이도 가장 윤택했습니다. 또한 조선과 일본 사이에서도 3개의 포구를 개항하여 양국의 백성들이 자유로이 장사를 하면서 교류를 함으로써 평화가 찾아 왔지요."

"그건 그때 조선의 왕과 신하들이 정치를 잘해서 그런 것이지, 왕비의 한과 절제가 나라의 발전에 무슨 영향을 미치겠습니까? 아마 우연의 일치겠지요."

이에 영학은 정색을 하면서, 반론을 제기했다.

"그렇지 않습니다. 제 아무리 잘난 척해도 사랑하는 여인 앞에서는 사족을 못 쓰는 게 사내입니다. 조선이나 일본이나 명의 역사를 보면 중대한 시기에 권력의 향방이 여인의 손에서 좌지우지되는 경우가 허다하지요. 역사를 보면 거의 모든 권력에 여인의 입김이 작용하는 것은 부인할 수 없는 현실입니다."

"그렇게 볼 수도 있군요. 하지만 저는 왕비가 될 일이 절대로 없으니 그렇게 정색할 필요가 없습니다. 그런데 오늘 이야기 정말 재미있었습니다. 다음에는 의방유취요록을 만든 어의 전순의에 대한 이야기를 듣고 싶군요. 그럼, 다음에 올 때는 뭘 사올까요?"

그렇게 대화가 마무리되고, 기쿠코는 돌아가는 발길을 서둘렀다.

오사카의 약방을 다닌 지 3개월이 지났을 때 사람들은 기쿠코의 건강이 아주 좋아졌고, 성격도 매우 활달해졌다고 이구동성으로 말했다.

가쿠에이나 나가마사는 이런 변화에 한껏 고무되었다. 그들뿐만이 아니었다. 이 무렵 기쿠코의 건강은 교토 궁궐의 주된 관심사였고, 관백에게 직보되는 중대 첩보였다.

성격이 활발해진 덕인지, 기쿠코는 말이 많아졌다. 어느 날엔 갑자기 영학에게 사랑하는 여인이 있는지 물었다. 그 물음에 영학은 망설임 없이 대답했다.

"예, 조선에 있습니다. 그렇지만 피치 못할 사정으로 혼인날을 잡고도 혼례를 올리지 못했습니다."

그러자 기쿠코는 의아하다는 표정으로 물었다.

"혼례를 올리지 않았으면 그 혼인은 되지 않은 것이지, 혼인날을 잡은 게 무슨 의미가 있습니까?"

"조선의 풍습은 일본과 다릅니다. 조선에서는 여인의 사주단자가 사내의 집으로 들어가기만 하면 혼인이 성립된 것입니다. 그 뒤에는 어떤 사정이 있어도 그 혼인은 물릴 수 없습니다. 혼례를 올리지 못한 채 신랑이 돌연사를 해도 그 여인은 평생 혼자 살아야 합니다. 그것이 조선의 법도입니다."

"어머, 불쌍해라! 그럼 의원님이 사랑하는 그 여인도 의원님이 조선으로 돌아가지 않으면 평생 혼자 살아야 합니까?"

"그렇습니다. 제가 돌아가지 않으면, 그 여인은 평생을 고독과 냉대 속에서 살아야 합니다. 그렇게 되면 저 자신부터 그녀까지 모두 불행해지겠지요."

영학의 대답에 그녀는 부러움을 느낀 듯 눈을 반짝이며 말했다.

"그 여인은 고독하거나 불행하지 않아요. 진정으로 사랑하는 사내가 있으니까요. 남정네들은 모르지만, 여인이란 비록 순간에 불과할지라도 진정한 사랑을 위해서는 기꺼이 일생을 바친답니다."

그러면서 기쿠코는 영학에게 뭔가 할 말이 더 있는 듯한 표정을 짓다가, 그만 두고 교토로 돌아갔다.

그로부터 보름의 시간이 흘렀다. 여름이었지만 새벽녘의 서늘한 바람이 가을의 시작을 알리고 있었다. 영학은 이국땅에서의 외로움을 떨쳐버리기 위해 일부러 날짜나 계절의 변화에 신경을 쓰지 않고, 의술연구와 교육, 성경과 역사공부에 열중하면서 눈코 뜰 새 없이 바쁜 나날을 보내고 있었다.

그날따라 기쿠코가 유난히 밝고 화사한 기모노를 입고 약방에 왔다. 이제 병약한 데라고는 찾아볼 수 없는 활기찬 모습이었다. 물론 실제로도 아주 건강하였다. 그리고 성격도 눈에 띄게 밝아졌다.

영학은 기쿠코와 함께 앞에 보이는 오사카성을 바라보면서 뜰을 거닐었다. 기쿠코는 햇볕을 가리기 위해 종이우산을 쓰고 있었고, 영학은 그 옆으로 몇 발자국 떨어져 걸었다. 영학은 햇볕보다 그녀의 아름다움에 눈이 부셨다. 그러던 중 기쿠코가 갑자기 질문을 던졌다.

"제가 평범한 남자와 결혼해서 평생을 해로하면서 살 수 있을까요?"

"못할 건 없지 않습니까?"

영학의 대답에 기쿠코는 쓸쓸한 표정으로 말했다.

"이 년의 팔자는 참 박복하고 기구하답니다. 제가 4살이 되어 한창 재롱을 피우고 예쁜 짓 할 때 아버지와 할아버지는 외삼촌과의 싸움에 져서 스스로 배를 갈라 세상을 등졌습니다. 이제 막 걸음마를 시작했던 남동생은 적장자라는 이유로 외삼촌의 부하에 의해 무참하게 살해되고, 가문은 몰락했습니다. 그 뒤 어머니는 오다 가문의 가신이던 남자와 재혼했지만, 그 행복은 잠시였고 또 다시 싸움에 져서 할복한 양아버지를 따라 스스로 세상을 떠났습니다."

말을 마친 기쿠코는 목이 메어 더 이상 말을 잇지 못했다. 그렇게 한참 동안 말없이 오사카성을 바라보고 서 있던 기쿠코는 한숨을 쉬고 숨을 고른 뒤 다시 말을 이었다.

"제 나이 올해 18세입니다. 이제 짝을 찾을 때가 되었지요. 아니, 내가 원하지 않더라도 동생들에게 걸림돌이 되기 싫어서 짝을 구하고 싶습니다. 그런데 저는 싸움터로 나서는 무사라면 진저리가 나고, 심장이 떨립니다. 그래서 저는 평범한 농부나 어부의 아내가 되는 게 소원이랍니다. 무역을 하려면 무사들과 어울려야 하는 장사치도 싫습니다. 하지만 그 소원은 혼자만의 바람일 뿐 어떤 평범한 남자가 이렇게 팔자 센 년과 평생을 같이 하려고 하겠습니까? 그나마 제가 속마음을 털어 놓은 사람은 의원님이 처음입니다."

영학은 그녀의 말에 전적으로 공감했다. 그녀가 평범한 남자를 만나 평생을 해로하면서 산다는 것은 솔직히 말하면 어려운 일이다. 사람에게는 누구나 다 타고난 운명이 있는 법이기 때문이다.

영학은 아무 대꾸 없이 한참 동안 먼 산을 바라보며 묵묵히 있었다. 그러자 영리한 그녀는 그 의미를 얼른 알아차리고, 풀죽은 목소리로 말했다.

"역시 그렇군요. 평범한 여자로서의 행복은 제 몫이 아니군요. 그렇다면 저에게는 선택의 여지가 없군요."

그 모습을 본 영학은 그녀에게 자신감을 주고 싶어 입을 열었다.

"평범하지 않은 신분이라도 여자로서의 행복은 얼마든지 누릴 수 있습니다. 소현왕비는 아홉 명의 아들과 두 딸을 낳았고, 평생 지아비의 사랑을 받았습니다. 왕후가 죽은 뒤에도 지아비인 임금은 왕가의 전례를 깨고 자신의 무덤을 왕후 옆에 만들라는 어명을 직접 내렸습니다. 초나라의 항우도 한 여인을 지극히 사랑한 나머지 전쟁터에 데리고 다니고, 결국에는 전장에서 함께 최후를 맞았습니다. 그런데 아가씨는 왜 고귀한 신분의 여자는 여자로서의 행복을 누릴 수 없다고 말하십니까? 아마 이 세상의 어떤 남자라도 아가씨를 사랑하지 않고는 못 배길 것입니다. 그러니 자신감을 가지십시오."

그 말을 들은 기쿠코는 밝은 표정으로 말했다.

"정말 그럴까요? 그럼, 저도 정말 매력 있는 여자인가요?"

그녀의 표정이 밝아지자 바라보는 영학의 마음도 덩달아 가벼워졌다. 그래서 재차 자신이 했던 말을 강조했다.

"암요, 정말 매력 있는 분이지요."

그날 이후 기쿠코는 더 이상 오사카로 오지 않았다. 그러는 사이에 가을은 점점 더 무르익어갔다.

그러던 어느 날 갑자기 요시토시가 약방에 나타났다. 영학은 너무 반가운 나머지 나막신을 신을 틈도 없이 뛰어가 그를 맞았다. 까맣게 그을린 그의 얼굴은 예전보다 훨씬 더 건강해 보였다.

요시토시는 반가운 소식들을 풀어놓기 시작했다. 일단 규슈정벌이 순조롭게 끝났다는 소식을 알렸다. 그리고 요시시게는 규슈정벌에 참여하여 공을 세웠고, 이 때문에 히데요시로부터 큰 칭찬을 받았다고 한다.

히데요시의 칭찬은 곧 권력이었고, 요시시게는 그 기회를 이용하여 히데요시에게 조선과 전쟁을 하기 전에 상호통상과 교류를 위한 협상을 전개할 것을 건의했다. 건의를 받은 히데요시는 조선왕의 항복을 받을 수 있냐고 묻긴 했지만, 조선과의 협상이 필요하다는 의견에 대해서는 뜻밖에 선선히 동조했다고 한다.

요시토시는 이 소식을 전하면서 히데요시가 요시시게의 건의를 선뜻 받아 준 것은 교토에서 무언가 기분 좋은 일이 있기 때문이라고 했다.

"그게 무엇입니까?"

영학의 물음에 요시토시는 빙그레 웃으면서 말했다.

"몰라서 묻는 것입니까?"

영학은 도무지 영문을 알 수 없어 궁금한 표정을 지었다. 그러자 요시토시가 '기분 좋은 일'에 대해 털어놨다.

"히데요시 전하와 기쿠코 님과의 교제가 잘 진행되는 모양입니다. 해가 바뀌면 곧 기쿠코 님이 관백 전하의 측실로 들어갈 거라는 말도 있고…."

그제야 영학은 기쿠코가 오랫동안 오사카에 발길을 끊은 사실을 기억하고선, 참 잘된 일이라고 손뼉을 치며 기뻐했다.

"이번에는 그대가 술을 한 잔 사지 않으면 전해줄 수가 없는 소식입니다."

요시토시가 다른 소식을 꺼내며 뜸을 들이자, 궁금해진 영학은 재촉하기 시작했다.

"술이야 얼마든지 살 터이니 어서 이야기보따리를 풀어 보십시오."

그 이야기는 영학이 너무도 반가워할 조선의 소식이었다. 영학은 너무 반가운 나머지 듣는 중에도 침이 마르고 입술이 탔다.

올해 조선에는 정여립이란 사람이 대동계라는 민간운동단체를 조직하여 전국적으로 조직을 확대하고 있다고 한다. 대동계는 사농공상의 신분을 차별하지 않고 계원을 모집하는데, 전라도의 전주, 금구, 태인 등의 고을 사람들이 호응하여 이미 큰 단체를 이루었다. 그리고 계원들은 전주의 남쪽에 있는 모악산 기슭에 모여 체력을 단련하고, 서책을 통해 인문교양을 공부하면서 대동사상을 고취하고 있다고 한다.

대동계의 사상은 천하공물사상(天下公物思想)으로, 천하는 한 사람의 것이 아니고, 양반들의 것도 아니며, 모든 백성들의 것이라는 사상이다. 이러한 대동계의 출현으로 인해 과거 양반들의 횡포에 시달리며 기를 펴지 못하고 살던 백성들과 노비들은 엄청난 사회적 활력과 함께 희망에 부풀어 있다고 한다.

그뿐만이 아니었다. 대동계원들은 자위대를 조직하고 관군을 지원하여 남해안의 섬과 바다에 무단으로 침입하는 왜구들을 색출하는 데 큰 공을 세우고 있다고 한다. 이 때문에 한양의 조정 대신들은 임금에게 공로자에 대한 포상을 주청했다. 사정이 이렇다 보니 무력에 의한 대륙 침략을 주장하는 일본 내 주전파(主戰派)들의 입지가 좁아질 위험에 처해 있다고 한다. 그래서 그들은 조선에서 요원의 불길처럼 일어나 사회 개혁을 실천하고 있는 강력한 민간단체의 출현에 아연 긴장하고, 그들을 예의주시하고 있다고 한다.

몇 달 전 규슈정벌을 단행한 히데요시가 규슈를 근거로 곧바로 대륙을 침략하려고 선포했다가 먼저 조선과의 협상을 진행하고 전쟁여부는 나중에 결정하자고 태도를 바꾼 것도, 조선의 대동계에 관한 첩보가 교토에 들어간 게 주요 원인 중의 하나라고 한다. 그러면서 요시토시는 이런 분위기라면 일본이 조선이나 명과 전쟁을 벌이겠다는 시도는 얼마 지나지 않아 수포가 될 것이라며 기뻐했다.

거기에다 요시토시는 더더욱 반가운 소식을 전해 주었다. 하동에서 영학이 사라지고 난 후, 민지는 비록 혼례는 올리지 않았지만 자신은 이미 남평 문 씨 집안의 귀신이라면서, 아예 거처를 옮겨 영학의 어머니와 함께 살고 있다고 한다. 그러면서 그녀는 남편이 머지않아 건강하게 돌아올 것임을 의심조차 않고, 방안에는 항상 원앙금침을 준비해두고 있다고 한다.

그리고 선돌은 영학이 사라진 뒤 몇 달 동안 실의에 빠져 있었지만, 대동계의 소식을 듣고는 누구보다 먼저 달려가 계원으로 가입했다고 한다. 또 언제 실의에 빠져 지냈느냐는 듯 하동에서 부지런히 전라도의 모악산과 진안 죽도를 오가면서 서책을 읽고 무예를 단련하며 농사도 열심히 짓고 있다고 한다. 그러면서 선돌은 입만 뻥긋하면 "우리 도련님은 의리 없이 혼자 죽을 사람이 아니다"라고 큰소리치고 다닌단다.

스승도 틈틈이 선돌과 함께 하동에서 모악산과 죽도를 오가면서 대동계원들에게 체조를 가르치고, 계원들의 건강을 챙기면서, 하동 산간 마을의 농사를 돌보고 있다고 한다. 스승이 고안한 체조법은 화타가 고안한 오금희(五禽戲)를 조선인의 체형에 맞게 바꾸고, 여기에 전통무예인 택견을 접목시킨 것이라 대동계원들의 체력단련과 무예연마에 아주 유용하게 쓰인다고 한다.

명원도 산간 마을에서 농사를 짓고 있지만, 틈틈이 곁에서 보고 배운 실력으로 아픈 사람들을 치료해주다 보니 제법 실력을 인정받아 반쯤은 의원이라고 한다.

그리고 성진은 영학이 사라진 뒤 진상을 캐느라 한양의 성균관 입학을 뒤로 미루고 아직 하동에 머물고 있지만, 산간마을의 농사를 지원하고 있단다. 이 덕분에 산간 마을 사람들은 관의 눈치를 보지 않고, 열심히 일에 매진할 수 있었고 그 덕에 농장의 유실수 생산이 나날이 늘고 있다고 했다.

요시토시는 얼마 전 조선에 다시 들어간 시게노부와 요헤이에 대한 소식도 전했다. 그들은 주변 사람들이 갑자기 묘연해진 영학의 행방에도 불구하고, 영학의 무사귀환을 믿고 흔들림 없이 열심히 일하는 모습에 감격했다고 한다. 그래서 그들은 은밀하게 하동의 고을에다 '영학 도령이 건강하게 잘 있고, 지금 나라의 큰일을 하고 있으며, 머지않아 곧 돌아올 것'이라는 소문을 퍼뜨렸다고 한다.

그런데다 지금 히데요시 가문의 가신들은 주전파나 반전파를 불문하고, 도요토미 가문의 2세를 만드는 데 공을 세우기 위해 혈안이 되어 있단다. 그중 가토 기요마사는 누구보다도 그 일에 열심이며, 도요토미 가문의 2세 문제 말고도 전란과 자연재해 그리고 풍토병에 시달리는 백성들을 위해 일본의 의학수준을 빠른 시일 내 향상시키는 사업에 매달리고 있다고 한다.

이 때문에 그는 영학과 스승의 존재를 아주 중요하게 여기고 있다고 한다. 그래서 지금 조선에 있는 스승의 안위는 오토모 가문이 아니더라도 도요토미 가문의 다른 무사들에 의해 철저히 보호되고 있으니 아무 걱정할 필요가 없다고 한다.

요시토시로부터 대동계 이야기와 선돌, 그리고 스승의 활약을 전해 들은 영학은 들뜬 마음을 진정시키기 힘들었다.

'그럼, 그렇지. 수천 년의 찬란한 민족문화를 가진 나라가 겨우 100년의 폐쇄된 통제체제로 쉽게 주저앉을 수 있나. 이제 조선도 차별과 통제라는 사회적 모순을 걷어내고, 드디어 제 모습을 찾으려나 보다.'

그러나 마음 한구석에서는 2,000년 이상의 세월 속에서 자라온 왜인들의 대륙진출 열망이나 자연조건은 하나도 변함이 없는데, 왜의 주전파들이 차근차근 준비해 온 대륙진출의 야욕을 그렇게 쉽게 포기할 수 있을까 하는 의구심이 들었다.

영학은 예전에 사서오경 중 하나인 예기(禮記)를 읽으면서 대동(大同)이란 말을 접한 적이 있었다. '대동'이란 차별이 없고 자유로운 평등사회를 일컫는데, 영학은 대동이야말로 조선을 망국과 전란의 위기로부터 구할 수 있는 혁신사상이라고 여겼다. 그러기에 왜의 주전파들이 느끼게 될 낭패감과 위기감을 충분히 짐작할 수 있었다.

그런데 조선의 양반들이 대동을 어떻게 받아들일지가 걱정이었다. 백성을 종으로 두고 떵떵거리면서 대대손손 배불리 먹고 살기를 바라는 그들이 대동을 구국의 기회로 인식할지 확신이 서지 않았던 것이다. 그럼에도 영학은 그들도 조선인이고, 아무리 속 좁고 이기적이라고 해도 설마 나라를 망국과 전란으로 몰아넣기야 하겠냐는 생각을 하며 걱정을 애써 떨쳐버렸다.

영학은 조선에 있을 당시 대동계에 대해 자세히 알지는 못했지만, 대동계의 수장이라는 정여립이라는 사람의 이름은 들어본 적이 있었다. 영학의 기억에 의하면, 그는 이율곡의 문하생이 되었지만 율곡이 서인들에게 기울어지는 당파적 경향을 보이자 곧장 문하를 박차고 나가 동인당으로 가버린 사람이었다.

허나 영학이 왜국으로 건너온 지 아직 1년도 되지 않았다. 그런데 그 짧은 시간에 어떻게 대동계의 조직이 저토록 빨리 세력을 얻을 수 있었는지가 의문이었다. 아무리 조직이나 훈련이 엉망이라 하더라도 관군은 군대이거늘, 대동계의 힘이 얼마나 막강하길래 군대를 지원할 정도로 힘 있는 단체가 되었는지 신기했다.

그런데다 조선의 정치풍토를 고려해볼 때, 대동계의 공이 아무리 크더라도 한양의 벼슬아치들이 임금에게 상을 내려줄 것을 주청하는 것은 흔한 일이 아니었다. 그래서 영학은 대동계가 정여립이라는 개인의 힘으로 만들어진 조직이 아니며, 현 집권세력으로부터 전폭적인 지원을 받고 있음이 틀림없다고 판단했다. 그리고 생각했다.

'그렇다면, 조선의 관리들도 왜의 대륙침공 의지를 간파하고 겉으로 드러내지 않으면서, 조용히 국방에 대비하고 있지 않는가? 하긴, 조선의 양반들이라고 해서 몽땅 다 썩은 것은 아니지. 그들 중에도 올바른 사고를 가지고 나라와 백성들을 걱정하는 사람들이 얼마나 많은가?'

요시토시는 몇 달 전에 공식적으로 대마도주의 직위에서 물러나 지금은 자유로운 몸이라고 한다. 양아버지인 요시시게는 대마도주에 복귀하자마자 규슈정벌에 참여한 뒤 지금은 조선 정부의 통신사 파견을 위해 사활을 걸고 있다는 말도 전했다.

그런데 그는 이번에 통신사 파견을 요청하더라도 조선 조정으로부터 거부될 것이라고 점쳤다. 그렇지만 포기하지 않고 끝까지 노력할 것이며, 이번에 통신사 파견이 거절되면 다음에는 자신이 직접 조선에 가서 조선 정부를 설득하겠다는 각오를 밝혔다.

영학은 그렇게 애쓰는 요시토시가 너무 기특하고 고마웠다. 그래서 말없이 요시토시의 어깨를 껴안고, 등을 토닥거렸다.

영학과 요시토시는 오랜만에 술자리를 가졌다. 오토모 부자도 함께 참석했다. 술이 거나해지자 요시토시가 영학에게 물었다.

"그대는 나이도 어린데, 벌써 심의(心醫)의 경지에 도달했습니다. 우울증이 심했던 기쿠코 아가씨를 어떻게 몇 달 만에 그렇게 활달하게 바꿀 수 있었습니까? 또 어떻게 했길래 무사라면 질색을 하던 기쿠코 아가씨가 평생을 전쟁터에서 떠돌면서 자신의 부모와 동생까지 죽게 만든 히데요시를 낭군으로 받아들인 것입니까? 그 비결 좀 말해줄 수 없겠습니까?"

"저는 별로 한 게 없습니다. 단지, 전쟁의 상처가 물씬 배어 있어 음울하기 짝이 없는 아즈치성의 환경에서 멀어지도록 하고, 비슷한 삶을 살았던 소헌왕후의 이야기를 들려주었을 뿐이지요."

그 말을 들은 요시토시는 동석한 좌중들에게 푸념했다.

"무엇이든 아는 사람에게는 아무 것도 아닌데, 모르는 사람은 아무리 기를 써도 길이 안 보인단 말이지…. 그대는 아무 것도 한 일이 없다고 간단하게 말하지만, 왜 그동안 일본인들은 그 방법에 대해 몰랐을까요?"

그의 말에 영학은 곰곰이 생각해봤다.

'나는 일본인이 아니다. 그리고 기쿠코라는 여인이나 아즈치성, 그리고 오다 노부나가나 히데요시 같은 인물들 역시 몰랐다. 그러나 이런 것들 때문에 오히려 그들을 편견이나 선입견 없이 대할 수 있었고, 그래서 해낼 수 있었던 게 아닐까?'

영학은 왜국으로 건너온 지 아직 1년도 되지 않았지만, 조선에서는 전혀 인식하지 못했던 것을 왜국에서는 한눈에 인식했다. 그리고 조선에서 보았던 조선의 모습보다는 왜국에서 본 조선의 모습이 훨씬 더 적나라하고, 객관적으로 보였다.

마찬가지로 왜에서 사는 왜인들은 자기도 모르는 수많은 편견을 가지고 있고, 이 때문에 자신의 모습을 있는 그대로 적나라하게 볼 수 없었던 게 아닐까 생각했다. 그러면서도 대동계의 장래가 은근히 걱정되었다.

'요시토시를 흥분시키고 일본의 주전파들을 긴장과 두려움에 떨게 하는 대동계의 존재를 조선인들은 어떻게 보고 있을까? 대동계의 출현이 국운 회복의 기회이자 왜의 주전파들에게 두려움과 좌절을 안긴다는 사실을 인식하고 있을까?'

세월은 무심히도 흘러, 이제 무자년(서기 1588년)도 겨우 달포밖에 남지 않은 상황이지만, 올해는 좋은 일이 많았다. 기쿠코는 도요토미 히데요시와 혼인을 해 오사카성의 안주인이 되었다. 더더욱 경사스러운 일은 혼인한 지 얼마 되지 않아 회임을 했다는 것이었다.

기쿠코의 임신을 알게 된 도요토미 히데요시는 지금 구름 위에 올라탄 사람처럼 들떠 있다고 한다. 50이 넘은 나이에 자식을 볼 수 있게 되었으니, 그의 기쁨은 말로 표현할 수 없을 것이었다.

기쿠코도 그랬다. 자식도 없는 50이 넘은 늙은이와 혼인을 하면서 회임을 할 수 있을지 많이 걱정했었을 것이다. 그렇지만 혼인을 하자마자 회임을 했으니, 이보다 고맙고 경사스러운 일은 없을 것이다. 영학은 그간의 근심이 몇 배의 기쁨으로 그들에게 돌아간 것이고, 이런 걸 보면 하늘은 결코 불공평하지 않다고 생각했다.

가토 기요마사는 기쿠코의 임신을 축하한다며, 영학에게 황금 1관을 상으로 내렸다. 상을 받아 기분은 좋았지만 영학에게 황금 1관은 부담스러울 정도로 큰 대가였다. 사실 영학이 기쿠코와 히데요시에게 올린 보약은 아주 흔하고, 싼 약재로 지은 것이다. 물론 금액의 크고 적음을 떠나 나름대로 고심 끝에 선택한 약재였다.

'히데요시라면 일본 최고의 권력자가 아닌가? 그렇다면 지금까지 얼마나 많은 진귀한 보약을 먹었을까?'

이런 점을 고려하여 영학은 역발상을 시도했다. 지금까지 히데요시가 먹었던 비싸고 귀한 약재보다는 주변에서 쉽게 얻을 수 있고, 많은 사람들의 경험을 통해 효험이 검증된 약재를 골라서 약을 달였다. 이러한 역발상이 멋지게 성공한 셈이다.

그리고 모두 조선에서 난 약재를 사용했다. 그렇게 한 것에도 다 이유가 있었다. 우선, 영학은 같은 식물이라도 왜국에서 난 식물의 약효를 잘 알지 못했다. 같은 식물이라도 그 식물이 자란 토질과 기후 및 환경에 따라서 약효가 다르기 때문이다.

영학은 사계절이 뚜렷한 조선 식물의 약효가 더 뛰어나다고 믿고 있었다. 이른 봄의 민들레만 보아도 그렇다. 조선의 한겨울은 땅이 꽁꽁 얼 정도로 춥다. 그래서 민들레의 씨앗은 긴 겨울을 꽁꽁 언 땅에 갇혀 지내다가 봄이 되면 죽을힘을 다해 언 땅을 뚫고 새싹을 밀어 올린다. 그렇게 어렵게 땅 위로 나온 새싹은 봄의 따뜻한 태양과 일교차가 큰 공기로부터 흠뻑 양기를 받아 보상을 받는다. 그러기에 강인한 생명력을 가진다.

그에 반해 왜국의 겨울은 조선에 비해 짧다. 그리고 춥기는 하나 땅속까지 얼어붙지는 않는다. 그렇기 때문에 왜국의 식물은 씨앗의 견디는 힘이 약하고, 싹을 틔우는 힘도 그리 세지 않다. 그런데다 봄에는 고온다습한 날씨에 태풍이 불기 시작하기 때문에 식물이 햇볕을 덜 받는다. 또 습기가 많은 부드러운 흙에서 자라기 때문에 뿌리를 깊이 내리지 않는다. 그래서 풀의 생명력이 조선에 비해 강인하지 않고 약효 또한 그리 세지 않다.

식물의 영양분에서도 차이가 난다. 조선의 식물은 대륙의 영양분과 함께 해양으로부터 공급된 영양분을 골고루 먹는다. 왜의 식물은 해양의 영향을 강하게 받지만 대륙으로부터 받는 영향은 약하다.

그 옛날 진시황은 불로초를 구하기 위해 신하를 굳이 외국으로 보냈다. 약재에 관한 진시황의 판단은 정확했다. 진의 땅과 기후는 광대하지만 그만큼 고르지 않다. 바닷가에서 자란 식물에는 대륙의 영향이 부족했고, 내륙의 식물에는 바다의 영향을 찾기 어려웠다. 게다가 남쪽은 따뜻하지만 북쪽은 너무 춥다. 광대한 땅덩어리에 비해 사계절이 골고루 뚜렷한 지역은 일부에 그친다. 그래서 진시황은 인간의 생명력 보강에 필요한 모든 자연의 요소를 골고루 갖춘 약재를 구하기 위해 신하들을 멀리 동방으로 보낸 것이다.

영학은 이처럼 토양과 토질, 기후와 지형까지 고려해서 약재를 선택했다. 그리고 그 선택은 효력을 발휘했다. 영학이 약재를 선택함에 있어서 자연의 요소를 고려한 것은 스승의 가르침 덕분이었는데, 일찍이 스승은 의술을 가르치기 전에 인간과 자연을 알게 하고 자연의 섭리를 가르쳤다.

히데요시 가문의 2세 소식과 더불어 조선에서도 좋은 소식이 있었다. 대동계가 점점 더 조직을 확대하여 남도는 물론 충청도로 세력을 넓히고 있으며, 얼마 있지 않아 한양의 이북인 황해도까지 조직이 확장될 거라는 소식이었다.

선돌은 뛰어난 무예실력을 인정받아 노비의 신분에도 불구하고 대동계의 수장인 정여립의 측근이 되어, 무술교관으로 발탁되었다. 그런데다 농사에도 충실하여 마을의 논 열 마지기를 더 사들이고, 산지의 밭고랑도 더 사들였다고 한다. 스승도 건강하게 잘 지낸다고 한다.

그렇지만 조선의 조정에서 대동계에 포상을 내릴 것을 건의하였지만, 왕이 거절했다는 소문이 들렸다. 그런데다 조선의 왕은 대동계의 활약상을 보고 받은 자리에서 "대동계원들이 저렇게 활약하는데, 그동안 관군은 도대체 무얼 했느냐?"고 되레 역정을 냈다는 소문이 파다하다고 한다.

그 소식을 들은 영학은 왠지 가슴이 덜컥 내려앉는 섬뜩함을 느꼈다. 그렇지만 왜군의 전면적인 침략이 공공연히 예고되고, 남도의 각지에서 빈번하게 왜구와의 무력충돌이 빚어지는 긴박한 상황에서 명색이 만백성의 어버이라는 임금인데, 엉망진창인 나라를 되세우기 위해 발벗고 나선 백성들을 어떻게 하겠느냐고 마음을 가다듬고, 불안한 가슴을 억지로 진정시켰다. 그렇지만 왠지 찜찜한 기분을 떨쳐내기 어려웠다.

대마도에서는 계속하여 조선 정부에 통신사 파견을 요청하고 있다고 한다. 작년에는 조선 조정으로부터 거절을 당했지만, 이는 이미 예상했던 바였다. 그래서 올해에는 미리 조선의 대신들에게 뇌물공세를 펴서라도 요로에 선을 대어 놓은 후, 내년에 다시 통신사 파견을 요청하겠다고 한다.

요시토시는 남도의 지방관아를 통하여 한양의 여러 유력자들과 충분한 사전접촉을 했기 때문에 내년에는 거절당할 염려가 없을 것이라며 자신만만해했다. 그런데 사전 협의 과정에서, 조선의 대신들이 통신사 파견을 위한 명분을 마련하기 위해 왜국으로 도피한 조선인 송환을 요구한다고 한다. 그러나 대마도주로서는 송환된 조선인이 즉시 처형을 당할 것이 뻔한 상황인지라 깊이 고민 중이란다. 그래서 요시시게는 금은보화를 뇌물로 써서라도 송환을 막아보겠지만, 조선 조정에서 계속 고집을 부릴 경우 대를 위해 소를 희생하는 심정으로 대마도의 조선인들 중 몇 명의 희생자를 낼 각오라고 한다.

그런데 대마도에 사는 1,000명이 넘는 조선인 중에서 스스로 송환을 원하는 사람이 50명이 넘어 요시시게의 입장이 더 난처하다고 한다. 그들은 조선과의 전쟁을 막을 수만 있다면 기꺼이 자기 목숨을 내놓겠다며 난리라고 한다. 특히 사화동이라는 노인은 절대로 송환자 명단에서 자기가 빠져서는 안 된다고 고집을 부리고 있고, 다른 노인네들도 덩달아 경쟁적으로 송환을 자원한다는 것이다.

그들은 이제 살 만큼 살았으니 조국의 평화를 위해 목숨을 바쳐도 아까울 게 없고, 더욱이 조국에서 죽으면 고향땅에 묻히게 되니 망설일 이유가 없다고 한다. 하지만 그것이 진정한 속마음일 리가 없었다. 살 만큼 살았다고 죽고 싶은 사람이 어디 있겠으며, 게다가 그냥 죽는 것도 아니고 고문을 당한 후 목이 잘려 처참한 죽음을 당할 게 뻔한데 그 죽음을 자원할 사람이 어디 있겠는가?

요시시게와 요시토시는 그렇게 희생을 자청하고 나서는 사람들을 보고 감동을 하면서도 그들을 사지로 보내야 하는 자신들의 처지가 너무 슬퍼서 눈물을 흘렸다고 한다. 그러면서 어떻든 송환을 막아보겠지만, 정 안되면 숫자를 최대한 줄이기로 작정했다고 한다. 더불어 송환자를 단 한 명이라도 줄이기 위해 외국에서 사들인 최신형 조총이나 공작새 따위의 진귀한 보물을 바치는 방안을 고려 중이라고 한다.

요시시게와 요시토시는 처형당할 것이 뻔한 상황에서 송환을 자청하고 나서는 조선인들을 보면서, 일본이 아무리 용을 써도 절대로 무력으로 조선을 점령하지 못한다는 것을 확신했다고 한다. 그 이야기를 듣고 영학은 '뭔가 잘못돼도 한참 잘못되었다'는 생각과 함께 치밀어 오르는 슬픔과 분노를 참을 수 없었다.

무자년이 가고 기축년(서기 1589년)이 왔다. 영학은 새해 첫날임에도 불구하고 갈 곳이 없었다.

다행히 오토모 신조를 비롯한 다섯 명의 의학훈도들이 세배를 왔다. 훈도를 대표한 신조가 새해 덕담과 소망을 말했다. 그의 소망과 덕담은 온통 장밋빛이기는 했지만 모두 그럴 듯했다.

우선 일본에서는 히데요시가 아들을 얻고, 이 때문에 일본의 정국은 히데요시 천하로 통일되어 안정되기를 빌었다. 그리고 조선에서는 대동계가 모든 백성들을 단결시키고, 백성들의 단결된 힘은 왕을 움직여 사농공상의 계급적 차별을 완화하고, 상공업을 진흥함으로써 공평하고 부강한 나라의 기틀이 마련되기를 바랐다.

또 대마도의 노력으로 일본과 조선 사이에 평화교섭이 체결되고, 포구를 개항하여 양국의 백성들이 마음 놓고 오가면서 통상과 교류하게 되기를 소망했다. 그렇게 되면 영학의 무고함은 저절로 밝혀져 떳떳하게 조선으로 돌아갈 수 있고, 그 뒤에도 자유로이 일본을 왕래할 수 있을 것이다.

신조가 새해 소망과 덕담을 마치자 옆에 있던 미와자와 나오이에(宮澤直家)가 덧붙여 말했다.

"일본과 조선 사이에서 평화교섭이 체결된 후 자유로운 통상교역이 이루어지면, 일본 정부가 조선의 조정에 요청하여 한양 궁궐에 있는 의방유취를 필사해서 일본으로 가지고 와야 합니다. 그러면 우리도 의학대백과사전으로 폭넓게 의학공부를 할 수 있지 않겠습니까?"

나오이에의 말에 간 하루노부(管晴信)가 말했다.

"의방유취는 조선의 약재와 풍토를 위주로 만들어진 백과사전이 아닙니까? 의방유취를 필사해서 일본에 가져 오더라도 그대로 쓸 수는 없고, 일본의 약재나 병증에 관한 연구를 더 열심히 해야 할 것입니다."

그러자 나오이에는 하루노부의 말에 지지 않으려는 듯 반박을 했다.

"의방유취는 송, 원, 명대의 의학서적까지 망라해서 만들어진 책이 아닙니까? 그리고 조선과 일본의 약재와 풍토는 엇비슷하기 때문에 의방유취는 그 자체만으로 일본의 의학발전에 크게 기여할 수 있습니다."

영학은 그대로 두었다가는 새해 초부터 훈도들 사이에서 입씨름이 벌어질 것 같아 분위기를 가라앉히기 위해 입을 열었다.

"두 분 말씀 모두 다 맞습니다. 의방유취의 필사본이 일본에 온다면 일본의 의학은 비약적으로 발전할 것입니다. 그렇지만 조선과 일본은 엇비슷하면서도 다른 점이 많기 때문에 의방유취가 일본에 들어오더라도 일본 고유의 약재나 병증에 관한 연구는 필히 계속되어야 합니다. 그런데 그대들이 있으니 걱정할 게 없습니다. 다만 저도 조선에서 의방유취를 보지 못했는데, 의방유취 필사본이 쉽게 일본에 올 수 있을까 하는 걱정이 듭니다. 그건 의학도가 할 일이 아니라 정치가들이 해야 할 일이니, 일단 부족하나마 우리가 지금 갖고 있는 의방유취요결을 한 자도 소홀히 하지 말고 열심히 공부합시다. 작년보다는 올해 제군들의 실력이 급성장하기를 바랍니다."

훈도들의 소망이 이루어진다는 것은 그야말로 꿈같은 일이다. 그렇지만 영학은 작년에 있었던 징조들을 볼 때, 실현 가능성이 크다고 생각했다. 대동계의 탄생과 활약 하나만으로도 조선 백성들의 무한한 가능성과 잠재력을 충분히 엿볼 수 있기 때문이다.

'그렇지만 세상사 뜻대로 바람대로 된다면 얼마나 좋을까? 무식하고 꽉 막힌 데다 욕심만 가득 찬 조선의 양반들에게 험한 파도가 몰아치는 지금의 국제정세를 제대로 헤쳐 나갈 능력이 있을까? 양반들에게 나라의 운명을 맡기는 것은 도적들에게 집을 맡기는 것과 같을 지도 모른다. 그렇기 때문에 백성들이 각성해야 한다. 그런데 때마침 백성들이 각성하기 시작했다. 그렇다면 올해에는 조선과 일본 사이의 전쟁 분위기가 가라앉고, 양국 백성들에 의해 새로운 평화의 기류가 형성될 수도 있지 않을까?'

영학은 새해를 맞아 소망이 이루어지길 간절하게 기도했다.

35장 분노

분
노

해가 바뀐 지 얼마 되지 않아 마른 하늘에 날벼락 같은 소식이 들렸다. 소 요시시게가 세상을 떠났다는 것이었다. 그의 나이 향년 57세였다.

그는 덴분 22년(서기 1553년) 21세의 나이에 아버지의 뒤를 이어 소 씨 가문의 제17대 당주가 되었다. 그로부터 4년 후인 정미년(서기 1557년)에 조선과 통상에 관한 정미조약(丁未條約)을 맺고, 조선과의 무역을 확대했다. 그 결과, 소 씨 가문과 대마도는 엄청난 경제적 발전을 이루었고, 조선과 일본의 백성들도 큰 경제적 혜택을 입었다. 조선과 일본 간의 무력충돌도 사라졌다.

지난 정해년(서기 1587년)에는 히데요시의 규슈정벌에 참여하여 큰 공을 세웠다. 그리고 히데요시에게 대륙침략을 늦추어달라고 요청하여 승낙을 받았다. 그 뒤 가신인 유타니 야스히로(柚谷康広)를 급히 조선에 파견하여 통신사 파견을 요청했다.

이런 그가 대마도주에 복귀한 지 불과 1년 반 만에 세상을 떠났다. 그는 1년 반이라는 짧은 기간에 규슈정벌을 위한 군자금과 전함과 병사들을 오사카에 지원하고, 규슈정벌 전투에 직접 참여하였다. 또 전쟁을 회피하기 위해 교토와 오사카를 설득하고 연이어 조선의 경상감영을 통하여 한양의 조정을 설득하는 많은 일을 했으니, 그의 죽음은 과로사임이 틀림없었다.

영학은 요시시게의 부음을 듣고 땅을 치며 통곡하면서, 식음을 전폐했다. 슬프고도 안타까웠다. 조선과 일본을 통 털어 요시시게만큼 양국의 사정을 잘 알며, 백성들의 삶을 이해하고, 백성들을 위하는 지도자는 찾기 어려웠다.

생전에 그는 조선과 일본의 전쟁을 막고 평화를 정착시키기 위해 목숨을 걸겠다고 다짐했다. 그리고 그 다짐을 한 치도 어긋남 없이 실천했다. 그런데 이제 다시는 그를 볼 수 없게 되었다. 그를 만난 지 아직 2년도 되지 않는데 말이다.

'차라리 내가 요시시게 님의 눈을 치료해 주지 않았다면, 당신이 과로사하는 일은 결코 없었을 것이다. 요시시게 님이 시력을 회복하지 않았다면, 요시토시의 후견인으로서 더 오랫동안 생존했을 것이다. 그렇다. 나는 교만했다. 하늘의 뜻은 요시시게 님의 눈을 멀게 만들어 휴식을 취하도록 하고, 젊고 의욕적이며 충실한 후계자에게 일을 맡기려는 것이었다. 그런데 나는 얄팍한 지식을 세상에 내보이기 위

한 공명심에 눈이 어두워 그렇게 유능한 인물을 과로사하게 만들었다.'

영학은 끝없이 자책했다. 그리고 당장 대마도로 가서 요시시게의 영정 앞에서 통곡을 하면서 용서를 빌고 싶었다. 그렇지만 영학은 오사카 성주의 허락 없이는 한 발짝도 움직일 수 없는 몸이었다. 영학은 요시토시가 눈물 나도록 보고 싶었지만 그것 역시 이루어질 수 없는 꿈이었다.

그 해 가을이나 되어서 요시토시가 오사카에 모습을 드러냈다. 그를 보자마자 영학은 왈칵 눈물을 쏟았다. 하지만 요시토시는 여전히 늠름하고 씩씩했다.

요시토시는 영학을 보자마자 도요토미 가문의 후계자가 될 아들이 탄생한 것을 축하했다. 그러나 영학은 생명의 탄생은 다 하늘의 인연에 따라 이루어질 뿐 자신은 아무런 역할을 한 것이 없다고 말했다. 그보다 영학은 조선의 소식이 더 궁금했다. 그래서 통신사 문제와 대동계의 소식부터 물었다.

요시토시는 일본에 있는 조선인을 송환하지 않고 통신사 파견을 성사시켜 보려고 했지만, 조선 조정의 태도가 워낙 완강하여 눈물을 머금고 10명의 조선인을 사지로 보낼 수밖에 없었다고 했다. 5~6명을 송환하려고 했지만, 사화동을 대표로 한 대마도의 조선인들이 회의를 열어 '5~6명으로는 조선 조정을 만족시키기 어렵다'고 하면서 더 많은 송환을 자원하는 바람에 10명을 선발한 것이었다. 연장자 순으로 선발하되,

병을 가진 사람과 연좌죄로 처벌을 받을 가족이 없는 사람들 위주로 선발을 했다고 한다.

그 소식을 전하면서 요시토시는 고개를 절레절레 흔들었다.

"왜 조선의 관리들은 백성들을 하나라도 더 죽이지 못해서 안달하는지 그 이유를 모르겠습니다. 그래도 10명의 고귀한 목숨을 희생한 대가로 조선 조정으로부터 통신사를 파견하겠다는 약속을 받아냈으니 그나마 다행입니다."

이와 함께 요시토시는 빨라도 올해 말은 되어야 조선에서 통신사를 보낼 것이라는 소식을 전했다. 그리고 조선 조정의 대신들과 접촉하고 난 뒤 느낀 바를 이야기할 때는 깊은 한숨을 토했다.

그는 조선의 관리들이 상상을 초월할 정도로 무식함을 느꼈다고 했다. 이런 사람들이 어떻게 국정의 요직을 차지하고 있는지 기가 차서 혀를 내두를 지경이란다. 요시토시가 어렵게 포르투갈 상인으로부터 성능 좋은 최신식 조총을 구입해서 갖다 주어도, 조선의 관리들은 활보다 사거리가 길지 않고 심지에 불을 붙이는 데 시간이 걸린다는 핑계로 거들떠보지도 않았다고 한다.

평생 훈련을 받은 장정이야 화살을 200보 거리 밖으로 보낼 수 있지만, 몇 달 훈련받은 군졸은 100보 거리 밖으로 보내기 힘들다. 그리고 연거푸 활을 몇 번 쏘고 나면, 어깨가 땅기고 팔이 후들거려서 며칠은 쉬어야 한다. 그렇지만 총은 다르다. 노인이든 아녀자든 장정이든 누구나 손가락 하나로 150보 거리의 적을 쓰러뜨릴 수 있다. 그리고 하루에도 수백 번을 쏠 수 있다.

사정이 이런데도 조선의 관리들은 평생 활을 쏜 장수가 쏜 화살보다 멀리 가지 못한다고 어렵게 구해서 간 총을 대충 쳐다보기만 하고 바로 창고에 처박아버리니, 요시토시로서는 기가 찰 노릇이었다. 요시토시는 조선의 관리들은 머리를 생각하는 데 쓰지 않고, 오로지 상투를 트는 장식용으로 쓰는 것 같다고 한탄했다.

그리고 막상 조선에서 통신사가 온다고 하더라도 조선의 관리들은 일본에 대한 상식이 전혀 없기 때문에 걱정이 태산이라고 했다. 일본의 왕은 존재만 있을 뿐 실제로 정치에 관여하지 않는다. 그런데 조선의 관리들은 이런 걸 도저히 이해하지 못한단다. 그래서 겉치레나 형식을 중요시하는 조선의 사절이 교토에 도착해서 관백 전하를 만나지 않고 천황을 만나자고 고집할 경우, 양국의 회담은 처음부터 중대한 난관에 봉착할 수밖에 없다고 한다.

게다가 관백이 날인한 문서를 국서로 인정하지 않고, 천황이 날인한 문서를 요구할 경우 조선과 일본의 관계는 물론, 자칫 관백과 천황 사이에도 예기치 못한 갈등이 초래될 수 있다. 만약 이런 사태가 발생하면 대마도주의 목은 순식간에 떨어져나갈 것이다. 요시토시는 일본과 조선의 회담을 성사시키는 과정이 이렇게 산 넘어 산일 줄 상상도 못했다며 혀를 내둘렀다.

그는 이어 지금 조선에서 대동계가 맹활약을 하고 있고, 황해도 이북으로 조직을 확대하고 있다는 말을 전했다. 그런데 대동계의 활약과 관련해 굉장히 위험한 기류가 형성되고 있다고 한다. 그것은 일본 내 주전파들과 조선 내 대동계의 활약을 시기하는 무리들의 움직임이었다.

일본의 주전파들은 작년에 이미 대동계를 일본의 대륙 진출을 좌절시키는 심각한 위협세력으로 단정했다. 그래서 그들은 올해 초부터 대동계를 해체시키기 위한 선무공작에 돌입했다고 한다.

수백 명의 첩자들이 뇌물로 조선의 양반들에게 접근하여 '정여립이 대동계를 키워 조선에 정 씨 왕조를 세우려고 한다'고 모함하는 한편, 백성들에게는 '지금은 난세지만 곧 정도령이라는 구세주가 나타나서 백성들을 구제할 것'이라는 도참설을 퍼뜨리는 중이란다. 그리고 집권층인 동인들과 대립하는 서인들을 대상으로 '대동계의 천하공물사상은 왕토사상을 부정하는 것이고, 사농공상의 차별철폐는 양반을 부정하는 것이다'고 설득하고 다닌다는 것이다.

이 소식에 영학은 갑작스레 심한 현기증을 느꼈고 요시토시에게 물었다.

"일본 내 주전파들이 조선을 침공하기 위해 그렇게 악랄한 짓을 한단 말입니까?"

요시토시는 냉담한 표정으로 처연하게 말했다.

"악랄하다니? 그게 왜 악랄합니까? 적을 이간질하고 분열시키는 수법은 일본이나 진의 멸망 이후 어느 나라에서나 쓰는 술책이 아닙니까? 더욱이 민족이 다른 나라와 나라 사이에서는 당연한 것이지요. 그리고 일본 내 주전파들의 움직임은 조선에서만 그런 게 아닙니다. 그들은 명의 조정에도 수많은 첩자를 파견하여 뇌물을 써가면서 '조선이 일본과 동맹을 맺어 명을 침공하려고 준비하고 있다'는 여론을 광범위하게 조성하고 있습니다. 그대는 일본의 대륙진출 열망이 얼마나 강한지 아십니까? 오죽하면 그들이 전쟁을 일으키려고 하겠습니까? 그들은 어떤 짓이라도 다 할 수 있습니다. 요시시게 님은 이런 사정을 너무나 잘 알았기 때문에 무거운 심적 압박을 받으면서 무리하게 일을 하다 그만 과로로 돌아가신 것입니다."

요시토시의 말을 들은 영학은 낭패감에 빠져 한동안 말이 나오지 않았다. 그의 말이 사실이라면, 왜의 첩자들은 대동계를 분쇄하기 위해 조선의 약점을 정확하게 파악하고, 이를 아주 효과적으로 이용하고 있는 것이다. 조선의 형벌은 귀에 걸면 귀고리, 코에 걸면 코걸이다. 그 중에서 역모죄는 왕명은 물론 왕의 명령을 수행하는 관리의 말을 거역해도 해당되고, 왕에 의해 임명된 관리나 왕을 보좌하는 양반들의 기분을 거슬리기만 해도 해당되는 죄이다.

조선의 왕에게 밉보이면 조선 팔도 어느 누구든, 어떠한 행동을 하든 상관없이 역모죄에서 자유로울 수 없다. 그리고 역모죄에 과해지는 형벌은 지극히 간단하다. 조금이라도 연루된 자는 의도나 행위에 관계없이 모두 사형이다. 게다가 조선에는 다른 사람을 역모로 몰아 출세의 디딤돌로 삼기 위해 눈에 불을 켜고 있는 사람들이 양반들을 몽땅 합친 수보다 더 많았다.

그렇다면 대동계의 운명은 이미 끝장난 것이나 마찬가지였다. 그리고 대동계가 없어지면 조선도 가라앉게 되고 그건 사건이 아니라 재앙이다. 왜국에서 수백 년 만에 한 번 있을까 말까한 대지진 같은 자연적 재앙보다 훨씬 더 무섭고 살벌한, 인간에 의한 재앙이다.

인간은 자연이 준 재앙은 비운으로 여기고 승복한다. 그리고 재앙 앞에서 서로 슬픔을 나누고, 위로한다. 그리고 기적 같은 생존에 환호하고 열광한다. 그 과정에서 인간들은 서로의 존재를 인정하고 서로 뭉친다. 또한 자연의 재앙을 당한 사람들은 뭇 사람들의 동정을 받는다.

그러나 인간에 의한 재앙 앞에서는 그렇지 않다. 불행을 놓고 서로 상대방을 탓하고, 원망하고, 미워한다. 그리고 기적 같은 생존에 야유하고 냉소한다. 그 과정에서 인간들은 서로의 존재를 부정하고, 불신한다. 그래서 인간적 재앙은 마음에 상처를 주고, 미움 때문에 또 다른 재앙을 부른다. 또 인간이 초래한 재앙을 당한 사람들은 동정은커녕 씻을 수 없는 치욕과 비난을 당한다. 영학은 이런 생각으로 머릿속이 복잡하게 뒤엉켰다.

'자연이 내린 재앙은 나라에 피멍이 들게 하지만, 인간이 자초한 재앙은 나라를 골병들게 한다. 만약, 대동계의 계원들이 역적으로 몰린다면? 아, 생각만 해도 끔찍하다. 그리고 또 대동계에 참여한 선돌이와 스승님의 운명은? 선돌이의 주인인 어머니의 운명은? 며느리인 민지의 운명은? 하늘이시여, 제발! 이것이 어리석고 소심한 놈의 부질없는 공상에 그치게 하시옵소서!'

어느새 겨울이 성큼 다가왔다. 오사카는 조선과 달리 한겨울에도 얼음이 어는 날은 거의 없었지만, 오사카에서 세 번째 겨울을 맞는 영학의 몸은 이미 오사카의 기후에 익숙해져 있었다. 조선이라면 늦가을이라고 느껴질 쌀쌀한 날씨였지만, 오사카에서는 몸이 오들오들 떨리는 한겨울의 추위로 느껴졌기 때문이다.

그런데 그날 영학은 오토모 가쿠에이로부터 들은 조선의 소식에 온몸이 꽁꽁 얼어붙고 말았다. 대동계의 수장인 정여립이 역적으로 몰려 맏아들 옥남과 함께 죽음을 당했다는 소식 때문이다. 조선 관아의 공식적인 발표는 그가 장남과 함께 전라도 진안의 죽도에서 자결을 했다고 하지만, 왜의 첩자들은 그가 아들과 함께 관군의 쇠도리깨에 머리를 맞아 현장에서 즉사했다고 오사카와 교토에 보고서를 올렸다.

관군이 체포도 하기 전에 정여립을 아들과 함께 현장에서 바로 즉결 처형한 것은, 반론의 기회를 원천적으로 봉쇄함으로써 사건 기획자의 입맛에 따라 마음대로 진상을 호도하기 위한 목적에 기한 것이라고, 조선에 밀파된 왜인들은 보고했다.

작년부터 대동계에 관한 첩보는 오사카나 교토에서 가장 관심을 갖는 사항이라 거의 매일 보고서가 올라오는데, 그 첩보의 관리는 주전파의 대표적인 인물인 가토 기요마사가 맡고 있다고 한다.

그 말을 들은 영학은 당장 그의 집으로 쳐들어가 그를 박살내고 싶었다. 그렇지만 지금 가토는 30만 석에 이르는 영주의 지위에 있는지라, 삼엄한 호위 때문에 일개 의원이 그를 박살내는 것은 꿈에서도 불가능한 일이었다. 그래서 영학은 치밀어 오는 분노에 온몸을 부들부들 떨면서 뿌드득 이만 갈았다.

영학은 무엇보다도 선돌과 스승 그리고 어머니와 민지의 안부가 걱정되어 가쿠에이에게 오사카나 교토로 보고되는 대동계 역모사건의 진행 상황을 매일 아는 대로 알려달라고 사정했다. 가쿠에이는 영학의 처지를 이해하고 꼭 그렇게 하겠다고 약속했다. 그리고 오토모 가문의 무사들에게 선돌과 스승 그리고 어머니와 민지를 보호하라고 비밀리에 긴급지령을 내렸다.

대동계를 몰락시키기 위한 역모 사건은 시작부터 철저하게 조직적이고 광범위하게 진행되었다. 대동계는 왜구의 침범이 빈번한 전라도, 경상도, 충청도 3개의 남도에 그치지 않고 황해도 지역으로 조직을 확대하여 전국에서 모든 백성들의 호응을 받았다. 이러한 백성들의 뜨거운 지지와 환호는 조선 왕의 의심과 함께 양반들의 시기와 질투를 받았다.

이런 상황에서 황해도 관찰사, 재령군수, 안악군수, 신천군수 4인이 동시에 역모를 고변했다. 관찰사는 조선의 8도 중 하나를 다스리는 지방장관이고 군수는 왕이 임명한 지방의 수령으로 고위공직자다. 역모라고 하면 어떤 사소한 단서라도 무조건 수사를 하는 것이 조선의 실정인데, 관찰사 1명과 3명의 군수가 자신의 공직을 걸고 고변을 했다는 것은 재앙임에 틀림없었다.

고변장은 하나같이 수려하고 논리 정연한 문장으로 이루어져 은근슬쩍 왕의 자존심과 양반사회의 위기감을 건드리고 있었다. 그 고변장은 조선의 명문장가로 소문난 송익필이 작성한 것이라고 한다.

영학은 송익필을 잘 알고 있었다. 그는 한때 조선의 사림에서 예학(禮學)의 대가이자 최고의 문장가로 명성을 떨쳤다. 그렇지만 그는 3년 전 여산 송 씨 가문과 순흥 안 씨 집안 사이에서 70년 가까이 이어진 송사에서 최종적으로 여산 송 씨가 패소하는 바람에 하루아침에 노비가 되고 말았다.

소송에서 이긴 순흥 안 씨 집안에서는 송익필을 추노(推奴)하기 위해 전국 팔도에 사람을 풀었다. 그러나 송익필은 예학의 대가로 대우를 받으면서 심의겸, 이율곡, 성혼, 정철 등 조선 조정의 고관들과 평생 동지를 맹세할 정도로 깊게 교유했다. 그리고 서인당의 막후 실력자로 권력을 누렸다. 이렇게 실력과 인맥을 갖춘 송익필이기에 70년 송사에서 일시 승리를 거두었다고 해서 순흥 안 씨 집안이 그를 잡아들여 집안의 노비로 부릴 수는 없었다.

송익필은 그 송사의 판결에 코웃음치고, 서인 세력의 보호 아래 이름과 성을 바꾸고 황해도 지방에서 서당의 훈장 노릇을 하면서 살았다. 하지만 언젠가는 정국을 뒤집어서 과거의 명예와 영광을 되찾을 기회를 호시탐탐 노리고 있었다.

조선의 사정에 너무나 밝았던 왜의 주전파들은 조선의 집권층인 동인당과 대립하는 서인세력과 절치부심하고 때를 기다리는 송익필에게 주목했다. 왜인들이 서인과 송익필에게 주목한 것은 눈엣가시 같은 대동계가 공공연하게 동인당의 지원을 받고 있다는 것을 파악하고 있었기 때문이다. 그래서 본국의 지령을 받은 왜의 첩자들은 막대한 황금과 은을 이용해서 남도지방과 멀리 떨어진 황해도 지방과 한양의 관리들을 중점적으로 포섭하기 시작했고, 그 작전은 보기 좋게 성공했다.

정여립과 그의 아들이 척살 당한 현장에 있던 사람만 해도 50명이 넘었다. 그들은 손죽도에 침입한 왜구를 맞아 싸울 때는 목숨을 아끼지 않고 싸웠지만, 그들을 체포하러 온 관군에게는 '어명'이라는 말 한마디에 아무런 저항도 하지 않고 다들 순순히 오라를 받았다. 그리고 그들의 지도자인 정여립과 그의 아들이 쇠도리깨에 맞아 박살이 나는 것을 보고도 고개를 돌려 외면만 할 뿐, 어명에 감히 입도 뻥긋할 엄두를 내지 못했다. 그중에는 선돌도 끼어 있었다.

며칠 지나지 않아 그들은 전원이 목이 잘렸고, 잘린 목은 대나무 장대에 걸렸다. 그렇게 충실하고 똑똑하고 늠름했던 선돌은 그렇게 생을 마쳤다.

사건 처리는 처음부터 체계 없이 진행되었다. 처음에 삼정승 중의 두 번째 서열인 우의정 정언신이 수사와 재판을 맡는 위관(委官)이 되었다. 그런데 정언신은 동인이었다. 그렇게 되자 서인당은 정언신이 정여립의 9촌 친척이라는 이유로 끈질기게 탄핵했다. 거기에다 과거 정여립과 사신(私信)을 주고받은 사실이 드러나는 바람에 그는 위관에서 해임되고 즉시 투옥되었다. 그 후 그는 사형을 언도 받았지만, 동인당의 동료들이 '개인적으로 안부를 묻는 편지를 주고받은 것 말고는 아무런 죄가 없다'고 옹호하는 바람에 겨우 사형을 면하고 유배를 당했다.

동인당인 정언신의 뒤를 이어 서인당의 영수격인 정철이 위관을 맡았다. 그 뒤로는 수사와 재판이라는 게 아무런 의미가 없었다. 서인당은 이번 사건을 활용하여 무슨 수를 써서라도 동인이 차지한 정권을 탈환하려는 의도를 노골적으로 드러냈고, 이 때문에 말 그대로 살육전이 벌어졌다. 그래서 처음부터 수백 명이 고문으로 죽거나 목이 잘렸다.

각 형벌기관과 지방의 관아에서는 뜨거운 실적경쟁이 벌어지기도 했다. 전라도에서는 각 군현의 수령들에게 미리 할당량을 배당하고, 반역자 색출을 게을리하는 자는 역모에 동조한 자로 간주하겠다는 엄명을 내렸다. 그런데 할당된 숫자가 날이 갈수록 느는 게 문제였다. 그리고 위관이 바뀔 때마다 새로운 할당량이 추가되었다.

그러다 보니 대동계와 관련이 있다는 의혹을 받을까봐 두려웠던 동인당의 관리들은 살아남기 위해 정여립과는 아무런 교분이 없음을 애써 강조하는 한편, 자신의 무고함을 적극 증명하기 위해 대동계원의 색출에 먼저 설치고 나섰다.

영학은 이렇게 피바람을 동반한 검거선풍으로 어떤 피해가 생길지 잘 알고 있었다. 뒷줄이나 돈이 있는 사람은 어떻게든 빠져 나간다. 그러나 돈 없고 힘없는 사람들은 단지 대동계원과 친했다는 이유로, 서로 안면이 있다는 이유로, 심지어 마음속으로 불쌍히 여겼다는 이유로 말로 다할 수 없는 고초와 억울함을 당했다.

힘없는 백성들만 당한 게 아니었다. 전라도 감영의 도사로 있던 조대중이라는 사람은 지방순찰을 돌 때 전라도 부안군청에 소속된 관기와 며칠간 정을 나누었다가 헤어지는 게 섭섭해서 눈물을 흘렸다. 그런데 대동계원의 억울한 체벌에 눈물을 흘렸다는 고변을 당하는 바람에 즉각 체포되어 조사도 받기 전에 먼저 곤장을 맞다가 명줄이 끊겼다.

도사라면 지방장관인 관찰사와 함께 지방을 순회하면서 수령을 감독하며, 관찰사의 유고 시 직무를 대행하는 막강한 자리이다. 이런 막강한 자리에 있는 고위관리조차 부적절한 시기에 눈물을 흘렸다는 이유로 맞아 죽었으니, 일반 백성들은 맞아 죽어도 아예 통계에 잡히지도 않았다.

영학은 선돌이 처형되어 목이 효수되었다는 소식에 새파랗게 질려 아무 말도 들리지 않았다. 온몸에 힘이 빠지고 다리가 후들거려 그 자리에 서 있기도 힘들었다. 이마에는 식은땀이 흘렀다.

그 순간, 영학은 허리가 끊어질 듯한 아픔과 함께 정신을 잃고 까무러치고 말았다. 놀란 가쿠에이와 훈도들이 영학을 방 안으로 데려가 눕혔다. 영학은 가슴이 아파 숨쉬기가 어려웠다. 이를 본 오토모 신조는 얼른 괴춤에 찬 침통을 꺼냈다. 코의 밑과 윗입술 사이의 우묵한 골에 있는 인중혈, 열 손가락 끝의 정중앙에 있는 십선혈, 엄지와 검지 뼈 사이의 우묵한 곳에 있는 합곡혈, 엄지손가락의 손톱 안쪽 아래에 있는 소상혈에 침을 놓았다.

침을 놓는 신조의 눈에서는 한줄기 굵은 눈물이 흘러 내렸다. 침을 맞은 후 영학의 호흡곤란은 진정된 듯했다. 그러나 무의식중에서도 두 손은 가슴을 쥐어뜯고 있었다. 그리고 열에 들떠 헛소리를 하기 시작했다. 그런 모습을 보던 신조와 훈도들도 코를 훌쩍거리며 울음을 삼키기 시작했다.

영학은 그렇게 의식을 잃고 신열에 들떠 나흘을 보냈다. 의식을 되찾은 후에도 영학의 동공은 초점을 잃고 멍하게 천장만 바라보고 있었다.

그렇게 또 이레가 지난 후 영학은 힘없는 목소리로 스승과 어머니, 민지의 안부를 가쿠에이에게 물었다. 그렇지만 가쿠에이는 그들의 소식을 몰랐기에 아무 대답을 하지 못했다.

하지만 그의 표정에서 곤혹스러움을 느낀 영학이 눈에 광기를 띠면서 물었다.

"그들도 죽었습니까?"

그러자 가쿠에이는 퍼뜩 놀라는 표정으로 황급하게 손사래를 치며 말했다.

"그건 절대 아닙니다."

"어차피 알게 될 터이니, 안 좋은 소식이라도 한시바삐 알려 주십시오."

영학이 사정하듯 말하자 가쿠에이는 영학의 눈을 보면서 고개를 끄떡였다.

무심한 세월은 사정없이 흘러 기축년이 지나고, 경오년(서기 1590년) 새해가 왔다. 사람들은 활기찬 새해를 맞이했다. 오사카에 약방을 개업한 지도 벌써 3년이 다 되어 갔다. 워낙 영재들이라 그런지 훈도들의 실력은 나날이 향상되어 제법 실력 있는 의원의 면모를 갖추었다.

하지만 몸져누운 영학에게 설은 어떤 의미도 없었다. 영학은 여전히 자리에서 일어나지 못했다. 기력이 없기도 했지만, 매사에 의욕이 없고 무엇보다도 사람 만나기를 두려워했다.

영학은 어젯밤 꿈자리가 하도 뒤숭숭해서 신조에게 아버지를 불러 줄 것을 부탁했다. 꿈에서 어머니와 민지가 통곡을 하고 있었고, 그 와중에 스승이 하얀 옷에 흰 삿갓을 쓰고 나무지팡이를 짚고 서 있다가 소매를 붙잡는 명원을 휙 뿌리치고 길을 떠났다. 떠나는 스승의 등은 심하게 구부정했고, 어깨는 축 처져 있었다. 영학은 스승을 부르고 싶었지만, 목이 메고 숨이 막혀 아무 소리도 내지 못하고 그냥 손만 허우적거렸다. 그 사이에 스승의 모습은 사라져 버렸다. 그제야 영학의 목소리가 나왔고 "스승님! 스승님!"을 외쳤지만, 스승은 아무런 반응이 없었다. 영학은 땅바닥에 퍼질러 앉아 울다가 제 울음소리에 소스라치게 놀라 잠에서 깼다.

그 순간 영학은 '아, 스승님께 변고가 생긴 게 틀림없다'고 직감했다.

가쿠에이가 내키지 않는 발걸음으로 약방 안으로 들어섰다. 그리고 영학이 드러누운 방으로 들어와서는 땅이 꺼질 듯한 한숨과 함께 다다미 바닥에 털썩 주저앉았다. 그 모습을 본 영학은 자신의 꿈이 맞다는 것을 직감했다.

선돌이 처형된 지 열흘 후, 스승은 영학의 어머니와 선돌의 어머니 분이가 걱정되어 하동 집에 들렀다. 그런데 스승이 집에 들어서자마자 주변 민가에 잠복하고 있던 포졸 열대여섯이 뛰어 나와, 육모방망이를 마구 휘두르며 스승을 쓰러뜨리고 짓밟은 뒤 포박하였다.

스승은 체포 과정에서 무차별 쏟아지는 육모방망이에 거의 혼이 나간 상태였다. 연이어 영학의 어머니와 민지도 함께 포박되었다. 그리고 셋은 하동현청으로 끌려갔다.

하동현감은 민지와 영학의 어머니에게는 매질을 하지 않았다. 한양의 세도가인 유성룡 대감사위의 여동생이자 그 시어머니를 매질하는 것은 하동현감으로서 언제 목이 떨어질지 모를 불경이었기 때문이다.

그렇지만 관원들이 보기에 붙잡힌 스승은 이름도 성도 불확실하고, 주거도 불분명한 거지 신세였다. 그러다 보니 스승은 조사를 시작하기 전 의례적인 관행에 따라 곤장과 몽둥이찜질을 당했다. 70이 넘은 노인의 육신에 가해진 곤장과 몽둥이질은 치명적이었다.

체포 과정에서 육모방망이에 맞아 초죽음이 되었는데, 또다시 곤장과 몽둥이찜질이 시작되자 스승은 조사도 받기 전에 장 틀 위에서 잠시 온몸을 부르르 떨다가 이내 뻣뻣하게 굳어버렸다.

스승의 신음과 비명이 멎고 몸이 뻣뻣해진 뒤에도 옥졸은 명을 수행하기 위해 계속 곤장을 내리쳤다. 10여 차례 가해지는 곤장에도 아무런 반응이 없자 그제야 옥졸은 곤장을 멈추고 숨이 끊어진 것을 확인했다. 그러고는 시체를 장 틀에서 빼낸 뒤 멍석에 둘둘 말아 발로 밀어서 구석에 처박았다. 이것이 스승의 마지막 모습이었다.

불행 중 다행으로 매질이 가해지지 않았던 민지와 영학의 어머니는 3일간 옥에 갇혀 있다가 형리가 내미는 문서에 수결을 했다. 손바닥에 먹을 묻혀 문서에 찍을 때 영학의 어머니는 한자를 몰랐기 때문에 무슨 내용인지 알 수 없었다. 민지가 살펴보니 문서의 내용은 이러했다.

오늘 집에 찾아 온 노인네는 일면식도 없는 사람인데, 길을 가다가 목이 마르다며 물 한 바가지를 달라고 대문을 들어선 사람입니다. 그런데 그 노인이 흉악한 역모죄인일 줄 꿈에도 생각하지 못하였나이다. 이번 일을 교훈 삼아 앞으로 다시는 낯선 사람이 다급하게 도움을 청하더라도 함부로 문을 열지 않겠습니다. 그리고 그런 일이 생기면 무슨 수를 써서라도 당장 관아에 신고할 터이니, 사또께서는 아녀자의 아둔함에 너그러이 아량을 베풀어 주시기 바랍니다.

민지는 그 내용이 사실이 아니었지만, 형리가 자신과 시어머니를 살리기 위해 이렇게 문서를 꾸민 것이라는 것을 알아차렸다. 그리고 형리에게 "이 은혜 앞으로 잊지 않고, 꼭 보답 하겠습니다."라고 감사해하면서 연방 굽실거렸다.

그렇게 문서에 수결을 하자 민지와 시어머니는 바로 석방되었다. 병약한 몸에 3일 간의 옥살이를 겪고 비틀거리는 시어머니를 부축하고 동헌의 문을 나서면서, 민지는 '살았다'는 안도감보다는 밀려드는 서러움과 어이없는 스승의 죽음에 왈칵 눈물을 쏟았다.

가쿠에이는 이와 같은 소식을 낱낱이 전하면서 자꾸만 영학의 눈치를 살폈다. 선돌의 죽음으로 몸져누운 그가 스승의 허무한 죽음을 알게 되면 더 큰 충격을 받을까봐 걱정되었기 때문이다.

그런데 뜻밖에도 영학은 마치 꾀병을 앓았던 듯 벌떡 일어나 허리를 꼿꼿이 세우고 앉았다. 그러고는 신조에게 종이와 붓 그리고 가위를 가져오라고 시켰다. 신조는 영문을 알 수 없었지만, 일단 영학이 기운을 차리고 일어난 게 기뻐서 얼른 옆방으로 가서 종이와 붓, 가위를 들고 왔다. 영학은 종이 두 장을 사각형으로 자르고, 윗부분의 모퉁이를 일부 잘라내었다.

그러고는 붓을 들어 한 장의 종이에는 '顯考學生全光日神位(현고학생전광일신위)'라고 쓰고, 다른 한 장에는 '顯考學生金善旵神位(현고학

생김선돌신위)'라고 적었다. 이어 영학은 신조에게 소반에 밥 한 그릇과 무국, 콩나물, 시금치나물, 고사리나물, 사과와 배, 조기 한 마리를 얹은 제사상 2개를 마련하고 향을 준비해달라고 부탁했다.

조선의 제사상에 올리는 종이 위패에 적힌 '학생'이라는 말은 양반자손 중에서 과거에 합격하지 못해 관직을 가지지 못한 사람에게 붙이는 호칭이다. 그리고 성(姓) 앞에는 반드시 본(本)을 적어야 했다. 그러나 영학은 스승의 성이 '전(全) 씨인 것은 알고 있으나, 본을 알지 못했다.

스승의 증조할아버지 전순의 대감은 벼슬이 정2품 자헌대부(資憲大夫)에 이르렀지만, 노비출신이라 본래 성과 본이 없었다. 그가 어의로 출세함에 따라 전 씨 성을 가졌지만, 그가 세상을 떠난 뒤 후대의 사관들은 그의 출생과 사망과 본에 대한 기록을 모든 공문서에서 삭제해버렸다. 그래서 영학은 위패에 스승의 본을 적지 못했다.

선돌 역시 죽을 때까지 노비였기에 본을 알 수 없었다. 다만, 노비가 되기 전의 윗대 조상이 김 씨라고만 알고 있어 김선돌이라고만 적었다. 영학은 진짜로 귀신이 존재한다면 본이 없어도 찾아올 것이고, 귀신이 없다면 본이 있어도 못 찾을 것이니, 자신의 마음과 정성이 중요할 것이라 여겼다.

스승과 선돌은 어느 누구보다도 바른 인품과 고운 심성을 가진 사람들이었다. 그렇지만 순리를 거역하고 거꾸로 돌아가는 세상은 그들의 삶을 고난으로 몰았다. 하지만 누가 뭐라고 해도 그들은 영학의 스승이자 형이었다. 또한 그 분들이야말로 진정한 존경과 추억의 대상이다.

비록 머나먼 이국땅에서 초라하게나마 향을 피워 명복을 비는 것이 지금 영학이 할 수 있는 유일한 도리였다. 영학은 제사를 지내면서 다 짐했다.

'스승님과 선돌이 죽을 때 이 문영학도 함께 죽었다. 이제부터 내 인생은 덤이다. 더 이상 부끄럽게 살지 않겠다. 그래야만 훗날 황천에서 만나더라도 떳떳할 수 있다.'

영학은 먼저 스승의 위패 앞에 절을 올렸다. 엎드려 절하는 동안 하염없이 눈물이 흘렀다. 곁에서 의식을 도우는 가쿠에이와 신조도 소리를 죽인 채 울었다. 선돌의 위패 앞에서 절을 할 때 영학은 또 한 번 속으로 다짐했다.

'당신의 죽음이 헛되지 않도록 주어진 소임을 다하겠습니다.'

다음날 영학은 가쿠에이에게 가토 기요마사를 만나게 해달라고 부탁을 했다. 부탁을 받은 가쿠에이는 무엇 때문에 그를 만나려고 하느냐는 표정으로 영학을 빤히 쳐다보았다. 그러나 영학은 아무 말도 하지 않았다. 가쿠에이는 더 이상 묻지 않고 가볍게 고개를 끄덕였다.

지금 가토 기요마사는 규슈 히고에 25만 석의 영지를 가지고 있는 대영주이다. 지난 정해년(서기 1587년)에 규슈정벌을 단행한 히데요시는 히고의 50만 석 땅을 삿사 나리마사(佐々成政)에게 맡겼다. 그러나 불과 1년도 되지 않아 삿사 나리마사가 영지를 잘못 다스려 토착민들의 반란을 초래했다는 구실로 그를 할복케 하고, 환수된 땅을 남북으로 나눈 후 한쪽은 가토 기요마사에게, 다른 한쪽은 고니시 유키나가에게 내렸다. 그래서 가토는 지금 규슈의 히고에 영지를 두고 있지만, 주군의 눈에서 벗어나지 않기 위해 부지런히 오사카를 왔다 갔다하는 중이었다.

영학은 히데요시의 의도를 읽고 있었다. 히데요시는 우선 주전파와 반전파의 팽팽한 대립을 자신의 권력기반 확립에 적극 활용하고, 나중에 국제와 국내의 정세를 보아서 전쟁여부를 결정하는 책략을 펴고 있다.

히데요시는 대륙침공 구호를 어느 쪽으로든 손해 볼 일이 없는 꽃놀이패로 여겼다. 대륙출병의 구호로 히데요시는 각 지방의 영주들로부터 막대한 황금을 거둬들여 확고한 권력기반을 다졌다. 그 후 국제정세를 보아 승산이 약해 보이면 반전파의 손을 들어주면서 평화의 수호자가 되고, 승산이 충분하다 싶으면 주전파의 손을 들어주면서 애국적 민족주의자가 되면 된다고 머릿속으로 계산했다.

그렇기 때문에 히데요시에게는 가토 기요마사나 고니시 유키나가 둘 다 필요했다. 영학은 이러한 정세를 고려하여 주전파 일당의 힘을 빼기로 마음을 먹었다. 그리고 일본 내 주전파의 농간으로 조선의 백성들이 대량학살되는 참극이 일어난 데 대한 응징을 해야 한다고 생각했다. 그래서 주전파의 대표격인 가토 기요마사를 제거하기로 독하게 마음을 먹었다.

곰곰이 생각해보면 불가능한 것도 아니었다. 도요토미 가문의 2세가 탄생한 뒤 히데요시의 전쟁에 대한 의지가 많이 떨어진 상태이고, 지금 히데요시의 마음을 사로잡고 있는 요도기미는 어릴 때부터 전쟁을 끔찍이 싫어했다. 그리고 지금은 어린 아들까지 두고 있으니, 전쟁을 찬

성할 리가 없었다.

또한 도요토미 가문의 충신인 이시다 미쓰나리를 비롯한 수많은 양심가들은 처음부터 전쟁을 반대하고 있다. 게다가 얼마 후에는 조선으로부터 통신사가 온다. 이런 상황에서 가토만 제거해 버린다면 주전파들은 중심동력을 상실할 수밖에 없다.

그리고 무엇보다도 대동계원의 억울한 죽음을 야기한 주동자들을 가만두고 보려니 분통이 터져 죽을 지경이었다. 무모하기 짝이 없는 그들에게 정여립이나 대동계원이 아니더라도 조선인 중에는 전쟁광을 응징하는 인재가 수없이 많다는 것을 반드시 보여 주어야 한다. 그것이 자신이 왜국에 온 이유이고, 스승님과 선돌이의 죽음을 헛되이 되지 않도록 만드는 길이라고 생각했다.

이틀 후 영학은 가토를 만날 수 있었다. 가토는 히고의 영주로 부임하고 난 뒤에도 예전에 살던 오사카의 집을 그대로 두고 있었다.

영학은 가토의 집에 이르자 반가이 맞이하는 그의 인사도 받는 둥 마는 둥 했다. 그리고는 다짜고짜 스승이 대동계의 역모사건으로 말미암아 억울한 죽음을 당했다고 말했다. 그러나 가토는 담담하게 대답을 했다.

"이미 알고 있습니다. 열대여섯이나 되는 조선군이 몰려드는 바람에 호위를 하던 서너 명의 경호무사들도 어쩔 수가 없었습니다."

영학은 변명을 늘어놓는 가토를 보고 울화가 치밀어 소리를 질렀다.

"열대여섯이나 되는 관군이 몰려들어 어쩔 수 없었다? 그게 말이나 되는 소리입니까? 스승님은 당신이 죽였습니다! 그런데 지키려 했다고? 야비한 인간 같으니, 어디 그 따위 음모를 꾸미는 거야!"

영학의 힐난에 가토는 얼굴이 시뻘게진 채로 소리쳤다.

"뭐, 내가 당신의 스승을 죽였다고? 말도 안 되는 소리 하지 마십시오. 내가 왜 당신의 스승을 죽입니까?"

"당신이 왜와 조선을 전쟁으로 몰아넣기 위해 전쟁에 방해가 되는 대동계를 없애려고 수많은 첩자들을 보내 썩어빠진 조선의 관리들을 움직여 역모사건을 조작하지 않았소? 그 때문에 내 스승님도 역모의 관련자로 몰려 비명횡사를 했습니다. 그런데 당신 탓이 아니라고 발뺌할 수 있습니까?"

"그게 왜 내 탓입니까? 나는 대동계의 수장인 정여립과 그 심복 몇 명을 죽여 없애려고 했을 뿐입니다. 그런데 조선에서 과잉충성을 일삼는 신하들과 공명심에 사로잡힌 관리들이 사건을 일파만파로 확대시키는 바람에 당신의 스승을 포함한 수많은 백성들이 학살되었습니다. 그렇다면 당신에 나라의 썩어빠진 풍토를 원망해야지, 왜 나를 원망하는 것입니까?"

영학은 가토의 대꾸에 온몸이 부들부들 떨렸지만 가까스로 냉정을 되찾고 다시 따져 물었다.

"이웃나라에 첩자를 보내어 탐관들에게 뇌물을 써서 역모사건을 조작하고, 그 나라의 인재를 학살하는 것이 얼마나 야비한 짓인지 아십니까?"

그러나 가토는 전혀 기죽지 않고 오히려 영학의 얼굴을 빤히 쳐다보면서 대꾸했다.

"적국에 간첩을 보내어 정세를 염탐하고, 더 나아가 속임수로 이간질하고 분열시키는 것은 병가의 책략이 아닙니까?"

그 말을 들은 영학은 어이가 없어 따지고 들었다.

"왜와 조선이 지금 전쟁을 하고 있는 적국입니까? 조선은 왜국에 관심조차 없습니다. 그런데 당신은 일방적으로 조선을 적국으로 간주하고, 간첩 질을 하고 있습니다. 이게 올바른 짓입니까?"

이에 가토도 지지 않고 쏘아 붙였다.

"지금 자꾸 일본이라고 하지 않고 왜국, 왜국 하는데 이게 바로 적대관계 아닙니까? 지금 일본과 조선 사이에 외교관계가 성립되어 있습니까? 그리고 당신네 조선은 왜 우리 일본을 자꾸 무시하고, 통상을 방해합니까? 얼마나 일본에서 화가 났으면, 전쟁을 하려고 하겠습니까?"

"외교관계가 없다고, 통상을 거부한다고 적국입니까? 그리고 통상을 거부하는 게 전쟁의 명분이 됩니까? 왜인들은 그렇게도 전쟁을 좋아합니까? 게다가 비열하고 치사하게 남의 나라에 간첩을 보내어 이간질로 분열시키고, 이 때문에 무고한 백성들이 학살을 당하는 사건을 조작해 놓고 양심의 가책도 없습니까? 그리고 지금 왜에서 전쟁은 백성들의 진의가 아니고, 전쟁으로 부귀영화를 얻으려는 탐욕에 사로잡힌 당신 같은 사람들 때문에 일어나는 것이 아닙니까!"

이 말에 가토는 화를 버럭 내면서 말했다.

"조선의 민간인이 학살당한 것은 조선의 양반들이 백성들의 목숨을 닭장 안의 닭보다 가볍게 보는 태도와 백성들을 통제하고 억압하는 법과 제도 때문이 아닙니까? 아무리 간첩을 보내어 이간질을 한다고 하더라도 조선의 왕이나 관리들이 백성을 귀하게 여긴다면 어떻게 그런 일이 일어날 수 있겠습니까? 조선의 왕은 나도 놀라서 입이 벌어질 정도로 무지무지하게 사건을 키우고, 닭장에 개를 풀어 불쌍한 닭을 닥치는 대로 물어죽이도록 했습니다. 그게 왕이고, 그게 나라입니까? 그렇기에 이 사건은 근본적으로 당신들의 잘못이지 왜 우리의 잘못입니까?"

"어느 나라나 당파가 있고, 의견대립이 있습니다. 그런데 당신은 간첩을 시켜 조선을 전쟁의 위기감에 몰아넣고 긴장과 대립을 조성한 후, 어느 한쪽에 붙어 계획적이고 집요하게 이간질을 하고 분열시켰습니다. 그렇다면 어느 나라 왕이나 관리가 제정신을 차릴 수 있겠습니까. 그런데도 아무런 책임이 없다는 말입니까?"

영학이 물러서지 않고 말하자 가토는 이제 더 이상 말해 봤자 소용이 없다고 생각했는지 입을 다물었다. 영학도 이런 논쟁을 해봤자 헛수고라는 생각이 들어 잠시 침묵하고 있다가, 언성을 낮추고 다시 말을 꺼냈다.

"그대는 조선과 전쟁을 일으키면 이긴다고 생각합니까? 당신의 솔직한 심정을 듣고 싶습니다."

그러자 가토는 껄껄 웃으면서 대답했다.

"못 이길 이유가 무엇입니까? 조선의 조정은 썩을 대로 썩었고, 민심은 조정으로부터 완전히 떠나 있습니다. 지금 조선에는 전쟁터에 나갈 수 있는 병력이 3,000도 되지 않습니다. 그런데 지금 우리는 마음만 먹으면 50만의 군대를 조선에 보낼 수 있습니다. 그럼 이미 승부는 난 것 아닙니까?"

"나라 간의 전쟁은 병력으로 하는 것이 아니라 국력으로 하는 것입니다. 더구나 침공하는 나라는 지키는 나라보다 몇 배의 국력이 있어야 할 터, 일본의 국력이 조선의 국력보다 몇 배가 된다고 생각하십니까?"

"역사적으로 보면 350년 전 몽골은 인구가 500만이 되지 않는 유목국가였지만, 대륙은 물론 아라비아와 서양제국을 점령하지 않았습니까? 그런데 지금 우리 일본의 인구는 800만이 넘고, 잘 훈련되고 전투경험이 많은 수십만의 정예군을 보유하고 있습니다. 이런 상황에서 우리가 조선이나 명을 정복하지 못할 이유가 어디 있겠습니까."

그 말을 들은 영학은 부아가 돌아 다시 언성을 올리면서 말했다.

"제발 과대망상증 좀 버리십시오. 몽골이 무슨 힘으로 세계제국을 건설했는지 알기나 하십니까? 단순히 군사력으로 그렇게 됐다고 생각하면 그건 아주 무식한 발상입니다. 몽골에게는 한나라나 당나라 때 계속 확장되어 오던 동서양의 국제무역이 송나라에 들어서 수축되자, 몽골, 거란, 여진, 회족 등 북방의 이민족들과 아라비아 상인들은 물론, 상공업에 종사하는 송의 백성들까지 불만을 품고 동서교역과 상권의 확대를 원하여 몽골군을 지지했습니다. 북방민족국가와 아라비아 제국의 인구가 얼마나 되는지 알기나 아십니까? 더욱이 북방민족들과 아라비아인들은 수천 년 동안 비단길과 초원길을 통해 장사

215

를 하면서 엄청난 부를 축적했습니다. 이 때문에 막대한 자금과 인력을 몽골에 지원하고, 점령지에 대한 사전 선무공작과 길 안내까지 도맡아 했지요. 그런데 왜국은, 바로 남쪽의 류큐왕국조차 대륙과의 전쟁을 반대하고 있습니다. 도대체 그런 사실이나 알고 전쟁을 일으키려는 겁니까?"

그러나 가토는 이런 역사적 배경을 인정하지 않으면서, 오히려 큰소리를 쳤다.

"우리도 지금 포르투갈이나 화란의 막강한 지원을 받을 수 있습니다. 그리고 류큐왕국은 규슈의 영주 몇 명에게 명령을 내리면 금방 정복할 수 있어 대세에 아무런 지장이 없습니다. 그런데다 무엇보다도 지금 명이나 조선의 조정은 송이나 고려에 비해 완전히 부패했고, 민심은 철저히 등을 돌리고 있습니다. 그래서 지금 일본의 국제적 여건은 초원에서 일어난 몽골족보다 나으면 나았지 못할 게 없습니다. 따라서 우리가 전쟁을 일으키면 조선은 망할 것입니다."

그러나 영학은 틈을 주지 않고 쏘아 붙였다.

"포르투갈이나 화란인들이 왜가 명과 조선을 상대로 전쟁을 하는 데 찬성하고 지지를 할 거라고 보십니까? 제가 알기로 그들은 단지 돈벌이에만 관심이 있을 뿐입니다. 그리고 류큐왕국을 가볍게 보지 마십시오. 그들은 수천 년 역사와 문화를 가지고 있고, 조선이나 명에 외교사절을 보내는 독립국가입니다. 그렇지만 왜의 지방영주들은 최근 100년 동안 아무도 조선이나 명에 사신을 보내지 못했지요. 그리고 명이나 조선의 조정이 썩었고 민심이 이반되었다고 하나 팔은 안으로 굽는 법, 명과 조선의 백성들은 절대로 왜군의 편을 들지 않습니다. 제발 좀 현실을 똑바로 직시하십시오."

영학의 반박에 가토는 말문이 막힌 듯 잠시 침묵을 지켰다. 영학은 가토의 침묵을 깨고 계속 따지고 들었다.

"그대는 도요토미 가문에 충성을 맹세하지 않았습니까? 그런데 왜가 명과 조선을 상대로 전쟁을 일으켰다가 실패하면 도요토미 가문의 몰락은 피할 수가 없습니다. 그런데도 전쟁을 하자고 주군을 부추긴다면, 그대야말로 도요토미 가문을 망치는 원흉이 아닙니까?"

그 말을 들은 가토는 갑자기 입술을 파르르 떨면서, 버럭 소리를 질렀다.

"대일본은 절대로 조선과의 전쟁에서 지지 않아! 그리고 네가 뭔데 감히 나의 충성심을 의심하는 거야! 나는 도요토미 가문을 위해서라면 당장이라도 칼로 내 배를 가를 수 있어. 그리고 히데요시 전하께 충성하는 일본의 군사들은 명령만 떨어지면 썩어빠진 조선을 단숨에 짓밟아 버릴 거야."

그 말에 영학은 냉소를 머금고 차갑게 말했다.

"전쟁을 해야 출세를 하는 당신의 입장은 이해하지만, 세상만사 뜻대로 되지 않는 법! 당신이 정여립과 선량한 조선의 백성들을 도륙하는 기만전술에 성공했다 하여 전쟁에 이겼다고 착각하지 마라. 조선은 수천 년 역사와 문화를 가진 나라다. 겉모습만 보고 속까지 썩었다고 함부로 속단하지 말란 말이야! 왜군은 절대로 조선의 잠재력과 백성들의 단결력을 극복하지 못해! 당신이 전쟁에 앞서는 것은 바로 도요토미 가문의 멸망과 선량한 양국 백성들의 수많은 목숨을 빼앗는 무모한 도박판에 나서는 행위일 뿐이야! 그리고 승자도 패자도 없는 전쟁의 참화로 미래 수백 년 동안 조선과 일본의 관계에 암운이 드리워질 뿐이지. 또 당신의 그 허튼 욕망 때문에 제일 먼저 도요토미 가문이 가장 큰 피해를 볼 것이고, 그 다음이 왜와 조선의 백성들이란 말이야! 제발 정신 좀 차려!"

영학의 말에 가토는 그만 솟아오르는 분노를 참을 수 없었다. 그래서 그는 벽에 걸린 칼을 빼들고, 영학의 목을 겨눴다. 그러자 영학은 관자놀이에 불끈 힘줄을 세우면서 악다구니를 썼다.

"그래, 말로 안 되니까 이제 본색을 드러내는구나. 네 놈은 출세를 위해 주군을 팔고 나라를 파는 놈! 그래, 죽여라. 나도 더 이상 살기 싫다. 스승님도 죽고, 선돌 형도 죽고, 어머니와 마누라도 옥살이 하고, 갈 데가 없어 왜놈 땅에서 쥐새끼처럼 숨어 사는 내가 왜 살아? 죽여라, 이 개보다 못한 새끼야!"

칼을 쥔 가토의 손이 부들부들 떨렸다. 그때 옆방에 있던 가쿠에이와 호위무사들이 방안으로 들이닥쳤다. 가쿠에이는 새파랗게 질린 얼굴로 가토 앞에서 무릎을 꿇으면서, 가토를 말렸다.

"가토 님, 무사도 아니고, 칼도 들지 않은 일개 의원에게 어찌 칼을 들이대십니까? 고정하십시오. 더욱이 이 사람은 요도기미 님이 가장 신임하시는 분입니다. 제발, 칼을 거두십시오."

옆으로 다가 온 경호무사도 "주군!" 하고 나지막하게 소리쳤다. 그러자 가토는 못 이기는 체 칼을 도로 칼집에 넣으면서 말했다.

"내가 호랑이새끼를 오사카로 불러 들였구나. 당장 저 놈을 내쫓아라!"

그러고는 방을 나가 버렸다. 영학 또한 분을 참지 못하고 가토의 뒤통수에 대고 욕을 퍼부었다.

"야이, 새끼야! 사내새끼가 칼을 뽑았으면 썩은 가지라도 잘라야지, 비겁하게 그냥 거둬? 그러니까 치사하게 남의 나라 이간질이나 하지. 네 놈은 원래 그릇이 그것밖에 안 돼!"

36장 결투

결투

　히데요시에게 충성을 바쳐 분열된 나라를 하나로 통일하여 백성들을 편하게 만들고, 일본을 강대국으로 만들겠다는 신념과 포부로 살아왔던 가토 기요마사는 영학의 도발에 큰 충격을 받았다.

　300여 년 전 니치렌 대사는 온갖 고난과 생명의 위협 속에서도 신념을 포기하지 않고, 일본의 단결과 귀족의 각성을 촉구했다. 그는 니치렌을 존경했다. 어려서부터 니치렌의 삶을 본받아 장차 고난과 죽음을 두려워하지 않고, 나라와 백성을 위하는 인물이 되겠다고 수없이 다짐했다.

　또 히데요시를 주군으로 모시고, 피비린내 나는 전장을 누비면서 죽을 고비를 맞았던 적이 한두 번이 아니었다. 그런데 히데요시 말고는 겁낼 인간이 하나도 없는 자신에게, 조선에서 온 일개 의원 놈이 감히

'도요토미 가문을 망하게 하고 일본을 수백 년간 대륙으로부터 고립시키는 원흉'이라고 자신을 모욕한 것이었다. 그는 부아가 치밀어 온몸을 부들부들 떨었다.

'또 그 놈은 내가 출세를 위해서 전쟁을 일으키려 한다고 나를 모욕했다. 도대체 나를 뭘로 보고 그런 막말을 한단 말인가? 내가 출세를 바란다면 전쟁을 할 이유가 없다. 나는 25만 석의 영주이고, 가진 돈은 평생을 쓰고도 남는다. 이런 내가 목숨을 걸고 전쟁을 하는 이유는 다 내 조국 일본을 위해서이지 않은가….'

일본은 2,000년의 세월 동안 대륙으로부터 온갖 무시를 당하고 살았다. 그러다 겨우 150년 전 조선에 3개의 포구가 개항됨으로써 일본과 조선의 사이에서 과거의 역사를 재정립할 수 있는 계기를 마련했다.

그런데 삼포개항 이후 조선인들은 양국의 백성들 사이에서 사소한 충돌이라도 생기면, 그 모든 책임을 일본인에게 돌리고, 관련자를 잔혹하게 처벌했다. 그러면서 치사하게 일본이 책임을 인정하지 않으면, 개방한 포구를 폐쇄하겠다고 으름장을 놓은 게 한두 번이 아니었다. 양국 백성들의 교역은 상호 이익임에도 조선은 마치 일본에 큰 은혜를 베푸는 것처럼 행세하면서 툭하면 교역을 중단하겠다고 위협했다.

그리고 그 위협은 단순한 협박에 그치지 않고, 현실이 되어 지금 일본과 조선은 공식적으로 배 한 척 띄우지 못하는 상황에 있다. 조선이야 대륙과 붙어 있기 때문에 배를 띄우지 않아도 먹고 살 수 있지만 일본은 사정이 달랐다.

그런 처지를 이용해서 조선은 툭하면 일본을 모욕하고, 무시하고, 냉대했다. 가토 기요마사는 자신들이 조선으로부터 모욕과 무시를 당해야 할 이유가 전혀 없다고 생각했다. 지금 일본의 국력은 과거와 달리 조선을 능가하는 수준이라 여겼기 때문이다. 가토 기요마사는 생각할수록 끓어오르는 치욕감을 참을 수 없었다.

'이 기회에 조선에 본때를 보여주어야 한다. 그래서 나는 개인의 무사안일을 버리고, 조국을 위해 전쟁을 불사하려고 한다. 그런데 세상 물정이라고는 하나도 모르는 저 새파란 애송이에게 이런 치욕을 당하다니……. 저 놈은 몽골의 세계제국 건설이 몽골 혼자만의 힘이 아니고, 동서양의 교역을 원하는 북방민족들과 아라비아인은 물론 상권의 확대를 원하는 송나라 백성들의 지지가 있었기 때문이라고 한다. 말도 안 되는 소리다. 전쟁은 군인이 하는 것이지, 제 몸 사리기에 급급한 상인이나 백성들이 어떻게 전쟁을 아는가? 군대가 강하면 승리하는 것이지 백성들이 무슨 상관이냐? 좋다, 두고 보자. 애송이네 놈의 말이 얼마나 잘못된 것인지 밝혀주겠다. 그렇지만 그 전에 네 놈을 없애주마.'

그렇게 결심한 가토는 심복 부하인 나베시마 나오시게(鍋島直茂)와 사가라 요리후사(相良賴房)를 방으로 불렀다.

부아가 치미는 것은 영학도 마찬가지였다. 돌아가는 길에 영학은 가쿠에이에게 따지듯 말했다.

"가토는 비무장인 나에게 칼을 들고 내 목을 겨누었소. 이건 나에 대한 모독이자 무사의 수치입니다. 그렇지 않습니까?"

그러자 가쿠에이가 영학을 진정시키며 말했다.

"지금 일본 내에는 가토 상 앞에서 그런 말을 할 수 있는 사람은 아무도 없습니다. 칼을 휘두르지 않고 그냥 거둔 것만 해도 그로서는 굴욕입니다. 문 선생이 좀 참으십시오."

영학은 그의 만류에도 딱 잘라 말했다.

"절대 참을 수 없습니다. 오늘의 모욕 또한 잊지 않을 것입니다. 그래서 가토 기요마사 그 놈에게 결투를 신청할 것입니다. 일본의 법과 풍습에 의하면 모욕을 당한 자가 결투를 신청할 권리가 있다고 들었습니다. 저는 그에게 결투를 신청하여 진검승부를 벌일 것이고, 둘 중 하나는 아마 같은 하늘 아래에 존재하지 않게 될 것입니다. 그러니 오토모 상께서는 관에서 결투허가를 받아 주십시오."

그 말을 들은 오토모 가쿠에이는 걸음을 멈추고 정면으로 영학의 얼굴을 바라보면서 어이없다는 표정으로 말했다.

"그 말이 진심이십니까? 가토 기요마사는 평생을 전장에서 보내면서 칼로서 부와 명예를 얻은 특급무사입니다. 그런데 칼 한 번 쥐어본 적이 없는 선생이 그를 어떻게 이기겠습니까? 그건 오기에 불과합니다. 냉정을 찾으십시오."

그러나 영학은 결연하게 말했다.

"이기기 위해 결투를 하는 게 아닙니다. 제가 죽는 한이 있더라도 가토를 제거하려 합니다. 지금의 정세로 볼 때 그만 제거한다면 조선과 왜 사이에 전쟁은 일어나지 않을 것입니다. 그리고 무엇보다도 저는 스승님과 선돌의 원수를 갚고 싶습니다. 아니, 역모로 몰려 떼죽음을 당한 선량한 백성들의 원수를 그냥 둘 수 없습니다. 그리고 결투에 대비해서 나름대로 계획이 있습니다. 그러니 관에서 결투허가나 받아 주십시오."

영학의 확신에 찬 말을 듣고, 오토모 가쿠에이는 더 이상 말려봐야 소용이 없다고 생각했는지 아무 대꾸를 하지 않았다.

영학에게는 나름대로의 계획이 있었다. 영학은 결투를 할 때 칼을 쓰기 전에 활과 표창을 먼저 사용할 생각이었다. 그리고 화살촉과 표창에는 협죽도의 수액과 투구꽃 전초액에다 살모사의 독을 바를 작정이었다.

협죽도의 수액은 맹독성이다. 협죽도의 위험성이 여실히 드러나는 이야기가 있다. 예전에 상갓집을 찾은 거지가 아무도 자기에게 먹을 걸 챙겨주지 않는 데 화가 나서 담장 안에 핀 협죽도 가지를 잘라 젓가락을 만들었다. 그리고 그 젓가락으로 아무 상에나 차려진 음식을 허겁지겁 집어 먹었는데, 그 불쌍한 거지는 몇 번 집어 먹지도 못하고 갑자기 온몸이 뻣뻣이 굳어버렸고 이내 숨을 거두었다.

협죽도와 더불어 투구꽃의 전초로부터 캐낸 수액도 강한 독성을 가지고 있다. 그래서 예로부터 조선에서는 투구꽃 수액으로 사약을 만들었다.

영학은 결투의 방식으로 삼십 보 떨어진 곳에 마주서서 먼저 활이나 총을 사용하고, 즉시 승부가 나지 않을 경우 앞으로 접근하여 칼이나 창으로 최종 승부를 내는 방식을 쓰기로 했다. 그리고 무기는 제한 없이 마음대로 사용하자고 할 작정이었다.

내심 영학은 표창을 사용하려고 했다. 협죽도와 투구꽃 수액에다 살모사의 이빨에서 빼낸 독을 흠뻑 묻힌 표창으로 상대방의 몸에 상처만 입히면 그만이라고 생각했다. 그리고 칼이나 창으로 싸워봤자 자신에게 승산이 없다는 것도 잘 알고 있었다.

영학은 결투에서 이기는 것이 아니라 적에게 상처를 입히는 데 목적이 있기 때문에 충분히 가능성이 있다고 보았다. 물론 그에게 상처를 내더라도 독이 온몸에 퍼지기 전, 그가 휘두르는 칼날에 자신의 목이 달아날 것이었다. 하지만 그것은 신경 쓸 바 아니었다. 더 이상 지금처럼 구차하게 살고 싶은 생각이 없었기 때문이다.

그리고 영학은 심리전을 병행하기로 했다. 상대방에게 독을 바른 화살촉을 사용한다는 것을 알려 심리적으로 위축되게 함으로써, 자신에게 겨눈 창이나 총이 흔들리도록 유도할 작정이었다.

그리고 표창의 존재에 대해서는 전혀 눈치 채지 못하도록 기습적으로 사용할 생각이었다. 표창을 던질 때도 머리나 목이 아닌 허벅지를 목표로 삼을 계획이었다. 민첩한 무사라면 머리로 날아드는 표창은 능히 피할 수 있겠지만 허벅지 아래로 날아드는 표창을 피하기는 쉽지 않다는 걸 염두에 두었기 때문이다.

영학은 예전에 지리산에서 생활할 때 스승으로부터 체조를 배운 적이 있었다. 그 체조는 신라 때부터 전수된 택견 동작을 지금 사람의 동작에 맞도록 개선시킨 것이었다. 그런데다 영학은 약초를 캐기 위해 산봉우리와 계곡을 타고, 때로는 맨손으로 바위를 올랐기 때문에 체력으로는 가토에게 뒤지지 않을 자신이 있었다.

거기에다 영학은 가토보다 젊었다. 앞으로 언제 결투 날이 잡힐지 모르지만, 지금부터 검술을 익힌다면 근접전에서도 그리 쉽게 당하지 않을 자신이 있었다. 그래서 영학은 단 며칠이라도 검술을 연마하기로 마음을 먹었다.

영학의 결투신청을 받은 가토 기요마사는 난감하기 그지없었다.

'숱하게 많은 전장을 누비고 다니면서 셀 수도 없이 적을 무찌른 천하의 무장인 이 가토 기요마사가 지금껏 칼도 한 번 잡아보지 못한 의원 나부랭이로부터 결투를 요청받다니…'

그는 승부를 떠나 그 자체만으로도 망신 중의 망신이라고 생각했다. 그런데 영학의 자신만만한 태도에 은근히 기가 질렸다.

'일찍이 숨겨 둔 무예실력이 있는 게 아닐까… 명의로 소문난 자이니 화살촉과 칼 끝에 쓰는 독도 치명적인 것이지 않을까… 그렇다면 결투를 하면서 살짝 상처만 입어도 목숨을 잃을 것은 틀림없는 일이 아닌가?'

가토 기요마사는 가난한 집안에서 태어나 목숨을 내걸고 전쟁터를 돌아다니다 25만 석의 영주가 된 지 얼마 되지도 않았는데 저렇게 고집이 센 조선인과 결투를 벌여야 한다니, 보통일이 아니라 생각했다.

그렇다고 결투를 피할 수도 없는 노릇이었다. 만약 결투를 피했다가는 겁쟁이로 낙인 찍혀 천하의 조롱거리가 될 것이고, 그렇게 되면 히데요시의 신임도 바로 거두어질 수밖에 없다.

더욱이 영학은 어느 가문에도 속하지 않은 홀몸이라 대신 싸울 사람을 내세울 수도 없고, 그렇기 때문에 자신 또한 대신 싸울 사람을 내세울 수 없었다. 그리고 영학은 모욕을 당했다는 이유로 자신에게 직접 결투를 신청한 것이기에 피할 수도 없었고, 결투신청을 받은 것만으로도 망신살이 뻗치는 일이었다.

이렇게 생각한 가토 기요마사는 심복인 나오시게, 요리후사와 상의해서 '결투를 피하지 않는다. 다만, 칼을 손에 쥐어 본 적이 없는 애송이에게 준비할 시간을 준다'는 구실로 3개월 후 야마토(大和) 강변에서 결투를 승낙했고, 오사카성에 이를 통보했다.

그렇지만 가토나 그의 부하들은 이겨도 손해인 그런 결투를 할 의도가 처음부터 없었다. 그래서 그들은 궁리 끝에 절묘한 수를 찾아냈다. 앞으로 한두 달 후에 조선의 통신사들이 교토에 도착한다. 그때 그들은 통신사로 온 조선의 관리에게 조선의 관원살해범이 일본으로 도망 와 있다는 사실을 제보하기로 했다. 그렇게 되면 공명심에 사로잡힌 조선의 관리들은 분명히 범죄자의 인도를 요구할 것이고, 그 요구를 받은 일본의 조정 또한 이를 회피할 명분이 없을 것이었다. 그야말로 손 안 대고 코푸는 격이다. 이러한 계획이 있었기에 가토는, 영학에게 검술을 연마할 시간을 준다는 구실로 결투시기를 3개월 후로 잡은 것이었다.

그렇지만 나오시게는 개인적으로 영학에게 은혜를 입은 일이 있었다. 지난해 가을, 세 살 난 아들이 한밤에 갑자기 고열과 호흡곤란 증세를 일으키며 의식불명에 빠졌다. 그래서 한밤중에 급히 오토모 가의 약방을 찾았는데, 영학은 밤을 새워 아들을 치료했고, 덕분에 아들은 이

틀 만에 천진난만한 웃음을 되찾았다.

이 때문에 나오시게는 내심 영학이 체포되어 조선으로 압송되는 일은 막고 싶었다. 그래서 고민 끝에 그들의 계획을 오토모 신조에게 말하고, 이런 음모가 있으니 의원님으로 하여금 결투신청을 철회하도록 하라고 귀띔을 했다.

나오시게로부터 음모를 전해들은 신조는 즉시 아버지와 상의를 했다. 오토모 가쿠에이는 '은인을 죽게 하는 것은 도리가 아니다'라며, 시게노부와 요시토시에게 그 사실을 알리고 대책을 강구했으나 영학에게는 비밀로 했다. 영학에게 이 사실을 알린다 해도 죽음을 무릅쓴 그가 결투신청을 철회하지도 않을 것이고, 괜히 알려봤자 같은 일본인으로서 그들의 치부만 드러날 뿐이라고 판단했기 때문이다.

결투신청을 하고 난 후 영학은 무예연습에 열중했다. 그리고 자신에게 3개월의 기한을 준 가토를 '나라 사이의 일에 있어서는 외국에 간첩질을 하는 간교한 놈이지만, 인간적으로는 그래도 사내다운 놈'이라고 여겼다.

그렇지만 가토는 주전파의 수괴로서 조선과 왜, 명의 백성들을 전쟁의 아수라 지옥으로 내몰고 있기에, 3국의 평화를 위해서 반드시 그를 제거해야 한다고 굳게 마음을 먹었다.

영학은 요헤이와 시게노부에게 조선의 광양에서 활을 구해올 것을 부탁했다. 그리고 그 활에 잴 애기살 3~40개를 구해달라고 했다. 애기살은 화살대가 다른 화살의 절반 길이밖에 안 되기 때문에 아무리 민첩한 무사라 해도 피하기가 쉽지 않은 점을 이용할 작정이었다.

그리고 비밀리에 표창 던지기를 연습했다. 표창은 왜의 닌자들이 사용하는 불가사리 모양이었다. 이 표창은 제대로 맞아도 살 속에 꽂히는 창날이 두 치에 불과하지만, 맹독이 묻은 그 표창에 상처만 입어도 상대는 죽음을 면치 못한다.

그래서 영학은 사람 허벅지 높이의 나무기둥에 표적을 정하고, 아침, 저녁으로 수백 번씩 표창을 날렸다. 그리고 한낮에는 검술을 연마했다. 그러면서도 응급환자의 치료나 훈도들에 대한 교육을 게을리하지 않았다.

영학은 환자를 만나든 지인을 만나든 가토 기요마사를 비롯한 왜의 주전파들을 비난하기 시작했다. 그들이야말로 내전에 지친 일본의 백성들을 또 다시 전쟁의 지옥으로 몰아넣고, 아무런 성과 없는 전쟁으로 도요토미 가문을 망하게 만들며, 전후 수백 년 동안 일본을 국제적으로 따돌림 당하게 만들 것이라는 말을 거침없이 퍼뜨렸다.

영학의 이러한 행동은 오사카성의 주인인 도요토미 히데요시의 귀에도 들어갔다. 그리고 교토의 조정에서도 화제가 되었으며, 이로 인해 조정의 중신들 사이에서 숱한 논쟁이 불붙었다.

이 소문은 요도기미의 귀에도 들어가게 되었다. 영학의 안위가 걱정된 요도기미는 남편인 히데요시에게 결투를 금지시켜 줄 것을 간청했다. 그렇지만 히데요시는 "개인적인 감정으로 결투를 벌이는데, 아무리 주군이라도 그런 문제까지 간섭할 수는 없다"고 잘라서 거절했다.

그러면서 히데요시가 "그 젊은이, 책상물림인 줄만 알았는데 그런 오기도 있었군. 본인이 알아서 하겠지"라고 혼잣말을 하자, 신하들은 주군의 진의를 파악하기 위해 온 신경을 모았다. 혹자는 히데요시가 후계자인 아들을 얻고 난 뒤 전쟁에 대한 의지가 약해졌다고 말하는가 하면, 다른 사람은 영학이 가토의 칼날에 희생될 것이 뻔한데도 이를 제지하지 않는 걸 보면 그의 전쟁의지는 확고하다고 말하기도 했다. 그러나 어느 누구도 감히 자신의 소신을 솔직하게 말하지 못하고, 그저 주군의 눈치를 슬금슬금 살피기만 했다.

이런 상황에서 요도기미는 고민 끝에 도요토미 가문의 책사인 이시다 미쓰나리에게 영학의 안전을 부탁하고, 한편으로 영학을 자제시켜 줄 것을 부탁했다. 그러나 이시다 미쓰나리는 영학의 언행에 속이 후련함을 느꼈다. 영학의 말이 하나도 틀린 게 없다고 생각했기 때문이었다.

이시다도 기회가 있을 때마다 히데요시 앞에서 반전의견을 개진했지만, 지금까지 어느 누구도 '도요토미 가문의 멸망'을 입 밖에 꺼내지 못했었다. 그런데 조선의 의원이 소신 있게 그 금기를 깨고 있기에, 이시다는 히데요시가 영학의 말을 귀담아 들어 주기를 간절히 원했다.

그렇지만 아무리 생각해도 영학의 안위가 걱정되었다. 그리고 이번 조선의 통신사 파견이 국정의 방향에 분수령이 될 터인데, 여기서 범죄인인도 문제 때문에 어렵게 이룬 대화가 결렬된다면 예사 문제가 아니었다. 이렇게 생각한 이시다는 급히 고니시 유키나가와 소 요시토시를 교토로 불러들였다.

오사카에 다시 또 봄이 왔다. 봄의 태풍이 시작되기 전에 반가운 얼굴이 불쑥 얼굴을 디밀었다. 요시토시였다. 그는 별안간 나타나서 만면에 웃음을 지으며 영학에게 인사했다.

"요즘 그대의 활약이 일본의 조야에서 아주 바람을 일으키고 있더군요. 정말 대단합니다."

"아니, 내가 무슨 일을 한다고 그러십니까. 그냥 스승님과 선돌 형이 억울하게 죽었고, 분을 참지 못해 그냥 막 들이대는 것이지요."

"그대 때문에 일본 내 주전파들이 입장이 난처해서 아주 골치 아파합니다."

"그 사람들은 완전히 확신에 찬 사람들인데, 제가 떠든다고 신경이나 쓰겠습니까? 저도 알아보니 그들은 하나같이 만만치 않은 골수분자들입니다. 그래서 그들의 생각을 바꾸기보다는 그들의 수괴를 없애야 한다고 생각합니다."

그러자 요시토시는 정색을 하면서 말했다.

"그렇지 않습니다. 그들은 아주 난처해하고 있습니다. 그래서 요즘 그들은 수시로 모여서 작당을 하고 있습니다. 그런데 그들이 그대를 제거하는 공작에 들어갔다는 말이 들리고 있습니다. 이건 결코 가볍게 들을 말이 아닙니다."

요시토시의 염려에도 영학은 기죽지 않고 당당하게 대꾸했다.

"제거하라면 하라지요. 그들이 세게 나와야 나도 싸울 맛이 나지요. 이판사판입니다. 기왕 죽을 때 죽더라도 저승길 친구는 하나 있어야 되지 않겠습니까?"

"섣불리 덤비면 안 됩니다. 그대가 건재해야 일본 내 반전파도 힘을 받을 수 있습니다."

"아니, 제가 무슨 힘이 있다고 그러십니까. 괜히 구름 위에 올리지 마십시오."

"힘은 없을지 몰라도, 누구 눈치 보지 않고 하고 싶은 말은 하지 않습니까. 지금 일본인들은 대부분 속으로는 전쟁을 반대하지만, 괜히 말을 꺼냈다가는 권력자의 눈에서 벗어나거나 겁쟁이로 보일까봐 눈치만 보고 있습니다. 그런데 그대가 솔직하게 말을 하니, 그들도 얼마나 속이 시원하겠습니까."

요시토시의 말을 듣고 보니 그럴 듯했다. 지금 일본의 정국에서 주전파들은 모두 소신 있는 애국자로 보이고, 반전파는 제 한 몸 무사하려고 몸을 사리는 소심한 인간이라는 취급을 받는 게 현실이었다.

백성들이나 무사들이나 대부분 전쟁을 원하지 않지만 그렇다고 그들은 자신들의 속내를 말하지 않는다. 그렇지만 소수에 불과한 주전파들은 목숨을 걸고 용감하게 싸우겠다고 목청껏 소리를 지르면서, 자신이 제일가는 애국자인양 선봉을 자원한다. 그러다 보니 지금 일본의 조야에는 주전파의 목소리밖에 들리지 않는다.

이 사실을 깨달은 영학은 요시토시에게 웃으며 말했다.

"그럼, 앞으로 더 크게 떠들고 돌아다닐까요?"

그러자 요시토시는 목소리를 낮추면서 말했다.

"그만하면 됐습니다. 그대는 넘치도록 했습니다. 그렇지만 전쟁여부를 결정하는 이런 중대한 사안에 한 사람의 목소리만으로는 턱도 없습니다. 설사 그대가 가토를 죽인다고 해도 단번에 전쟁여론을 잠재울 수는 없습니다. 그리고 이제 곧 조선의 통신사들이 교토에 도착합니다. 그런데 그대의 존재가 알려지면 조선과의 협상에 중대한 걸림돌이 됩니다. 그러니 앞으로의 일을 생각해서라도 신변을 보호할 안전책을 강구해야 할 것입니다."

이 말에 영학은 분명하게 의지를 표명했다.

"아닙니다. 저는 가토에게 결투신청을 했고, 날짜와 장소까지 결정되었습니다. 정정당당하게 그 놈과 승부를 보겠습니다. 그런데 이런 상황에서 어떻게 저의 안전을 바란단 말입니까? 결투신청을 철회하라는 말입니까? 그렇게 하는 것은 이곳 일본에서 조선인 망신을 시키는 꼴밖에 안 됩니다. 그리고 저는 가토를 죽이지 않고서는 도저히 분이 풀리지 않을 것 같습니다. 그러니 결투신청을 물리지 않겠습니다. 물론 결투를 하게 된다면 아마 제가 먼저 그의 칼날에 목숨이 끊기겠지요. 그래도 물러설 수 없습니다."

그러자 요시토시는 몸을 숙여 영학의 귀에 입을 바짝 댄 후 속삭이듯 말했다.

"신라의 김춘추가 백제와 왜의 연맹을 깨기 위해 왜를 설득하러 왔다가 오히려 볼모로 잡힌 뒤 어떻게 신라로 돌아갈 수 있었는지 잘 알고 있지 않습니까?"

그러자 영학이 퉁명스럽게 대꾸했다.

"그게 저와 무슨 상관입니까?"

"막무가내로 밀어붙인다고 일이 되는 건 아닙니다. 길게 보고, 밀었다 당겼다 하면서 강약조절을 해야지요."

그렇지만 영학으로서는 퍼뜩 떠오르는 게 없어 물었다.

"무슨 좋은 생각이 있습니까?"

요시토시는 영학의 물음에 즉답을 하지 않고, 차분히 상황을 설명했다.

"얼마 전에 조선의 통신사 일행이 한양을 출발했습니다. 아마 한두 달 후에는 교토에 닿을 겁니다. 그런데 일본의 주전파들은 통신사 일행이 도착하면, 통신사로 온 조선의 관리들에게 그대의 존재를 알려서 그들로 하여금 일본 정부를 상대로 범죄인인도 요구를 하도록 음모를 꾸미고 있습니다. 그들이 얼마나 주도면밀한데 천하의 무장인 가토를 칼도 잡을 줄 모르는 의원과 결투를 벌이게 하겠습니까? 그들은 무슨 수를 써서라도 그 전에 그대를 제거하려고 할 것입니다."

그 말을 듣고 영학은 속으로 아차 싶었다. 일본에 통신사로 온 조선의 관리들에게 신분이 알려지면 영학은 바로 죽은 목숨이었다. 보나마나 관원살해범에다 매국노로 낙인 찍혀 즉각 한양으로 압송되어, 혹독한 고문과 함께 효수형에 처해질 것이다.

왜의 주전파들은 자기네 손에 피를 묻히지 않고, 함부로 혹형을 가하는 조선의 풍습을 이용해서 적을 제거하는 술책에 능수능란하다. 이번에도 주전파 일당은 직접 나서지 않고 일거양득을 노리려 하고 있다. 그렇다면 영학도 그들의 수를 읽어야 했다.

첫째, 통신사로 온 조선 관리들의 신병인도 요구가 거부될 경우, 조선과 일본 사이의 화해 분위기 조성은 무산되고, 대결국면으로 양국의 관계는 더 악화될 것이다. 그렇게 되면 영학은 조선과 일본의 관계를 악화시킨 장본인이 된다.

둘째, 신병인도 요구가 관철될 경우, 주전파들은 눈엣가시 같은 영학을 속 시원하게 제거할 수 있다. 그렇게 되면 일본 내 반전파들은 그들의 입장을 대변할 구심점을 잃게 되고, 주전파들은 조선 관리들의 무지와 편협함을 만천하에 적나라하게 보여주게 된다.

참으로 기가 찬 계략이다. 이런 계략을 펴는 것을 보면 일본의 주전파들은 정말 집요하고 무서운 집단이다.

그들의 수를 알게 된 영학은 순간적으로 낭패감에 빠지면서 몸이 굳었다. 일본의 주전파들을 상대하기에는 자신의 생각이 너무 순진하고 짧다고 생각했다. 가토 기요마사를 죽여 버리면 왜의 주전파가 와해될 거라는 환상에 빠져 표창던지기 연습을 한다고 설치고 있는 자신이 바보처럼 느껴졌다. 그런데도 별일 없다는 듯이 빙그레 웃는 요시토시가 야속했다. 그러던 중에 요시토시가 입을 열었다.

"그대가 이제 일본을 벗어날 때가 됐습니다. 이참에 좀 더 넓은 세상도 볼 겸 류큐왕국과 대만을 거쳐 마카오와 명을 구경한 뒤 조선으로 건너가십시오."

영학은 요시토시의 말이 현실적으로 와닿지 않아 투덜댔다.

"일본에 꼼짝없이 묶여 있는 몸인데, 어떻게 류큐왕국이니 대만이나 마카오, 명을 들렀다가 조선으로 간단 말입니까? 지금 이런 중차대한 시기에 한가하게 농담하는 겁니까?"

그러자 요시토시가 진지한 표정으로 말했다.

"내가 그대하고 농담하고 시시덕거리려고 오사카로 배를 타고 올 수 있다면 얼마나 좋겠습니까? 그건 그렇고, 작년부터 고니시 유키나가 님과 함께 선단을 꾸리고 있습니다. 그 선단은 일본에서 은을 싣고 장사를 하면서 남쪽의 류큐왕국을 거쳐 대만을 지나 마카오와 명의 닝보에서 비단, 도자기, 책, 쌀, 대포, 화약 등의 물건을 사들일 겁니다. 그리고 돌아올 때는 닝보에서 바로 동쪽으로 항해를 해서 조선으로 갈 것입니다. 그러니 그대는 의원으로서 선원들의 건강을 살피고, 새로운 넓은 세계를 볼 겸 그 선단에 동행하십시오. 그대가 일본을 떠나면, 주전파 일당들이 그대의 존재를 조선 관리들에게 고자질할 일은 없을 겁니다."

그 말을 듣고 영학이 걱정을 털어놓았다.

"제가 그 선단에 끼어 항해를 할 수 있겠습니까? 일본의 주전파들이 저를 붙잡아 두려고 하면 어떻게 합니까?"

"그대가 일본에서 얼마나 대단한 인물인지 모르시지요? 도요토미 가문의 후계자의 친모가 그대를 보호하고 있습니다. 그런 배경이 없다면, 가토 기요마사의 칼에 그대 목은 벌써 잘렸을 겁니다. 그리고 참고로 이번 선단은 고니시 유키나가 님과 이시다 미쓰나리 님이 나와 공동 투자한 것입니다. 그리고 이시다 님의 투자는 도요토미 가문의 투자로 볼 수 있습니다."

영학은 그 말을 듣고 '조선으로 끌려 갈 일은 없겠구나' 하는 안도감과 함께 뜻밖에 멀고 긴 항해를 한다는 데 심적인 부담을 느꼈다. 요시토시가 그런 영학의 마음을 눈치 챘는지 여정에 대해 자세히 일러주었다.

"걱정 마십시오. 이 선단의 총지휘자는 그대의 제자인 오토모 신조가 맡게 될 것입니다. 그리고 고노 시게노부와 마에다 요헤이도 동행하니 불편함은 없을 것입니다. 게다가 장사가 성공하면 그대의 몫도 배당될 것이고요. 아마 황금 5관은 되지 않을까 생각됩니다. 그러면 그 황금을 조선에 갖고 가서 일본의 침공에 대비해서 군자금으로 쓰십시오. 요즘 조선도 은밀히 전쟁준비를 하는데 나라에 돈이 없어서 이러지도 저러지도 못하고 쩔쩔 맨다는 소문이 있습니다."

영학은 황금 5관을 배당으로 받는 것도 그렇지만 오토모 신조가 선단의 총지휘를 맡는다는 말을 듣고 너무 놀랐다. 이제 겨우 20세에 불과한 신조가 어떻게 그 거대한 상단의 지휘를 맡을 수 있는지 쉽게 이해가 되지 않아 조심스럽게 물었다.

"과연 신조에게 그런 능력이 있습니까?"

그러자 그는 일말의 망설임 없이 대답했다.

"충분히 그럴 능력이 있습니다. 그는 관백 전하의 신임을 받고 있습니다. 그리고 25만 석의 영지를 가진 가토 기요마사도 이제 겨우 28세이며, 도요토미 가문의 살림을 맡고 있는 이시다 미쓰나리도 30세인 걸 생각하면 20세가 결코 적은 나이가 아니지요."

그 말을 듣고 영학은 30세에 과거에 합격하기만 해도 크게 출세했다고 여기는 조선과는 사정이 많이 다르다는 생각이 들었다. 한편 조선의 현실에서는 젊은 사람이 높은 벼슬에 나가 봤자 연장자들이나 학파의 선배들에게 치여 아무런 힘을 발휘하지 못할 것이라는 생각에 씁쓸함을 느꼈다.

37장 자유

자
유

　요시토시는 선단이 출항하여 장사를 마치고 되돌아오는
데는 보통 1년에서 1년 반의 세월이 걸린다고 한다. 그러면서 선단이
남쪽의 류큐왕국을 거쳐 대만으로 가는 이유는 조류 때문이라고 한다.
　바다의 조류는 명에서 조선을 거쳐 일본으로 흐르고 이 때문에 조선
을 거쳐 명으로 가려면 조선과 명 사이의 바다를 건너는 데 아무리 순풍
을 타더라도 3~4일 이상은 걸린다고 한다. 그렇지만 바람을 잘못 만나
면 그보다 훨씬 더 시간이 걸리고, 3~4일이 넘는 망망대해에서의 항해
는 너무 위험하다고 했다. 아무리 숙달된 선원이라 하더라도 바다의 일
기를 예측하는 것은 2~3일이 한계이기 때문이다. 만약 망망대해에서
큰 바람과 파도를 만나면 그 배의 운명은 선원들의 손을 떠나 하늘에 맡
겨진다.

그렇지만 명에서 조선으로 항해할 때는 바람을 잘 받으면 이틀 만에 바다를 건널 수 있다고 한다. 그래서 태풍이 불기 시작하는 봄부터 가을까지는 조선에서 명으로 바로 가는 항로가 위험하기 때문에 잘 선택하지 않는다고 한다. 그러나 명에서 조선으로 항해하는 것은 사계절 내내 괜찮다고 한다.

"류큐왕국이나 대만을 거쳐 마카오나 명으로 가는 항로는 순조롭습니까?"

영학에 질문에 요시토시가 대답했다.

"류큐왕국과 대만 사이의 항로에는 작은 섬들이 길게 분포되어 있기 때문에 2일 이상 땅을 밟지 못하는 일은 없습니다. 그래서 거리는 멀지만 안전을 위해서는 봄부터 가을까지는 이 항로를 자주 이용합니다. 그리고 멀리 돌아가는 길은 세월이 많이 걸리는 대신 이문을 많이 남길 수 있지요."

류큐왕국만 해도 고유의 역사와 문명을 가진 데다 수천 년 동안 섬라(暹羅)국, 왜, 명, 고려와 국제무역을 하면서 번영을 누려왔고, 지금도 명에 외교사절을 보낼 정도로 정치도 안정되어 있다고 한다.

더욱이 얼마 전에는 귤을 한양에 진상하려던 제주도인이 배를 타고 뭍으로 가다 풍랑을 만나 류큐왕국의 요나구시섬으로 표류한 사건이 있었다고 한다. 그때 류큐왕국 사람들은 조선인에게 배를 제공하여 다시 조선으로 돌아가게 하였고, 그 덕분에 조선인들은 2년 뒤 염포에 무사히 도착할 수 있었다.

류큐왕국은 백성들의 경제활동도 왕성한데다 금, 은 등의 광물과 진기한 물품들이 많아 무역이 수지가 맞는 장사라고 한다. 또한 백성들은 온순하고 인정도 많으면서 아주 다양하고 풍부한 문화를 가지고 있단 다.

요시토시의 말을 들은 영학은 오사카에서 말로만 들었던 류큐왕국에 꼭 가보고 싶다는 생각이 들었다. 어쩌면 류큐인들은 히데요시의 대륙침략에 대해서 조선인들과 같은 생각을 가졌을지도 모른다고 짐작했다.

이런 저런 사정을 따져볼 때 이번 항해를 거절할 이유가 없다고 생각한 영학은 슬그머니 마음이 동해 요시토시에게 물었다.

"장사가 성공하면 정말 제 몫으로 황금 5관이 배당되는 것입니까?"

"황금 5관은 장사가 잘 안되었을 때이고, 실제로는 그보다 많을 겁니다."

그 말을 듣고 영학은 도저히 믿기지 않아 되물었다.

"아니, 도대체 무역으로 버는 돈이 어느 정도이기에 그리 큰 몫을 받는단 말입니까?"

영학의 믿기지 않아 하는 표정을 본 요시토시는 대수롭지 않게 말했다.

"우리가 조선으로부터 사들인 도자기와 면포, 모시, 약재, 종이, 피혁을 5~6배의 가격으로 류큐왕국이나 대만에 팔 수 있습니다. 그리고 류큐왕국이나 대만으로부터 번 돈으로 마카오나 명의 남동해안 지역 상인으로부터 비단, 쌀, 도자기, 책, 화약, 총 따위의 물품을 사서 일본에서 되팔면 역시 4~5배의 값으로 팔 수 있지요. 그래서 한 번의 무역으로 버는 돈은 최초 투자액의 20~30배가 됩니다. 이렇게 무역으로 얻는 이익이 크니 사람들은 목숨을 걸고 바다로 나서지요."

"무역으로 얻는 이익이 그렇게 엄청난 줄은 상상도 못했습니다. 그런데 이번 출항에는 최초 투자금이 얼마나 됩니까?"

"선단의 규모가 있다 보니 액수가 제법 큽니다. 황금 20관 정도의 금액이지요. 그렇지만 이 황금 20관은 1년이 조금 넘는 항해를 거치는 동안 400관 내지 600관으로 불어납니다."

"으음, 정말 엄청나군요. 그렇다면 그렇게 불어난 이익은 어떻게 분배가 됩니까?"

"우선, 선단에 종사한 뱃사람들이나 무사들에게 1인당 1근가량의 황금이나 6~7관의 은이 지급됩니다. 그러면 대략 200~250관의 황금이 지출되지요. 그 후 남는 금액은 도요토미 가문, 고니시 가문 그리고 소 가문의 투자비율에 따라 배분됩니다. 이번 항해에서 소 가문의 몫은 50관에서 100관쯤 될 것입니다."

"그럼, 장사가 안돼서 이문이 없으면 어떻게 합니까?"

"그때는 처음 투자액의 한도 내에서 뱃사람들이나 무사들에게 위로금이 지급되고, 항해로 인한 손해는 투자를 한 영주들이 투자비율에 따라 손해를 감수합니다. 그래서 목숨을 걸고 항해를 한 일꾼들은 장사가 안 되더라도 돈을 적게 벌 뿐이지 손해 볼 일은 없습니다. 만약 장사에 실패했다는 이유로 일꾼에게 손해를 전가했다가는 당장 폭동이 일어나거나, 다음에 일꾼을 구하지 못해 선단을 꾸릴 수가 없게 되지요. 그래서 일본의 영주들은 그런 어리석은 짓은 절대로 하지 않습니다."

"그런 걸 보면, 왜의 영주들은 백성들을 끔찍하게 생각하는 것 같습니다."

"끔찍하게 생각하는 게 아니고, 다 생존전략일 뿐입니다. 일본의 영주들은 백성들에게 찍히면 살아남을 길이 없습니다. 히데요시의 규슈정벌 후 규슈를 맡았던 삿사 나리마사는 영지를 잘 못 다스려 토착민의 반발을 초래했다는 이유로 할복을 하지 않았습니까? 그렇기 때문에 장사로 돈 번 게 없다고 일꾼들에게 대가를 지급하지 않는 그런 일은 일어날 수가 없습니다."

"그럼 제가 받게 될 몫은 어떻게 정해졌습니까?"

"그대의 몫은 이시다 나리가 정했습니다. 도요토미 가문의 2세를 탄생시킨 공로를 인정해서 선단무역으로 얻는 이익과 상관없이 최소 5관을 지급하기로 했지요. 이시다 나리가 왜 그렇게 정했는지 짐작이 가십니까?"

"혹시 요도기미 님이 이시다 나리에게 부탁을 했습니까?"

"솔직히 말하면 그 말도 맞습니다. 그렇지만 그보다는 이익을 취해도 혼자 독식하지 않을 것이라는 그대에 대한 이시다 님의 믿음 때문이지요. 큰돈이 생기면 조선의 백성들을 위해 쓸 것이라는 믿음 말입니다. 특히 일본과의 전쟁을 막는 데 무진 애를 쓰겠지요. 그래서 이시다 님은 다른 일꾼이 받는 이익의 50배 이상을 그대에게 배당하는 것입니다."

그 말을 듣고 영학은 요시토시와 이시다의 배려에 감격했다. 그리고 아직 만나보지는 못했지만 동업자로서 이시다의 제안에 동의를 해준 고니시라는 자에게도 고마움을 느꼈다. 황금 5관이라면 황금이 귀한 조선에서는 하동의 논 500마지기를 살 수 있는 엄청난 돈이었다. 논 500마지기라면 한 해 소출만 해도 무려 1,000석이니 무려 1,000명이 평생 배불리 먹고 살 수 있는 돈이다. 영학은 무역의 이익이 크다는 걸 짐작은 했지만 이처럼 어마어마한 줄은 미처 알지 못했다.

게다가 1년 뒤에는 고향에 돌아갈 수 있다. 외롭고 힘든 세월을 참고 기다리다 보니 뜻밖에 이런 행운이 오나보다는 생각에 영학의 가슴은 벅차올랐다. 그런데 요시토시는 영학의 마음을 모르는 체하면서, 일본을 떠나기 전에 만나야 할 사람이 있다는 뜻밖의 제안을 했다.

그가 말하는 사람은 도쿠가와 이에야스(德川家康)였다. 요시토시에 의하면, 그는 아주 신중하고 사려 깊은 성격으로서 지금은 히데요시에게 복종하고 있지만 진짜 실력은 히데요시를 능가하는 일본 내 반전파의 거두라고 한다.

영학은 도쿠가와 이에야스의 이름을 들은 적이 있었다. 그런데 뜻밖에 요시토시로부터 만나보라는 말을 듣게 되자 내심 반가웠다. 그런데 요시토시로부터 들은 그의 일생은 정말 파란만장했다.

도쿠가와 이에야스는 교토로부터 동쪽으로 400리가 넘게 떨어진 나고야(名古屋)에서도 한참 더 동쪽인 변방의 한 무사가문에서 태어났다. 내전시대의 무사가문은 가문의 존속을 위해서 끊임없이 벌어지는 전투와 정치적 흥정에 시달려야 했다. 도쿠가와도 예외는 아니었다.

그가 2세였을 때 그의 어머니는 정략에 따라 강제이혼을 당한 뒤 다른 가문으로 시집을 가는 바람에 영원히 자식과 이별했다. 그 후 6세 때 이마가와(今川) 가문에 인질로 가게 되었는데, 호송 도중 이마가와 가문의 숙적인 오다 노부히데(織田信秀)에 의해 납치를 당했다.

그 후 노부히데는 이에야스의 아버지 마쓰다이라 히로타다에게 아들을 살리려면 항복하라고 통보했지만, 히로타다는 그 요구를 거부했다. 그래서 이에야스는 죽을 처지가 되었지만, 노부히데는 그를 죽이지 않고, 나고야 성에서 아들인 노부나가와 함께 놀면서 지내게 했다. 그때 이에야스보다 9살 위인 오다 노부나가는 그를 동생처럼 돌보아 주었다.

그러던 중 아버지 마쓰다이라 히로타다가 가신에 의해 살해되고, 이에야스는 8세 때 오다 노부히로(織田信広)와 인질교환이 되어 이마가와 가문으로 갔다.

이에야스에게 하늘의 운이 따랐는지 오다 가문에 이어 이마가와 가문에서도 그를 좋게 보고 자식처럼 길렀다. 그래서 그는 인질의 신분임에도 군사와 행정을 공부하고, 매사냥을 즐길 수 있었다.

그러다 15세 무렵부터 이마가와 가문의 군대를 통솔하여 군사적 경험을 쌓기 시작했고, 이마가와 가문의 딸과 혼인을 하여 아들을 얻었다. 그러다 지난 경신년(서기1560년)에 이마가와 요시모토(今川義元)가 서부의 강자인 오다 노부나가(織田信長)와의 전투에서 죽음을 당하자, 그 기회를 틈타 고향인 오카자키로 돌아가 친척과 가신들을 수습하여 가문을 다시 세웠다. 그를 키워 준 이마가와 가문을 배신하고 오다 노부나가와 동맹을 맺은 것이다.

이 때문에 이마가와 가문의 영지에 남아 있던 이에야스의 가족들과 가신들은 통째로 나무에 매달린 채 창에 찔려 죽었다. 이때 이에야스의 장인과 장모는 자결을 했고, 아내와 아들은 인질교환을 통해 겨우 자신의 영지로 데려왔다.

그 후 그는 한동안 다른 가문들과의 싸움을 피하고, 영지(領地) 내의 반발세력인 불교 종파들을 약화시키며, 영지를 안정시키는 데 주력하면서 내실을 다졌다. 그리고 군대의 지휘체계를 개선하고, 참신한 인재를 등용했으며, 과세·소송·치안 절차를 명문화함으로써 법의 예측가능성과 객관성을 제고하여 백성들의 생활을 안정시켰다.

내치를 다진 후 이에야스는 오다 노부나가와의 동맹을 통해 세력을 확장하기 시작했다. 경오년(서기 1570년)에는 본거지를 연안도시인 하마마쓰(浜松)로 옮기고, 이곳을 상업적·전략적 중심지로 개발했다. 그 결과 이에야스는 오카자키를 비롯하여 하코네(箱根)의 산간지방까지 펼쳐진 비옥하고 인구가 많은 지역을 영지로 갖게 되었다.

그런데 이마가와 가문 출신인 아내 스키야마 도노(築山殿)와 오다 노부나가의 장녀로서 며느리인 도쿠히메(德姬) 사이에서 심각한 불화가 생기자, 며느리가 친정에 고자질하는 사태가 발생했다. 이 때문에 이에야스는 오다 노부나가의 눈 밖에 나지 않기 위해 눈물을 머금고 아내를 죽이고, 장남인 노부야스(松平信康)에게 할복을 명했다.

지난 임오년(서기 1582년) 오다 노부나가가 부하의 반란으로 목숨을 잃었을 때 히데요시는 기민하게 움직여 주군의 죽음을 설욕하고 주군의 정치적 지위를 독차지하려 했다. 그러나 이에야스는 히데요시의 의도를 그냥 두지 않았고, 이로 인해 두 사람 사이에서는 피비린내 나는 전투가 벌어졌지만 좀처럼 승부가 결정 나지 않았다.

그러다 이에야스는 히데요시의 제의로 히데요시의 여동생을 아내로 취하고 장모를 인질로 잡는 조건으로 그에게 복종을 맹세했다. 그 후 히데요시는 대륙진출을 구호로 내걸고, 이를 지지하는 지방 영주들로부터 복종과 군자금을 받아 자신의 권력기반을 다지고 있다. 그렇지만 이에야스는 중앙의 권력으로부터 홀대 받던 동북부지역의 개발을 통한 내치로 조용하게 자신의 권력기반을 다지고 있다고 한다.

이에야스는 영지의 농업생산성을 높이고 도시와 항구를 개발하는가 하면, 공정하고 투명한 행정으로 백성들의 신뢰를 얻는 데 주력하고 있다. 지난 병술년(서기 1586년)에 이에야스는 교토와 오사카로부터 동북으로 더 멀리 떨어진 시즈오카로 근거지를 옮김으로써 서남부와 해외에 관심을 쏟고 있는 히데요시를 안심시켰다. 그렇지만 시즈오카는 이에야스가 어린 시절을 보낸 곳이기에 내치를 다지기에 더없이 좋은 곳이었다.

히데요시는 자신의 경쟁자인 이에야스를 수도인 교토와 오사카에서 멀리 떨어진 변방지역으로 몰아내는 데 성공했다는 승리감에 젖어 있다. 이에야스는 이러한 히데요시의 심중을 파악하면서도, 동북쪽으로 밀려나는 척하면서 내치를 통한 성장을 도모하고, 작은 어촌마을인 에도(江戶)에 수천 명의 가신과 식솔들을 이주시켜 도시를 만들었다. 그러나 이에야스의 이러한 움직임은 조금이라도 역사를 아는 자에게는 250년 전에 존재했던 가마쿠라 막부(鎌倉幕府)를 재건하려는 시도로 보였다. 히데요시는 이러한 이에야스를 신경쓰지 않았다. 그만큼 이에야스의 기반확장이 조용하고 은밀하게 진행되었기 때문이었다.

소 요시시게는 일찍이 요시토시에게 장차 이에야스가 진짜 천하의 주인이 될 것이라고 말했다고 한다. 요시시게는 그 근거로 이에야스가 공을 들이는 에도(江戸)는 가마쿠라 막부가 자리를 잡고 150년간 일본을 통치한 곳이라는 점을 들었다. 이 지역에는 가마쿠라 막부의 중심이었던 도래인 세력이 아직도 막강한 부와 권력을 가지고 있다고 한다. 그래서 요시시게는 만약 이에야스가 이 지역을 차지하여 도래인 계층과 이 지역 백성들의 지지를 받게 된다면, 머지않아 에도(江戸)가 교토와 오사카를 능가하는 정치와 경제의 중심지가 될 것이라고 예언했다고 한다. 그래서 요시토시는 그 말을 가슴깊이 명심하고 은밀하게 이에야스와 교분을 트고 있었다. 그는 영학이 일본을 떠나기 전에 숨은 실력자인 이에야스에게 일본 내 반전파의 목소리와 주전파의 무모함을 생생하게 전달해 주기를 바랐다.

요시토시로부터 이야기를 듣고 며칠 후, 영학은 이에야스와의 만남을 가지게 되었다.

이에야스도 소문으로 이미 영학을 알고 있었다. 그래서 비록 첫 만남이기는 했지만 분위기가 그리 어색하지는 않았다. 그렇지만 이에야스는 말이 없었다. 차를 마시면서 영학과 요시토시는 많은 이야기를 했지만, 이에야스는 의례적인 미소를 짓거나 가끔 고개를 끄덕일 뿐이었다.

대화 도중 영학은 흥분하여 일본의 주전파들을 미치광이 아첨꾼들이라고 격하게 비난하면서 그의 동의를 기대했다. 하지만 그는 "그들도 모두 다 일본의 백성들이고, 나라를 사랑하는 사람들이다. 다만, 나라를 사랑하는 방법이나 행동이 너희들과 다를 뿐이다"는 말로 영학의 비난을 제지했다. 그렇지만 이에야스의 눈빛이나 표정은 분명히 영학이나 요시토시의 의견에 공감하는 것처럼 보였다.

이에야스의 집을 나오면서, 영학은 왜와 조선의 큰 차이점 한 가지를 말했다. 왜인들은 조선과 달리 성(姓)이나 이름을 마음대로 바꾼다는 것이었다.

오다 노부나가는 어릴 때의 이름이 싯포시(吉法師)이지만 12세 때 노부나가라는 이름으로 바꾸었다. 그리고 도요토미 히데요시는 원래 출신이 미천하여 성이 없다가 나중에 하시바 히데요시(羽柴秀吉)로 성과 이름을 지었고, 몇 년 전에는 성을 하시바에서 도요토미(豊臣)로 바꾸었다.

또한 도쿠가와 이에야스(德川家康)는 어릴 때 성명이 마쓰다에라 다케치요(松平竹千代)였지만, 나중에 성과 이름을 바꾸었다. 이시다 미쓰나리(石田三成) 역시 어릴 때의 이름이 사키치(佐吉)였다. 그리고 가토 기요마사(加藤淸正)는 원래 이름이 도라노스케(虎之助)였다고 한다. 또한 요시토시도 요시시게의 양자가 되면서 이름을 바꾸었다.

여자인 기쿠코도 결혼 후 성과 이름을 요도기미로 바꾸었다. 그렇지만 이는 조선의 사회에서는 결코 있을 수 없는 일이다. 특히 성을 바꾸는 것은 상상할 수조차 없다. 오죽하면 맹세를 할 때 '안 되면 내가 성을 바꾼다'라는 말을 할까?

성이나 이름의 변경은 지위나 계층의 변경을 의미한다. 즉 성과 이름을 바꾸는 것을 허용하지 않는 조선의 사회는 지위나 계층의 변경을 용납하지 않는다는 말과 다르지 않다. 곰곰이 생각해 보면 조선에서는 성과 이름의 변경은 허용되지 않지만, 성과 이름을 박탈당하는 일은 너무 빈번하게 일어난다. 양반이나 양민이 노비로 떨어지면 성과 이름이 없어지기 때문이다. 그래서 조선에서의 신분 상승은 불가능에 가까우리만치 어렵지만, 추락은 너무나 쉽다. 이를 보면 나라의 법과 제도가 백성의 노비화를 조장하는 셈인데, 이런 나라에서 백성들이 기를 펴고 살아가는 것도, 나라가 발전하는 것도 기대하기 힘든 일이다.

조선에 있을 때 나라는 의문의 여지없이 절대선(絕對善)이었고, 나라의 주인인 왕은 절대적인 충성의 대상이었다. 그러면서 나라의 권력과 부를 왕을 대리한 양반들이 몽땅 차지하는 것을 당연하게 여겼다.

그런데 왜국에 나와 보니 그러한 신념은 뿌리부터 잘못되었다는 것을 깨달았다. 나라는 절대선이 절대 아니고 나라의 주인은 왕이 아니다. 왕과 가까이 있는 양반은 더더욱 아니다. 그런데 양반들은 아무런 거리낌 없이 '조선은 왕과 사대부의 나라'라고 말한다. 바로 이런 잘못된 관념이 조선이라는 나라를 망치는 가장 근본 원인인지도 모른다.

영학이 사색에 잠겨 있는 동안 요시토시도 무슨 생각을 하는지 한참 침묵을 지키고 있었다. 그러다 요시토시가 영학의 얼굴을 쳐다보면서 툭 내던지듯이 말을 뱉었다.

"나는 곧 혼인을 할 것입니다."

그 말에 놀란 영학이 되물었다.

"혼인이라고 했습니까?"

그러자 요시토시는 조금 쑥스러운 표정으로 말했다.

"그렇습니다. 얼마 안 있어 혼인을 하게 됐습니다."

"정말 축하합니다. 그런데 신부는 누구입니까?"

"고니시 마리아입니다."

그녀는 히데요시가 신임하는 무장 중의 한 사람인 고니시 유키나가(小西行長)의 딸이었다. 마리아는 야소 어머니의 이름이고, 그녀는 독실한 기리스탄이라고 했다.

작년에 히데요시는 50만 석에 이르는 규슈의 히고(肥後)지역을 삿사 나리마사로부터 회수한 뒤 이를 두 쪽으로 나누어 한쪽은 가토 기요마사에게, 다른 한쪽은 고니시 유키나가에게 영지로 주었다.

규슈의 히고와 붙어 있는 히젠(肥前)은 대마도와 조선에서 가장 가까운 곳이다. 며칠 전 히데요시는 대륙침공의 전초기지가 될 대본영을 히젠에 두기로 하고, 나고야(名護屋)라는 이름을 붙여 성을 쌓으라는 명령을 내렸다고 한다.

성 이름을 '나고야'로 한 것은 히데요시의 고향이 나고야(名古屋)이기 때문이다. 다만, 히젠 나고야는 발음은 나고야와 같지만 '名護屋'이라고 쓰는데, 이처럼 발음은 같으면서 표기를 약간 다르게 한 이유는, 호(護)자가 '지키다', '보호하다'라는 의미를 가지기 때문이라고 한다.

그 말을 듣고 영학은 냉소를 했다. 히젠 나고야 성의 건축 목적은 침략을 위한 것이지, 수호를 위한 목적이 아니었다. 그런데 전쟁을 일으키는 자들은 공격이나 침략이라는 용어를 쓰는 대신 꼭 지키거나 수호한다는 말로 백성들을 호도하고, 고통과 희생을 강요한다.

히데요시 역시 대륙침공을 위한 대본영으로 쓸 성의 이름에 호(護)자를 사용한 것을 보면, 수많은 인명이 살상당하는 국가 간의 전쟁을 부르짖는 것에 대한 일말의 가책이 들기는 하나보다라는 생각이 들었다.

왜의 주전파들은 처음 대륙침략을 위한 전초기지로 후쿠오카(福岡)의 하카타(博多)포구를 검토했다고 한다. 그런데 하카타 항은 대규모의 군선을 수용할 능력이 없다고 한다.

나고야 포구는 조선의 부산포와 최단거리인데다 해안선이 좁고 구불구불하여 수많은 함선들을 안전하게 수용할 수 있는 지리적 여건을 갖추고 있다고 한다. 또한 포구의 바로 앞에는 가베시마(加部島)섬과 가카라시마(加唐島)섬이 있어 차가운 북풍과 심한 파도를 막아준다.

가카라시마는 1,000년 전 백제의 25대 왕인 무령왕이 태어난 곳이기도 하고, 섬의 이름에 당(唐)이라는 글자가 들어갈 정도로 옛날부터 대륙과 많은 교류가 이루어지던 곳이라고 한다. 영학은 그 말을 듣고 실망하는 표정으로 요시토시에게 물었다.

"그럼, 일본의 대륙침략은 이미 기정사실화된 것이 아닙니까?"

요시토시가 상세하게 상황을 설명했다.

"아직 그런 것은 아닙니다. 히데요시도 대외적으로 대륙진출을 선언했기 때문에, 자신의 말이 빈말이 아니라는 것을 보여주기 위해서라도 대본영을 축조하기는 해야 합니다. 그렇지만 축성을 시작한 것도 아니고, 단순히 성터를 정한 것에 불과합니다. 또한 히데요시가 대본영을 축조하라는 명을 내린 뒤에는 아마 필요한 비용의 두 배가 넘는 황금을 상납 받을 것입니다. 그렇기 때문에 대본영의 축조는 히데요시에게 아주 수지맞는 장사라 망설일 이유가 없지요. 그렇지만 아직은 확고하게 전쟁을 결심한 것은 아닙니다."

"아니, 전쟁을 미리 결정하지 않고 어떻게 대본영을 짓는단 말입니까?"

"히데요시는 꾀가 많은 사람입니다. 그가 대본영을 건설하라는 명을 내릴 때 가장 먼저 한 조치가 뭔지 아십니까?"

"그게 무엇입니까?"

"교토에 있는 수많은 유곽을 히젠 나고야로 옮기는 것입니다. 성을 축성하는 인부들이나 주둔하는 병사들의 본능을 해소케 하는 것이 겉으로 내세운 명분이지만, 사실은 환락도시로 만들어 인구를 빨리 늘리려는 의도 때문입니다. 그리고 히데요시가 히젠 나고야의 건설을 서두르는 이유는 규슈에 강력한 직할지를 만들려는 것이지요. 이 직할지는 조선과의 전쟁에 대비한 기지로 쓸 수도 있지만 다르게는 오사카와 규슈 사이에 있는 각 지방의 영주들을 견제하거나 조선과의 통상에 대비한 전초기지로도 쓸 수 있습니다. 꿩 먹고 알 먹기이지요. 그렇기에 히데요시는 비용을 들이기는커녕 막대한 돈을 벌면서 자신의 직할지를 만드는 일을 마다할 이유가 없지 않겠습니까?"

"참으로 절묘한 수입니다. 히데요시는 정치를 마치 장사하듯이 하는 군요."

"정치란 이상이 아니라 현실이기 때문에 히데요시가 성공할 수 있는 것이지요."

"그렇지만 히데요시가 전쟁을 앞세워 규슈에 직할지를 만드는 이상 전쟁의 발발가능성은 더 커질 수밖에 없지 않습니까?"

"그렇습니다. 히젠 나고야 성이 축성되면 주전파들의 힘이 더 커지는 것은 불을 보듯 뻔한 일이지요. 그리고 환락을 좇아 히젠 나고야에 모인 사내들은 인생 별 볼 일 없이 사는 것보다는 전리품과 인생유전을 노리고 전쟁이라는 도박에 뛰어들 가능성도 더 커집니다. 이 때문에 반전파들이 더 긴장하고, 더 분발해야 합니다. 그래서 저는 반전파의 중심이자 독실한 기리스탄인 고니시 님의 고명딸과 혼인하려는 것입니다."

"아니, 그럼 여인을 사랑해서가 아니라 조선과의 전쟁을 막기 위해 고니시 님의 딸과 혼인하겠다는 것입니까?"

그러자 요시토시는 빙그레 웃으면서 말했다.

"요즘같은 비정하고 혼란스러운 시대에 명색이 영주의 지위에 있는 자가 어떻게 사랑만으로 혼인을 할 수 있습니까? 혼인해서 자식을 낳고서도 정치적 이해관계가 달라지면 미련 없이 이혼하는 것이 일본인의 생존방식입니다. 저 역시 개인의 행복보다는 대마도인들의 행복을 먼저 생각해야 합니다. 그렇지만 이번 일은 그렇지 않습니다. 고니시 님의 딸은 정말 착하고 사랑스러운 여인입니다. 그리고 지아

비와 자식을 위해서라면 모든 것을 바칠 수 있는 착한 성품을 가진데다, 누구보다도 독실한 신앙을 가지고 있습니다. 또 저와 장인이 될 분의 정치적 이해관계와 세계관이 같으니 금상첨화 아닙니까?"

영학은 배우자의 선택에 인생관과 종교관을 고려하는 요시토시가 퍽 현명하고 사려 깊다고 생각했다. 그리고 신념을 위해 모든 것을 거는 그가 존경스럽고 믿음직했다.

사람은 신념을 가질 때 열정을 바치고, 때로는 목숨을 건다. 인간은 신념이 있기에 동물과 구별되고, 그 신념에 따라 인생이 전개된다. 그렇지만 권력자의 신념은 개인에 그치지 않고, 모든 백성들의 삶에 지대한 영향을 끼친다. 그래서 권력자의 신념은 항상 신중하고 조심스러워야 한다. 그러나 영학이 보기에 히데요시의 신념은 너무 아슬아슬하고 위험해 보였다.

요시토시가 말한 선단은 규모가 엄청났다. 우선 상선만 해도 그렇다. 이시다의 상선이 17척, 고니시가 15척, 요시토시가 10척이라고 한다. 그리고 호위군함으로는 아타케부네(安宅船) 2척과 세키부네(關船) 7척으로 구성되는데, 이시다와 고니시가 아타케부네 1척과 세키부네 2척씩 제공하고, 요시토시는 세키부네 3척을 제공한다고 한다.

상선과 군함을 합쳐 모두 51척의 배로 구성된 대선단이다. 아타케부네의 길이는 130척, 달려 있는 노가 70개나 되고, 세키부네는 길이 70척에, 달린 노가 40개라고 한다.

그리고 상선은 아타케부네보다 좀 더 큰데, 1척에 쌀을 3,000석까지

실을 수 있다고 하니, 이번 선단에 실리는 쌀만 해도 12만 석이 넘었다. 호위군함에 타는 군사만 해도 1,000명이나 되고, 아타케부네에는 함포는 물론 육전에 대비한 대포까지 싣는단다.

200년 전 명 왕조 초기 정화(鄭和)는 62척의 배를 이끌고, 동남아시아와 인도, 아라비아와 아프리카까지 항해를 했는데, 정화가 탄 보선(寶船)은 길이가 400척이나 될 정도로 엄청나게 큰 배였다고 한다.

정화의 항해는 황제의 명에 따라 모든 국력을 기울여 이루어진 사업이자 수백 년 역사에 돋보이는 획기적인 사건이었다. 그렇지만 요시토시가 기획한 이번 항해는 일본의 국가적 사업도 아니고, 100명이 훨씬 넘는 지방의 영주들 중에서 단 3명의 영주가 해외무역을 위해 임시로 구성한 선단일 뿐이다. 그리고 정화의 선단은 명 황제가 특별히 임명한 해군제독이자 내시의 우두머리인 태감이라는 고위 관리가 지휘를 맡지만, 이번 선단은 불과 20세의 젊은이가 지휘를 맡는다.

이를 미루어 보면 100개가 넘는 소국이 존재하는 왜국 전체를 통틀어, 이런 선단이 어림잡아 1년에 3~40개는 꾸려질 것이다. 그렇다면 아무리 못해도 1년에 1,000척이 넘는 큰 배들이 무역을 하는 셈이다. 그 많은 배들이 나르는 물품 또한 엄청날 것이었다.

명은 쇄국을 통해 영토 내 원(元)의 잔존세력을 약화시키고, 북방으로 물러난 몽골제국을 봉쇄하기 위해 강력한 해금을 실시했다. 그런데 명의 해금정책은 몽골족을 약화시키는 데는 아주 효과적인 수단이었지만, 몽골족보다 훨씬 더 수가 많은 동남해안 백성들의 생업을 빼앗았다. 이로 인해 동남해안의 백성들은 해금에 공공연히 반기를 들었다.

이 때문에 정화의 항해는 역사에 뚜렷하게 기록되었지만, 백성들의 모험은 역사의 기록에서 삭제하고, 그 대신 간단하게 해적으로만 기록되었다.

이에 반해서 왜국의 조정은 백성들이 바다로 나가는 것을 금하지 않았다. 그래서 매년 최소한 1,000척 이상의 배가 바다를 누비고 다닌다. 그래서 선단을 이루어 항해를 하는 것은 사건이 아닌 평범한 일상이라 이 역시 일일이 역사에 기록되지 않고, 간단하게 무역으로 기록되고 있다.

조선의 경우, 해상왕국이라는 고려의 역사적 잔재를 없애기 위해 강력한 해금을 채택했고, 이로 인해 왕조의 기반은 확립되었다. 그렇지만 바다에서 살길을 찾고, 무역으로 생계를 유지하던 수많은 백성들은 생업의 기회를 박탈당했다. 그러면서 해금이 고착화되어 이제는 국가의 근본정책이 되어버렸고, 이 때문에 무역선단의 존재를 잊어버렸다. 그래서 조선의 200년 역사에서 무역을 위한 선단이 구성된 일은 단 한 번도 없었다.

땅 밑에서 샘솟는 물을 막을 수 있다고 생각하는 사람이 있다. 그러나 이는 착각이고 자만이다. 사람이 아무리 샘을 틀어막아도 그 샘물은 반드시 땅 위로 샘솟는다. 다른 곳을 뚫고 나오더라도 반드시 솟는다. 사람의 힘으로 샘을 막지 못하는 것처럼 관(官)은 절대로 백성들의 삶의 의지를 누르지 못한다. 그리고 절대로 백성을 능가하지 못한다.

그런데 조선의 관리들은 얼마든지 샘물을 막을 수 있다고 호언장담하고, 자신들이 앞장서지 않으면 어리석은 백성들은 아무 것도 못한다는 교만과 착각에 빠져 있다. 그래서 그들은 바다에 둘러싸여 사는 백성들에게 바다로 눈도 돌리지 말라고 강요한다. 그러나 이제는 바로 잡아야 한다. 조선의 백성들도 거리낌 없이 바다로 나가 모험에 도전하고, 선단을 구성해서 다른 나라의 물화와 사상을 주고받아야 한다.

요시토시가 떠난 후 영학은 출항 준비를 서둘렀다. 오사카의 약방은 오토모 가쿠에이가 운영하기로 하고, 환자 진료는 미와자와 나오이에(宮澤直家)가 맡기로 했다. 가쿠에이는 영학과 신조가 떠나면 곧 10명의 훈도를 더 받아들이겠다고 했다.

영학은 출항하기 전 근 보름동안 거의 잠을 자지 못했다. 의방유취요록의 내용 중 훈도들이 이해하기 힘든 부분에 세세한 보충설명을 달았는데, 시작하고 보니 일이 너무 많았던 것이다. 조선에 있을 때 영학은 의방유취가 한글이 아닌 한자로 쓰인 것을 못내 아쉬워했지만, 왜국에서 보니 의방유취요록에 부분적으로 쓰인 그 한글이 오히려 훈도들에게 큰 장애물이 되었다.

이 일과 더불어 영학은 출항하기 전 오사카성에 들러 요도기미를 알현했다. 오랜만에 보는 그녀의 모습은 너무나 달라져 있었지만 여전히 우아하고 아름다웠다. 사내의 사랑을 받아서인지, 어머니가 되어서인지 순수하던 소녀는 어엿하고 성숙한 여인으로 변해 있었다. 그러면서도 풋풋하면서 부드러운 목소리는 그대로였다.

"이제 곧 색시인 민지 님을 만나겠네요. 축하해요! 그리고 수고했어요!"

영학은 왜의 실질적인 왕비가 민지라는 이름을 정확하게 기억하고 있다는 사실이 너무 고맙고, 영광스러웠다. 요도기미는 기쿠코일 때와 변함없이 영학을 스스럼없이 대했다. 신분이 바뀌면 사람 사이의 상하 관계도 하루아침에 바뀌는 조선의 수직적 문화가 몸에 밴 영학은, 이 상황이 어색하고 당황스럽기도 했다. 요도기미는 이런 영학의 태도는 아랑곳 않고 농담 삼아 말했다.

"이번에 가시면 언제 돌아오실 건가요? 빨리 오사카로 와야 해요. 그 때는 좋은 약재도 많이 가져 오세요. 그나저나 아들을 낳으니 너무 행복해요. 벌써 둘째를 낳고 싶어요."

그 말에 영학은 웃으면서 대답했다.

"당연히 다시 와야지요. 그때는 조선뿐 아니라 전 세계의 진귀한 약 재를 구해서 전하와 마마께 바치겠습니다. 그래서 저도 요도기미 님 께서 줄줄이 옥동자를 낳는 모습을 보고 싶습니다. 앞으로 만수무강 하십시오."

"소헌왕후의 절반만 낳고 싶어요. 그 대신 자식들끼리 절대 싸우지 못하게 할 거예요. 앞으로 제가 물어볼 일도 많을 테니 꼭 다시 오셔 야 해요."

다시 와야 된다고 재차 강조하는 요도기미에게 영학은 숙연한 표정 으로 대답했다.

"꼭 그렇게 하겠습니다."

대답을 들은 요도기미는 덧붙여 말했다.

"앞으로 일본과 조선 사이에 평화가 정착되어 양국의 백성들이 서로 자유롭게 오가는 날이 곧 오겠지요. 선생이 일본과 조선의 전쟁을 막기 위해 많이 애쓴다는 소문을 들었어요. 저도 옆에서 힘껏 도울게요. 그래야 문 선생을 빨리 볼 수 있겠죠?"

영학은 그 말이 너무 고마워 감사를 표했다.

"요도기미 님께서 뒤에서 저를 도와주신 것을 잘 알고 있습니다. 그 은혜 잊지 않겠습니다."

"어머, 은혜라니요? 오히려 은혜는 제가 받았죠. 제 아들만큼은 전쟁 없는 세상에서 살게 하고 싶다는 저의 소원을 위해 선생께서 애쓰시고 계시니, 오히려 제가 감사드려야지요."

영학은 진심으로 감격하며, 거듭 감사 인사를 올렸다.

"성은이 망극하옵니다. 앞으로 양국의 평화를 위해서 제 평생을 바치겠습니다."

그녀는 부드럽게 미소를 지으며 말했다.

"다시 일본에 오실 때 당당하게 오세요. 그리고 신숙주 선생처럼 일본에서 조선을 그리는 시도 짓고요. 조선에 가거든 색시 많이 예뻐해 주시고, 아이도 많이 낳으세요. 제가 아들을 낳고 보니, 온 세상을 차지한 것보다 더 행복하더군요. 여인은 사내로부터 사랑을 받지만, 그 사랑을 백 배, 천 배 키워서 자식에게 물려준답니다. 그리고 아들이 전쟁 없는 평화로운 세상에서 살 수 있다면, 어느 부모인들 목숨을 아끼겠습니까?"

영학은 요도기미의 평화에 대한 염원이 얼마나 간절한지를 깨닫고 감읍했다.

그날 저녁 영학은 이시다 미쓰나리와도 석별의 정을 나누었다. 이시다는 조선의 통신사에게 많은 기대를 걸고 있었다. 그렇지만 조선왕의 사절이 교토에 오는 게 100년 만의 일이라 접대를 맡은 그로서는 여간 걱정되는 게 아니었다.

영학은 그에게 조선의 풍습에 관해 하나라도 더 알려주려고 사소한 이야기까지 들려주었다. 그러면서 영학은 평소에 인식하지 못했지만 이야기를 하면서 새삼 느끼는 게 많았다.

조선의 사회는 수직적인 성격이 너무 강하다. 계급에 따른 차별이 당연시 되고, 오랜 세월에 걸쳐 관행으로 굳으면서, 그 관행은 법과 제도로 고착화되었다. 그리고 고착화된 법과 제도는 썩기 시작하여 고질적인 사회적 병폐가 되었다.

이러한 계급 사회의 가장 큰 문제점은 한 계급의 이익이 강조될수록 다른 계급의 이익이 무시된다는 데 있다. 지금 조선의 사회는 5푼에 이르는 양반 남성들의 이익을 위해 9할 5푼에 이르는 백성들의 이익이 철저히 무시되고 있다. 9할 5푼의 백성들이 5푼의 양반 남성들이 저질러 놓은 패악을 뒤치다꺼리하느라 바쁜 것이다.

하지만 지금의 심각한 병폐를 해결하는 길은 의외로 간단하다. 5푼의 양반 남성에게 도덕군자가 될 것을 바라지 말고, 9할 5푼의 백성에게 자유를 주면 된다. 5푼의 양반 남성이 도덕군자가 되기를 바라는 것은 이룰 수 없는 헛된 꿈에 불과하고, 그 헛된 꿈을 이루기 위해 애를 써 봤자 사회에 위선만 조장할 뿐이다. 그러나 백성들에게 권력을 비판

할 수 있는 자유를 주는 것은 실현 불가능한 꿈이 아니라, 순리를 따르는 일이다.

왜국의 무사계급은 전 인구의 1할이 되지 않는다. 그들은 살아남기 위해 부모, 형제나 자식을 죽이는 일조차 서슴지 않고 온갖 치사하고 잔인한 짓을 마다 않을 정도로 타락의 극치를 보여준다. 도덕과 윤리는 실종된 지 오래고 최고 권력자마저 장사치처럼 자기 잇속을 대놓고 챙긴다.

그렇지만 그들은 9할에 달하는 백성들의 자유를 함부로 뺏거나 그들의 인격을 무시하지 않는다. 자기들끼리는 피 튀기고 싸우면서 온갖 음모술수를 다 부리지만, 백성들에게 으스대지도, 백성들을 무시하지도 않는다. 그리고 무엇보다도 그들은 권력다툼에 형벌을 도구로 이용하지 않았고, 법으로 백성들을 통제하는 시도는 꿈도 꾸지 못했다. 백성을 대가없이 함부로 부려먹는 일 또한 결코 용납되지 않는다.

그러기에 왜인들은 농사를 짓든, 고기잡이를 하든, 산에 들어가든, 장사를 하든, 공업을 하든, 광산을 캐든, 목숨 건 결투를 하든, 몸을 팔든, 해적질을 하든 이웃에게 해만 주지 않는다면 얼마든지 스스로 선택할 수 있다. 그러기에 왜의 백성들에게는 기회가 있다. 그래서 그들은 고달픈 삶 속에서도 재미와 희망을 찾고, 보다 더 나은 삶에 대한 의지를 불태운다.

지금 조선의 병폐를 치유할 수단은 바로 백성들의 인격을 인정하고, 백성들에게 자유를 주는 것이다. 그래서 백성들에게 권력이란 본래부터 추악한 존재이며, 백성들의 눈을 벗어난 권력은 미친 개보다 더 위험하다는 것을 인식하도록 해야 한다.

불현듯 이런 생각에 이른 영학은 갑자기 머릿속이 환해짐을 느꼈다. 그래서 다음날 아침, 영학은 오토모 가쿠에이와 함께 오사카성으로 가서 가토 기요마사에 대한 결투신청을 미련 없이 철회했다.

경인년(서기 1590년) 3월 초, 영학은 오토모 신조가 지휘하는 선단의 일원이 되어 오사카를 떠났다. 오사카를 떠나는 선단은 상선 17척, 아타케부네 1척, 세키부네 2척으로 구성되었다. 이 선단은 규슈에 이르러 고니시 유키나가의 선단과 소 요시토시의 선단과 합류하게 된다.

영학은 오토모 신조와 함께 선두의 '신조마루(晋三丸)'라는 이름의 모선에 승선했다. 신조마루는 오토모 신조의 이름인 신조(晋三)에 배 이름에 쓰이는 마루(丸)를 붙인 것이다. 이렇게 이름을 지은 것은 선단의 운명을 전부 신조에게 맡긴다는 신임의 표시였고, 이 때문에 신조는 자부심과 의욕에 불탔다.

영학은 당연히 군함인 아타케부네가 지휘선으로 이용될 줄 알았는데, 상선이 지휘선이 되는 점이 조금 의아했다. 더욱이 각 배의 선장들이 모여 회의를 할 때는 군함의 지휘자는 뒷자리에서 경청만 할 뿐, 질문에 답하는 것 외에 그에게는 아무런 발언권이 주어지지 않았다. 그리고 선단의 지휘자인 신조는 아주 당연한 듯 군함의 책임자에게 지시를 내렸다.

영학은 이런 모습이 이해가 되지 않았다. 선단의 지휘자라고 하더라도 민간인에 불과한데, 어떻게 군함의 지휘자에게 명령을 내릴 수 있는 것인지 조선의 사고방식으로는 이해할 수가 없다. 조선의 문화는 선관후민(先官後民)이 당연시되어 어떠한 경우에도 관이 우선이다. 아무리 부자라 하더라도 관아보다 집을 크게 지었다가는 당장 목이 달아나고 전 재산은 관에 몰수된다. 그뿐만 아니다. 양반이 아닌 자가 돈 좀 있다고 비단옷을 입었다가는 맞아죽어도 하소연 할 데가 없다.

그래서 항상 관은 민에게 명령할 뿐 설명을 하지 않는다. 하물며 민이 관에 명령을 내린다는 것은 상상할 수 없는 일이었다. 민이 관에 명령하기는커녕 관의 권위에 도전하는 것만으로 죽음을 면하기 어렵다.

그런데 바로 이웃나라인 왜에서는 소년티를 막 벗은 젊은 민간인이 책임자랍시고 아주 자연스럽게 함장에게 지시를 하고, 지시를 받은 함장은 군말 없이 복종한다. 이렇게 민이 관에 명령을 내리는데도 선단은 별 탈 없이 잘 돌아간다. 이런 모습을 보면서 영학은 선관후민이 그렇게 좋은 개념이 아니라는 생각을 처음으로 하게 되었다.

오토모 신조의 태도나 자세 또한 약방에서 훈도생활을 하던 때와는 완전히 달랐다. 어느새 그는 대선단의 지휘자로서 손색이 없는 위엄과 기풍을 갖추고 있었다. 그 모습을 보면서 영학은 '자리에 따라 사람이 저렇게 달라질 수 있구나'는 것을 실감했다. 그러나 신조가 영학을 대하는 태도에는 어떠한 변화도 없었다. 오히려 영학을 은인이자 스승으로서 더 깍듯하게 대했다.

영학이 왜국에 온 지도 벌써 3년이 넘었다. 그 세월 동안 영학은 이 날만을 손꼽아 기다려왔었다. 겉으로 내색하지는 않지만 속으로는 정말 고통스런 세월이었다. 그렇지만 이제는 자유다. 비록 조선으로 바로 가지 않고 1년 이상 돌아가는 먼 여정이지만, 결국은 그리운 사람들이 기다리는 곳으로 향한 발걸음을 시작했다.

느릿느릿 움직이는 듯 보였던 선단은 어느새 세토 내해로 들어서서 남서쪽으로 진로를 바꾸고 있었다. 부딪히는 바람은 더없이 상쾌하고 감미로웠다.

38 장

축
성

축
성

　　항해를 하는 동안 날씨는 보기 드물게 쾌청했다. 선단은
오사카를 떠난 지 7일 만에 아카마가세키 해협을 지났다. 그리고 하루
를 더 항해하여 규슈 북부에 위치한 지쿠젠국(筑前国)의 하카타(博多)
항에 도착했다. 고니시 유키나가의 히고(肥後) 선단과 소 요시토시의
대마도 선단은 이미 이틀 전에 먼저 하카타 항에 도착해서 오사카 선단
을 기다리고 있었다.

　　오사카 선단이 도착하자마자 바다의 신에게 제사를 모시는 의식이
스미요시(住吉) 신사를 중심으로 벌어졌다. 의식은 무려 5일이나 지속
되는데 엄숙하기보다는 목숨 건 항해에 앞서 실컷 먹고 마시고 노는 놀
이처럼 보였다. 영학은 곁에 있는 시게노부에게 물었다.

　　"무슨 잔치를 이렇게 요란하게 벌입니까?"

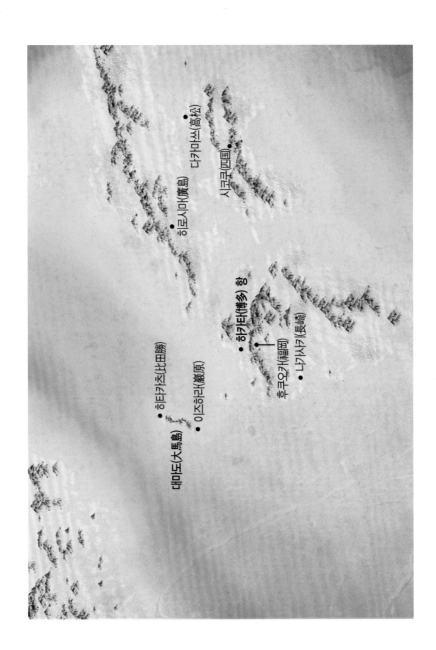

다카마쓰(高松)

히로시마(廣島)

시코쿠(四国)

하카타(博多) 항

후쿠오카(福岡)

나가사키(長崎)

히타카츠(比田勝)

이즈하라(巖原)

대마도(大馬島)

그러자 시계노부가 아는 체 하며 떠들었다.

"인류의 역사를 보면, 고대로부터 전쟁이 많은 곳에는 축제가 많았지요. 유능한 권력자는 군중들을 전쟁터에 보내기 전에 먼저 축제를 열고, 축제의 열기를 통해 적에 대한 분노와 공격성을 부추기지요. 제 경험으로 볼 때 축제 때 많이 마시고 크게 떠드는 사람일수록 타 집단에 대한 적대성도 강하더군요."

영학은 지금까지 이와 같은 축제를 보기는커녕, 생각조차 해 본 적이 없었기에 시계노부의 말에 아무런 대꾸를 못했다. 그럼에도 시계노부는 혼잣말을 하듯 말을 이었다.

"규슈의 사람들은 지금까지 주로 바다에 의존해서 살았습니다. 그런데 먼 바다로의 항해는 목숨을 건 전투와 마찬가지입니다. 지금 저 사람들이 술에 취해 떠드는 것은 죽음의 공포와 미래의 불안을 잊기 위한 몸부림이지요. 아마 저들 중 누군가는 다시 이곳으로 돌아올 수가 없고, 시체도 찾을 수 없을 겁니다. 어찌 보면 저 사람들은 스스로의 불행에 대비하여 미리 제사를 지내는 것인지도 모르지요."

시계노부의 말을 듣고 난 뒤 영학은 그럴 수 있겠다는 생각을 했지만 티를 내지는 않았다.

스미요시 신사에는 바람과 파도를 다스리는 바다의 신과 선박과 뱃사람들을 지켜주는 신이 모셔져 있었다. 그런데 이 신은 술과 음악을 좋아하기 때문에 선원들은 신을 즐겁게 하기 위해 끊임없이 마시며 춤추고 노래했다. 선단의 규모가 커서 승선 인원만 해도 수천 명이나 되었기에, 축제는 지쿠젠국 전체를 떠들썩하게 할 정도로 요란했다.

선원들만 축제를 즐기는 게 아니었다. 선원들의 아내와 아이들은 물론 자식을 먼 바다로 보내는 노인이나 이웃들도 함께 참석했다. 그런데 그들의 표정이 밝지만은 않아 보였다. 어쩌면 이 자리가 이생에서의 마지막 상봉일지도 모른다는 차마 말하기 싫은 두려움과 공포가 사람들의 가슴 언저리에 깔려 있기 때문일 것이다.

축제는 수백 명의 선원들이 먼 바다에서부터 여인으로 분장한 채 노래를 부르고 춤을 추면서 항구로 배를 저어 오는 것으로 시작되었다. 울긋불긋한 원색의 옷이나 기모노 차림의 건장한 사내들이 얼굴에 분칠을 하고 이마와 볼에 붉은 연지곤지를 찍은 채, 춤을 추고 합창을 하면서 배를 저어오는 모습은 영학에게 아주 기이하게 보였다. 그러나 그들은 하나같이 엄숙하고 진지한 표정이었다. 제물도 푸짐하여 세 마리의 말과 대여섯 마리나 되는 큰 다랑어의 머리가 신사의 제단에 올려졌다.

요헤이의 말에 의하면, 왜국에는 바다의 신을 모신 스미요시 신사만 해도 전국에 1,000개가 넘는다고 한다. 그런데 하카타에 있는 스미요시 신사는 다른 지방의 스미요시 신사에 비해 두드러지게 규모가 컸다.

영학은 하카타의 스미요시 신사를 둘러보면서 신사의 규모가 부산포에 있는 범어사 못지않다는 느낌이 들었다. 그러면서 범어사는 수천 년 동안 왜인의 침입을 수없이 당한 남도의 수많은 백성들에게 정신적 안식처가 되다보니 그 규모가 클 수밖에 없지만, 외적의 침입이 거의 없는 하카타의 신사가 이렇게 클 필요가 있을까라는 의구심이 들었다. 그러나 하카타에 있는 스미요시 신사가 다른 지방에 비해 수십 배 크다는 것은, 그만큼 하카타 포구가 해외무역의 중심이라는 것을 의미한다고 생각하니 비로소 이해가 되었다.

150년 전 조선의 3포 개항 시절, 수많은 조선인과 왜인들이 이 하카타 포구를 이용하여 왕래를 했다. 당시 신숙주는 서장관이라는 직책으로 통신사의 일원이 되어 왜국을 왕래한 뒤 수시로 하카타 포구를 들락거렸는데, 규슈에서 1년 가까이 생활하면서 겪은 경험을 살려 '해동제국기'라는 책을 만들었다. 그 책에서 그는 '우리나라와 바다를 사이에 두고 서로 마주보고 있는 왜인들의 습성은 사납고 거칠며, 무술과 배타기에 익숙한데, 도리를 지키고 잘 어루만져주면 예절을 차려 통교하지만, 그렇지 않으면 태도를 싹 바꾸어 노략질을 서슴지 않는다. 이들에게 대처하는 방법은 외정(外征)이 아닌 내치(內治)에 있으며, 변어(邊禦)가 아닌 조정(朝廷)에 있고, 전쟁이 아닌 기강 진작에 있다.'고 주장하였다고 한다.

그 시절 왜는 조선에 비해 문물이 많이 뒤떨어져 있었기 때문에 유황과 구리, 철 따위의 원자재 말고는 조선에 내다 팔 물건이 별로 없었다. 그렇지만 조선은 왜로부터 사들인 유황과 구리, 철을 이용하여 성능이 뛰어난 화포를 제조하여 군사력을 강화했다. 이러한 군사력을 바탕으로 북방의 영토에 사군육진의 군사도시를 건설하고, 부근에 여진, 달단, 몽골족 등 북방민족국가와의 교역도시를 만드는 등 적극적인 외교를 펼쳤다.

이 때문에 명의 50만 대군을 격파하고 황제를 포로로 잡은 뒤 북경의 명 황실을 무너뜨리려던 북방의 오이라트 족을 제지하여 스스로 자기네 나라로 물러나게 할 정도로 조선의 부강함은 극에 달했다. 그뿐만 아니라 남으로는 자유로운 무역을 통해 왜의 경제와 문화 또한 비약적으로 발전시켰다.

'그런데 지금 조선의 국력은 왜 이렇게 쪼그라들었을까? 왜국으로부터 환대를 받고 엄청난 식량과 물화를 싣고 당당하게 바다를 건너 왔던 신숙주 선생과, 누명을 쓰고 목숨을 부지하기 위해 몰래 왜국으로 밀항한 지금의 내 모습이 바로 150년 전의 조선과 지금 조선의 모습을 적나라하게 대비하여 보여주는 것이 아닐까?'

이런 생각에 이른 영학은 한참 동안 서글픔과 무력감에서 빠져 나오기 어려웠다.

요헤이의 말에 따르면, 규슈섬은 넓이가 조선의 경상도와 비슷하다고 한다. 9개의 구니(國)가 있다고 해서 규슈(九州)라는 이름이 붙었다. 영학은 경상도만한 크기에 9개 나라가 있다면, 아마 백제와 신라 사이에 존재했던 가야 6국과 비슷한 크기가 아닐까 생각했다.

가야 6국은 고구려, 백제, 신라 3국 사이에서도 수백 년의 고유한 역사와 문화를 이루었지만, 7~800년 전 신라로 편입되었다. 그렇지만 규슈의 각 나라들은 지금도 교토의 중앙권력보다는 지방영주들에 의해 다스려지고 있다. 지방의 영주들은 가문의 명예를 걸고, 한 치의 영토라도 더 넓히고, 한 명의 백성이라도 늘리기 위해 서로 목숨을 걸고 경쟁을 벌인다. 이러한 경쟁 때문에 외국과의 교역이나 외국으로부터의 선진문물이 장려되었을 것이고, 이렇게 장려된 경제력과 문물은 점차 북쪽으로 전파되어 온 왜국 땅으로 퍼져나갔을 것이다.

지리적으로 보더라도 그렇다. 규슈는 조선과 이틀 뱃길로 충분하지만, 교토와는 5~6일이 넘는 길이다. 그런데다 역사 이래로 오늘까지 대륙의 앞선 문물이 왜의 문화를 각성시켜 온 것이 엄연한 역사적 현실이기에, 대륙과의 교역이 왕성했던 시절, 규슈는 교토의 중앙권력보다는 조선 문물의 영향을 더 많이 받았다. 그렇기에 규슈는 유사 이래 왜국에서 가장 문물이 선진화된 지역이라고 할 만하다.

2년 전에 이루어진 히데요시의 규슈정벌로 인해 지금까지 규슈가 누려왔던 독립적 지위는 앞으로 교토의 중앙권력으로부터 큰 위협을 받게 될 것이다. 그렇지만 히데요시가 규슈정벌에 성공하였다고는 하나, 수백 년 이상 대대로 규슈의 각 지방을 다스려 온 영주의 세력을 없앨수는 없다. 히데요시의 권력이 아무리 막강하다 하더라도 왜의 다른 지방과 마찬가지로 규슈에 있는 각 구니 영주들의 세습적 지위도 빼앗을수 없다. 그렇기 때문에 히데요시의 손에서 움직이는 교토의 중앙권력도 지방에 대해서는 한계를 가질 수밖에 없다.

영학은 이미 7~800년 전 지방 세력의 세습적 지배가 사라진 조선에비해 왜국의 중앙집권은 한참 뒤져 있다고 생각했다. 조선에 있을 때는중앙집권이야말로 나라의 통일과 민생의 안정을 위해서 반드시 이루어야 할 가장 훌륭한 제도라는 것에 한 점의 의문도 갖지 않았었다.

그런데 지금에 이르러 영학은 규슈의 각 나라가 독립성을 잃고 교토의 중앙권력에 종속되는 것이야말로 왜국은 물론 조선을 비롯한 이웃 나라의 장래를 극심한 혼돈과 고난에 빠뜨릴 불행한 사태라고 여기고 있다. 그러면서 중앙집권이라는 제도가 이론의 여지없이 나라의 발전에 좋은 제도는 아니라는 회의감을 가지게 되었다. 오히려 지방분권을 부인하는 과도한 중앙집권이야말로 역사와 문화의 다양성과 사회의 역동성을 가로막아 국가의 장래를 어둡게 만드는 원흉이라는 생각마저 들었다.

'만약 백제와 고구려를 정벌한 신라가 백제와 고구려의 왕조를 없애지 않고, 존속시키면서 신라 왕의 계급을 높여 천제나 왕황이 되었다면 지금 조선의 모습은 어떻게 달라졌을까?'

이러한 상상을 하며 영학은 제 스스로 엉뚱하다는 생각에 혼자 피식 웃었다.

시게노부는 구경만 할 뿐 축제에 적극적으로 참여하지 않았다. 우상 숭배를 금하는 야소교의 가르침 때문에 그런 것 같았다. 대신 그는 항상 영학의 곁을 떠나지 않고 시중을 들면서 틈틈이 문명과 세계사에 대한 이야기를 들려 주었다.

그는 자신의 고향인 규슈에 대한 자부심이 강했다. 수천 년 역사 이래로 규슈가 일본에서 가장 발달하고 문화가 앞선 곳이며, 자신이 몸담고 있는 오토모 가문이야말로 규슈를 지배하는 유력한 4대 가문의 하나로서 규슈 북부의 최강자였다고 자랑했다. 그런데다 독실한 야소교 신자인 그는, 오토모 가문이 신의 종류가 너무 많아 셀 수도 없는 일본에 평등과 박애를 앞세운 유일신 사상인 야소교를 전도하는 데 헌신한 것은 과거, 현재, 미래에 이르는 영원한 업적이라는 확신에 가득 차 있었다.

축제를 구경하다 시장함을 느낀 영학은 나무쟁반에 마련된 육회 한 점을 집어 먹었다. 부드러운 식감에 달콤하고 고소한 맛이 느껴졌다.

"생긴 모양이나 맛으로 보아 돼지고기는 아닌 것 같은데 무슨 고기입니까?"

"말고기입니다."

영학은 말로만 듣던 말고기를 먹은 것을 신기해하며 시계노부에게 다시 물었다.

"왜국에서는 말고기를 즐겨 먹습니까?"

"말고기가 비싸기 때문에 흔하게 먹지는 못합니다. 그렇지만 큰 행사나 의식을 행할 때 제물로 쓰기 때문에 자주 먹을 수 있지요."

시계노부는 말고기에 대한 설명을 이어나갔다.

"말고기는 북방의 기마민족들이 즐겨 먹지요. 3~400년 전 몽골제국의 병사들은 말을 여러 마리 끌고 다니면서 말을 바꿔가며 달리기도 하고, 비상식량으로도 이용했습니다. 이 때문에 서양인에게 몽골군의 기동력은 공포의 대상이었답니다. 서양의 군사들은 빨라야 사나흘 뒤 몽골군의 내습이 있을 것으로 예상했는데, 바로 그날 밤에 공격을 당하니 혼비백산할 수밖에 없었지요."

영학은 시계노부의 말에 호기심이 생겨 질문을 하면서 대화를 유도했다.

"여러 마리의 말을 몰고 다닌 것도 그렇지만, 뛰어난 기마술도 있었겠지요."

시계노부는 영학의 말에 조금 과장된 태도로 대꾸했다.

"아니, 의원님께서 어찌 그런 것까지 아십니까? 몽골군의 기마술은 서양인들이 혀를 내두를 정도로 대단했지요. 사람과 말이 완전히 한 몸이 되어 달리지요."

"초원에서 태어나 말을 타고 평생을 초원에서 지내니 기마술이 뛰어날 수밖에 없지 않습니까? 잘 달리는 말을 쉽게 고르고, 기르기도 잘하고, 훈련도 잘 시킬 것 아닙니까?"

"그것만으로는 부족합니다. 몽골군이 말과 한 몸이 될 수 있었던 것은 등자를 제작하고 활용하는 기술이 발달했기 때문이지요."

"등자가 무엇입니까? 그리고 그 등자가 기마술에 그렇게 중요한 영향을 끼칩니까?"

영학의 관심에 시계노부도 흥이 나서 대답했다.

"등자는 말을 타거나 내릴 때 발을 딛는 도구이지요. 이 등자가 좋아야 말등에 탄 사람의 몸이 안정이 되어 말과 호흡을 맞출 수 있습니다. 북방초원 민족은 근 2,000년 전부터 등자를 만들어 사용했기 때문에 말이나 사람에게 딱 들어맞는 등자를 만드는 데 아주 익숙했지요. 등자의 높이가 낮으면 말을 탄 사람의 발이 빠지기 쉽고, 높으면 무릎을 구부려야 하기 때문에 말이나 사람이 쉽게 지치게 됩니다. 이런 걸 보면, 몽골군의 기동력은 경험과 노력, 거기에다 기술력이 보태져 만들어진 것이지요."

"어찌 보면 기술이라기보다는 요령에 가까운 것 같은데, 그런 사소한 차이 때문에 전쟁의 승패나 국가의 운명이 달라지는 것을 보면 참 신기하지요?"

영학의 말에 시게노부는 웃으면서 말했다.

"그렇게 생각하면 이 세상에 사소하지 않은 게 어디 있습니까? 조선에서 선생이 오토모 상을 살린 수술도 어찌 보면 간단한 것 아닙니까? 화살을 맞은 상처의 반대편 살을 찢어 화살을 빼낸다? 이것도 지나고 보면 사소한 발상의 전환 아닙니까? 히데요시 님의 귀한 아들인 츠루마츠 공자님의 탄생도 그렇습니다. 일본의 약재와 조선의 약재, 그리고 비싸고 귀한 약재와 많은 사람들이 경험해본 흔하고 싼 약재, 이것도 사소한 차이가 아닙니까? 그렇기 때문에 그런 사소한 차이가 사람의 운명을 바꾸고, 전쟁의 승패나 국가의 흥망을 좌우하는 일이 생기는 것이지요. 등자도 마찬가지입니다. 잘 맞는 등자가 달린 안장 위에서 말과 한 몸이 되어 자유롭게 움직이면서 적의 공격을 피하는 사람과, 등자가 헐렁해서 몸을 움직이기는커녕 떨어질까 봐 조마조마하면서 고삐를 잡아당기는 사람이 서로 싸우면 누가 이길지 뻔한 것 아닙니까? 그리고 보면 아무리 크고 중대한 일이라도 사소한 차이로 승패가 나는 게 세상의 이치인 것 같습니다.

시게노부의 말에 영학은 진심으로 공감했다. 그러던 중 문득 우유묵이 생각났다.

"혹시 우유묵을 압니까?"

시게노부가 의아한 듯 물었다.

"우유묵이 뭡니까?"

"우유에다 효소를 넣으면, 물은 다 빠지고 영양소만 남아 묵처럼 되는데, 그것을 우유묵이라 하지요."

"아하, 치즈를 말하는 것이군요. 그건 3~400년 전 고려에서부터 일본으로 전래된 것이지요. 지금의 일본인들은 집에서 치즈를 만들어 먹기도 하지만, 규슈 남부에 정착한 네덜란드나 포르투갈인들이 더 즐겨먹는데, 그들은 이것을 '치즈'라고 부릅니다. 그러다 보니 규슈의 일본인들도 그들을 따라서 '치즈'라고 합니다."

시게노부의 대답을 듣고, 영학은 은근히 김이 샜다. 대부분의 조선인들은 우유묵을 모르기에, 영학은 자신이 아주 특별한 것을 알고 있다는 생각에, 자랑할 요량으로 말을 꺼냈던 터였다. 그런데 시게노부는 치즈라고 불리는 우유묵이 규슈에서 흔하다고 하니, 왠지 빈정 상하는 기분이었다. 그렇지만 영학은 내색하지 않고 좀 더 아는 체하며 말했다.

"그럼 치즈가 몽골군의 기동력과 전투력 향상에 크게 기여한 사실도 알겠군요."

"물론입니다. 부피나 무게가 작으면서도 영양이 아주 풍부한 치즈가 없었다면, 동양에서 서양에 걸쳐 세상을 가로지르는 먼 원정전투는 처음부터 불가능했겠지요. 생각해보십시오. 조선이나 명의 군대라면 식량공급 문제 때문에 그 먼 원정전투를 상상이나 할 수 있었겠습니까?"

그 말에 영학은 동의를 하면서도 문득 걱정이 되어 물었다.

"상상도 못하는 게 당연하지요. 그런데 지금 왜국에 치즈가 있다면, 만약 히데요시의 공언대로 조선과 전쟁이 발발해도 치즈가 왜군 병사들의 식량으로 공급될 수도 있겠군요."

그러자 시게노부가 영학을 안심시키며 말했다.

"그건 걱정 마십시오. 일본인들이 치즈를 알기는 하지만 수많은 병사들의 식량으로 공급될 정도로 많이 생산되지 않습니다. 그런데다 규슈지방에서는 치즈를 흔히 볼 수는 있지만, 다른 지역까지는 아직 널리 퍼지지 않았습니다."

영학은 시게노부의 답변에도 걱정이 가시지 않아 되물었다.

"규슈 사람들이 안다면 전국으로 퍼지는 것은 시간 문제 아닙니까?"

"그렇지 않습니다. 여기 규슈 사람들은 대부분 히데요시의 전쟁 의도를 반대하고 있습니다. 그렇기 때문에 치즈를 전쟁 보급품으로 쓰라고 알려주지 않을 겁니다. 그런데다 음식문화는 쉽게 바뀌지 않지요. 쌀과 생선에 익숙한 일본인들이 치즈에 익숙하려면 앞으로 수백년의 세월이 흘러야 할 겁니다. 익숙하지 않은 음식이 전투식량이 될수는 없지요. 그래서 선생이 걱정할 필요는 없을 것 같습니다."

그제야 영학은 안심을 하면서, 재미있고 유익한 지식을 얻었다는 생각에 기분이 좋았다.

축제가 시작된 지 3일 후, 하카타 포구에 붙은 한 여관의 식당에서 히고 선단의 주인인 고니시 유키나가, 대마도 선단의 주인인 소 요시토시 그리고 오사카 선단의 대표이자 선단의 총사령관인 오토모 신조와 함께 저녁식사를 겸한 주연을 가졌다. 영학이 시게노부의 안내를 받고 그곳에 도착하니, 고니시 유키나가의 심복부하인 고니시 사쿠에몬(小西作右衛門)이라는 젊은이도 함께 있었다.

고니시 유키나가는 갸름한 얼굴에 눈이 조금 작았지만, 이목구비가 뚜렷한 호남형의 외모를 가졌다. 눈매는 매서웠지만 부드러운 표정의 얼굴이라 무장이라기보다는 학자풍에 더 가까웠다. 그와 함께 나온 사쿠에몬은 영학과 또래인 듯했고 단단한 체구에 인상이 다부져 보였다.

영학은 고니시 유키나가가 소 요시토시의 장인이 될 사람이라, 함께 술자리를 갖는 것에 대해 적잖은 부담감을 느꼈다. 왜국에서는 어른을 처음 만날 때 어떻게 예의를 차려야 하는지 궁금하기도 해서 요시토시에게 걱정스레 물었다. 그렇지만 요시토시는 일본의 예법은 나이를 그리 따지지 않으니 걱정할 필요가 없다고 했다. 그리고 직접 만나보니 고니시 유키나가는 예비 사위의 친구인 영학을 동료처럼 격의 없이 대하면서도, 예의를 잃지 않으려고 애쓰는 모습이 역력했다.

고니시 유키나가가 먼저 영학에게 인사를 건넸다.

"교토에 명성이 자자한 의원님을 여기서 뵙다니 영광입니다. 교토와 오사카에서 들은 소문도 그렇지만 요시토시로부터 선생에 관한 말씀 많이 들었습니다. 반갑습니다."

"과찬이십니다. 일본의 조야에 명성이 자자한 으뜸 무장이신 어르신을 뵙게 되어 오히려 제가 영광입니다. 앞으로 많은 가르침 부탁드리겠습니다."

유키나가는 고니시 사쿠에몬의 어깨를 잡으면서 소개를 했다.

"이 무사는 제가 가장 신임하는 부하이지만, 같은 집안입니다. 저보다는 아무래도 젊은이들끼리 이야기가 잘 통할 것 같아 함께 나왔는데, 좋은 친구로서 선생에게 많은 도움이 될 것입니다."

그때 요시토시가 끼어들면서 말했다.

"사쿠에몬 님은 무사이긴 하지만 유학(儒學)에 정통하고, 역사나 세계사에 대한 교양이 깊은 분입니다. 게다가 인생관이나 정치관도 저와 비슷하니 그대와도 잘 통할 것입니다. 그리고 오늘 사실은 고니시 님께서 일본과 조선과의 관계에 대해서 그대와 상의할 것이 많은데, 오늘 상의한 내용은 사쿠에몬 님이 실행을 할 것입니다. 그러니 오늘은 아주 중요한 자리라고 할 수 있지요."

그 말에 영학은 조금 긴장이 되었다. 그렇지만 왜국의 실권자인 히데요시의 심복무장과 진지하게 이야기를 나눌 기회가 언제 다시 올지 모른다는 생각에 하고 싶은 말은 다하리라 굳게 마음을 먹었다. 그러다보니 밥을 먹는 둥 마는 둥 했지만, 정종을 몇 잔 마시고 나니 마음가짐이나 분위기가 한결 편안해졌다.

오늘의 관심사는 예상한 대로 조선과의 전쟁이었다. 고니시 유키나가가 먼저 말을 시작했다.

"몇 달 전부터 이곳에서 얼마 떨어지지 않은 곳에 대륙침략의 전초기지 역할을 할 히젠 나고야 성의 축성작업이 시작되었습니다. 물론 이 성은 대륙침략의 전초기지가 아니라 수천 년 동안 교토의 중앙권력으로부터 독립된 존재였던 규슈의 실효적 지배를 위해, 교토의 실력자인 히데요시 님의 직할기지로 사용될 목적도 있습니다. 그렇지만 저는 히데요시 님의 가신으로서 히데요시 가문의 안정과 번영을 위해서 반드시 조선과의 전쟁을 막고 싶습니다. 그런데 그렇게 하기 위해서는 일본 주전파들의 야욕을 봉쇄해야 하는데, 이게 참 쉽지 않습니다. 그래서 문 선생의 조언을 듣고자 합니다."

고니시의 말에 영학은 잘 알고 있다는 듯이 자신있게 말했다.

"조선에서 벼슬을 한 것도 아니고, 병자나 치료하다가 누명을 쓰고 형벌을 피하기 위해 왜국으로 피신한 제가 무슨 도움이 되겠습니까? 그것보다는 고니시 님이 히데요시 가문에 진정으로 충성을 한다면, 목숨을 바쳐서라도 대륙침략이란 절대 성공할 수 없는 헛된 망상에 불과하다는 것을 깨닫게 해야 하지 않습니까?"

"그게 말처럼 그리 쉽지 않습니다. 주전파들은 지금의 세계정세 속에서 일어나는 일들을 구체적으로 예를 들면서 '대륙침략은 환상이 아닌 현실'이라고 강력하게 주장하고 있습니다. 지금 주전파들은 현실과 역사적 사실을 근거로 대륙침략을 주장하지만, 반전파들은 추상적인 걱정만 늘어놓고 있습니다."

그 말에 영학은 의아한 표정으로 되물었다.

"허무맹랑한 주전파의 주장에 무슨 현실과 역사적 근거가 있습니까?"

고니시 유키나가는 답답한 듯 술잔을 들어 목을 축였고, 그 사이에 고니시 사쿠에몬이 대신 대답을 했다.

"대충 말하더라도 몽골제국의 동서양 제패, 조선과 명의 정치의 부패와 극심한 민심 이반, 각 나라에서 실제 전투에 투입될 수 있는 병사의 수, 막대한 금·은의 보유를 통한 국고와 경제력, 고려의 요동정벌 시도, 내전시대를 통한 일본군의 풍부한 전투경험, 내전 종식 후 일본 내 지방 세력의 통제 여부, 일본인들의 해외진출욕구 등이 주전파들의 전쟁명분입니다."

사쿠에몬의 말에 영학은 반감이 들어 대꾸했다.

"그건 표면적인 현상에 불과합니다. 국가 간의 전쟁은 궁극적으로 전체 백성들의 힘으로 결정되는 것이지 당장의 군사수로 결정되는 것은 아니지 않습니까? 조선과 명의 정치가 아무리 부패로 인하여 민심 이반이 심하다고 하지만 조선과 명의 백성들이 일본의 침략을 절대로 허용할 리 없습니다."

고니시 유키나가가 다시 입을 열었다

"일본의 반전파들도 선생의 의견에 전적으로 동의합니다. 지금 일본의 군사가 아무리 많더라도 조선 백성들의 민심을 이길 수는 없습니다. 그래서 우리는 적극적으로 전쟁을 반대하고 있습니다. 그런데 조선 백성들의 민심이란 관념에 그치고, 당장 눈으로 볼 수 있는 것은 아니지 않습니까? 그러니 회의석상에서 강하게 주장하기가 어렵습니다. 반면, 주전파의 지령을 받은 첩자들은 조선이나 명의 백성들이 일본의 지배를 원한다는 보고서를 자꾸만 교토로 보내니 히데요시 님의 심정이 얼마나 복잡하겠습니까?"

대화를 하던 중, 영학은 앞서 고니시 사쿠에몬이 했던 말에 의문이 들어 질문했다.

"그런데, 지금 200년 전에 있었던 고려의 요동정벌이 왜 주전파들의 논거가 됩니까?"

그 질문에 사쿠에몬이 담담하게 대답했다

"고려의 요동정벌은 당시의 정세로 보아 성공확률이 높았습니다. 그때 엄정한 규율 속에서 체계적으로 훈련 받은 고려군이 요동을 쳤다면, 군기가 제대로 서지 않은 신생국인 명의 군사들은 지리멸렬했을 것입니다. 그런데 요동정벌군 사령관인 이성계는 요동을 치지 않고 말발굽을 돌려 고려왕을 공격했지요. 선생은 그 이유가 무엇이라고 봅니까?"

영학은 의문의 여지가 없는 분명한 사실에 사쿠에몬이 의문을 제기한 것이 의아해 물었다.

"그야 이성계가 회군의 명분으로 든 '사불가론'에 나와 있지 않습니까? 사불가론을 알고 있습니까?"

"사불가론을 말씀 드리자면 첫째, 다른 나라와 함부로 전쟁을 하면 국익에 해롭고, 둘째, 농사철에 군사를 동원하면 백성들이 굶주리고, 셋째, 전쟁을 하는 동안 남쪽의 왜가 침공할 수 있으며, 넷째, 장마철 출병 시 군대에 전염병이 도는 데다 무기를 제대로 쓸 수 없다는 것 아닙니까? 그런데 이 '사불가론'은 표면적인 구실에 불과하고, 진정한 회군 이유는 따로 있었습니다. 그 숨은 이유를 안다면, 선생이 히데요시 님을 비현실적 몽상가가 아닌 지극히 합리적인 현실주의자라는 점을 인정해야 할 것입니다."

"좋습니다. 그렇다면 그 진정한 이유가 무엇입니까?"

"그것은 지극히 세속적인 이유입니다. 구체적으로 말하면, 전쟁에 이기더라도 전공에 대한 포상약속이 없었고, 가족들의 생계대책이나 명예가 전혀 주어지지 않았기 때문입니다. 그럼에도 최고사령관인 최영은 대궐에 편히 앉아서 장수와 군사들에게 국가에 대한 충성심만 강조하며 전쟁터에 나가 목숨을 바치라고 요구했지요. 이 때문에 휘하의 장수들은 '전쟁에 이겨봤자 상은 없고, 지게 되면 패전의 책임만 물게 될 것이다'는 두려움에 휩싸였고, 병사들 사이에서는 '전쟁에서 죽으면 개죽음이고 살아 남아봤자 무슨 소득이 있느냐'는 불만이 가득했지요. 이성계는 장수와 병사들의 이런 불만과 불안감을 이용해서 말머리를 돌리자고 선동했던 것입니다."

그 말에 영학은 쉽사리 공감이 가지 않았다. 아니, 솔직히 말하면 생각지도 못한 문제였다. 그렇지만 속으로는 그럴 수도 있겠다는 생각이 들었다. 영학이 생각을 하느라 잠시 머뭇거리는 사이 사쿠에몬이 다시 물었다.

"선생은 자신과 가족의 목숨이 우선이라 생각합니까? 아니면 충성과 애국이 우선이라고 생각합니까?"

영학은 선뜻 대답을 못했다. 이런 경우 조선에서라면 당연히 자신이나 가족의 목숨보다는 충성과 애국이 우선한다고 망설임 없이 대답해야 살아남을 수 있다. 그러나 가슴에 손을 얹고 솔직히 말한다면, 그 대답은 결코 진심이 아니었다. 영학의 침묵에도 사쿠에몬의 말은 계속되었다.

"제 생각은 이렇습니다. 만약 고려의 왕이 정벌군 장수인 조민수와 이성계에게, 정벌에 성공할 경우 전공이 앞선 자에게 요동의 통치를 맡기고, 승전한 군사들에게 전리품과 땅을 나누어 주며, 전투 중 죽거나 다친 자의 가족들을 책임지겠다는 약속만 분명히 했더라면, 당시의 형세로 보아 요동정벌은 실패할 이유가 없었습니다."

사쿠에몬의 말에 오토모 신조가 공감하는 듯 고개를 끄덕이며 말했다.

"이성계의 요동정벌 경험은 고려왕조를 무너뜨릴 때 큰 도움이 되었지요. 그래서 그는 부하들에게 고려의 귀족으로부터 뺏은 땅에다 평생을 부려 먹을 노비들을 나누어주고, 그 대가로 확고한 지지와 충성을 받아내는 데 성공했지요."

그 말을 듣고 영학은 순간적으로 정신이 번쩍 드는 느낌과 함께 이 세상에 공짜라는 건 없다는 말을 실감했다. 그런데 조선의 양반들은 백성들을 공짜로 부려 먹는 것을 너무나 당연하게 생각한다. 거기에 그치지 않고 노리개처럼 갖고 놀거나 화풀이 대상으로 삼는 것을 예사로 여긴다.

이처럼 어쩌면 사소해 보이는 말 몇 마디로 나라의 운명이 좌우될 수 있다는 엄중한 역사적 교훈이 조선에서만큼은 철저히 무시되고 있다고 생각하니, 영학은 인정하고 싶지 않은 현실에 저절로 한숨이 나왔다. 그렇지만 그런 기색은 애써 감추고, 언성을 올리며 따지듯 물었다.

"아니, 고려의 요동정벌이 지금의 상황과 무슨 상관이 있다고 그런 말을 하십니까?"

사쿠에몬은 영학의 표정에 아랑곳하지 않고 말을 이었다.

"세월이 흘렀다고 해서 역사는 없어지는 것이 아닙니다. 과거로 남아서 후세에 다시는 같은 과오를 범하지 말라는 교훈을 주지요. 조선인들은 과거의 역사를 숨기거나 미화하기에 급급하지만, 우리 일본인들은 이웃나라의 역사를 철저히 분석합니다. 이는 히데요시 님도 마찬가지이지요. 지금 히데요시 님은 대륙정벌을 공언하면서, 장차 일본이 대륙정벌에 성공할 경우 능력 있는 부하에게 일본의 통치를 맡기고, 전쟁에서 가장 공이 큰 부하장수에게 조선의 통치권을 주겠다고 선언했습니다. 그리고 자신은 오사카를 벗어나 명의 무역 중심지인 닝보(寧波)에 성을 쌓은 후, 그 성을 세계 만민들이 자유롭게 오가는 무역기지로 만들겠다고 장담했습니다. 이러한 장담은 히데요시 님이 고려의 요동정벌 실패의 원인을 정확하게 파악하고 있기 때문에 그런 것입니다."

"정말 히데요시 님이 그렇게 역사에 조예가 깊습니까?"

"히데요시 님이 역사에 조예가 깊은 것이 아니라, 히데요시 가문의 가신들이 역사에 조예가 깊지요. 어쨌든 이 때문에 히데요시 가문의 신하들은 과도할 정도로 서로 충성경쟁을 하고 있고, 지방의 무장들은 그들대로 조선정벌의 선봉장이 되기 위해 서로 경쟁하고 있습니다. 더욱이 고니시 님의 경쟁자인 가토 기요마사는 조선정벌의 선봉장이 되기 위해 혈안이 되어 있습니다. 이 때문에 가토와 경쟁관계인 고니시 님의 입장이 난처해질 때가 한두 번이 아니지요."

대화를 나누다 보니 영학은 히데요시가 권력에 도취된 망상가가 아니라 냉철한 현실주의자에 가깝다는 생각이 들었다. 그러면서 만약 전쟁이 일어날 경우, 현실적인 태도를 가진 히데요시와 맞서야 하는 조선이 지독한 악몽을 겪게 될 것이라는 두려움이 싹텄다.

영학은 그동안 히데요시를 비현실적인 몽상가이자 미친 권력의 개망나니로 치부했던 자신의 안일한 태도를 반성했다. 그러면서 지금이라도 정신을 차려야 한다는 생각에 고니시에게 물었다.

"앞으로 일본과 조선의 전쟁을 막기 위해서 제가 무엇을 하면 좋겠습니까?"

고니시는 영학의 진지한 표정을 찬찬히 살피면서 천천히 말했다.

"앞으로 해야 할 일이 정말 많습니다. 일본 내 반전파의 입지를 강화하고 반전에 대한 명분을 찾기 위해서는 먼저 조선이 변해야 합니다. 그래서 일본의 주전파들에게 전쟁을 일으켜봤자 결코 이길 수 없다는 현실을 깨닫게 해주어야 합니다. 그러면 선생이 무엇을 해야 할까요?"

영학은 답변을 하지 못하고 대신 답답한 자신의 심정을 토로했다.

"지금 저는 왜국 도피자 신세에 불과합니다. 그런 제가 어떻게 조선을 변화시킬 수 있겠습니까?"

고니시는 차근차근 이야기를 이었다.

"문 선생은 양반 중에서도 드물게 의식을 가진 애국자입니다. 그렇기 때문에 문 선생이 저의 뜻에 동참해 주어야 합니다. 우선 조선인들은 일본의 실정에 대해서 너무 모릅니다. 바로 이웃나라 사람들이 어떤 상황에서 어떻게 살고 있는지, 무슨 생각을 하는지, 어떤 행동을 하려는지 도무지 관심이 없고, 오히려 무시하고 냉대를 합니다. 우리 일본인들은 이런 조선의 태도에 화가 납니다. 일본과 조선은 서로 외면하고 무시하고 살 수 있는 관계가 아니지 않습니까?"

그 말에 오토모 신조가 갑자기 대화에 끼어들었다.

"조선인들이 일본의 실정을 무시하는 것이 아니라 양반들이 일본의 실정을 무시하는 것이지요. 조선의 양반들은 제 나라의 백성들이 죽든 말든 아랑곳하지 않는데 어떻게 이웃나라의 사정에 신경을 쓰겠습니까? 그런데 양반을 뺀 나머지 조선의 백성들은 슬기롭고 인정이 많지요."

고니시는 오토모 신조의 말에 고개를 끄덕이면서 말을 이었다.

"저 역시 조선 백성들이 슬기롭고 인정이 많다는 점을 잘 압니다. 그렇기 때문에 양반들이 만들어 놓은 말도 안 되는 껍데기가 아니라, 조선 백성들의 긍지와 지혜를 알아야 한다고 부르짖으며 희망을 버리지 않는 것입니다. 그러니 문 선생이 조선에 가거든 조선의 양반과 백성들에게 우리 일본의 실상을 알리고, 전쟁에 대한 대비책을 강구해주십시오. 그러면 저는 선생의 활약에 힘입어 일본의 조야에서 반전 분위기를 조성하겠습니다."

영학은 고니시의 말에 감사를 표하며 물었다.

"저는 최소 1년 이상이 걸리는 이번 항해를 마칠 때가 돼서야 조선으로 갈 것입니다. 그때는 너무 늦지 않을까요?"

고니시 유키나가는 고개를 좌우로 저으면서 말했다.

"그렇지 않습니다. 선생은 이번 항해를 통해서 일본과 류큐, 명은 물론 서양의 사정에 대해서 많은 지식을 쌓게 될 것이며, 적지 않은 돈도 갖게 될 것입니다. 그 돈에는 선생이 조선과의 전쟁을 막고 양국 간의 평화 정착을 이루어낼 것이라는 수많은 일본인들의 염원이 담겨 있습니다. 그리고 이번 항해가 끝나는 내년까지는 절대로 전쟁이 일어나지 않을 것입니다. 아직 시간도 우리 편이니 걱정 마십시오."

"고니시 님께서는 내년까지는 전쟁이 일어나지 않는다고 어떻게 그렇게 자신하십니까?"

영학의 질문에 사쿠에몬이 대신 대답을 했다.

"히데요시 님은 전쟁을 잘 알고 용병술 또한 뛰어납니다. 언제나 철두철미하게 준비하고, 승리에 대한 확신이 없으면 섣불리 전투에 나서지 않습니다. 그 과정에서 병사들의 사기와 형편을 가장 먼저 배려하지요."

"그럼 아직 병사들의 준비가 제대로 되지 않았다는 말입니까?"

"그렇습니다. 히데요시 님의 성품으로 볼 때 대륙정벌을 시작한다면 아마 그 시기는 틀림없이 봄일 것입니다. 여름에는 장마와 전염병이 무섭고, 겨울은 추위에 약한 일본의 병사들에게 치명적입니다. 그리고 가을은 겨울이 임박해서 시간이 없지요."

"그럼, 이번 봄은 불가능하고 내년 봄은 어떻습니까?"

"내년 봄은 불가능합니다. 일본이 전쟁을 시작하려면 교토나 오사카의 군대가 아닌, 전국에 100개가 넘는 구니에서 선발되어 한 곳에 집결해야 합니다. 집결하려면 아무래도 히젠 나고야 성이 축성되어야 하는데, 장소는 결정되었지만 아직 공사를 시작하지 않기 때문에 내년 봄은 불가능합니다. 그렇기 때문에 전쟁은 빨라야 2년 뒤입니

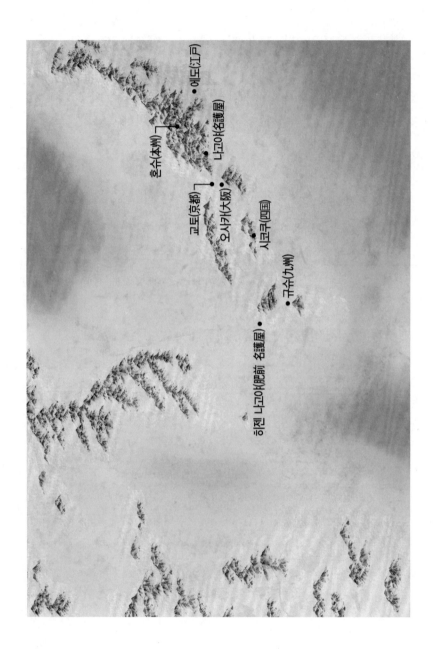

에도(江戸)
나고야(名護屋)
혼슈(本州)
교토(京都)
오사카(大阪)
시국쿠(四国)
규슈(九州)
히젠 나고야(肥前 名護屋)

다. 그렇지만 이번 항해는 내년 봄에 끝나지 않습니까? 우리는 아직 2년의 시간이 있습니다."

"수많은 인력을 투입한다면 올해 안에 가능할 수도 있지 않습니까?"

"그렇지 않습니다. 히데요시 님은 이미 수년 전 전쟁을 공언했지만, 교토의 조정은 아직 공식적으로 전쟁을 찬성하지 않았습니다. 그만큼 지금 전쟁을 반대하는 신하들도 많다는 의미이지요. 아직 결정을 못하고 어떻게 할까 저울질하는 영주들도 많습니다. 그래서 제가 보기에 지금이라도 조선이 사회의 모순을 제거하고 제도를 손질하는 모습을 보인다면, 주전파들의 입지는 눈에 띄게 좁아지고, 대신 반전파의 목소리가 커질 것입니다."

영학은 고니시 유키나가를 만날 기회가 앞으로 없을 것이라는 생각에, 가능한 많은 이야기를 나누어야겠다고 작정하고 재차 물었다.

"그렇다면 올해 안에 착공할 것이 확실한데, 축성을 시작하면 전쟁은 반드시 일어나는 것 아닙니까?"

고니시 사쿠에몬은 영학을 안심시키기 위해 찬찬히 상황을 설명했다.

"아까 이야기에서 나왔듯 히젠 나고야 성의 축성은 겉으로 보기에 대륙침략의 전진기지라는 아주 그럴듯한 목적이 있지만, 실질적으로는 교토의 중앙권력이 규슈를 실효적으로 지배하려는 목적이 훨씬 더 강합니다."

"어째서 그렇습니까?"

"히젠 나고야 성의 축성이 결정되자마자 히데요시 님은 교토의 유곽을 히젠으로 옮기라는 명령을 내렸지요. 서둘러 유곽을 옮기는 이유가 무엇일까요? 축성에 나서는 인부나 전쟁에 나가는 병사들의 성적 욕구를 달래주어 사기를 올리기 위해서라고 생각한다면 큰 오산입니다. 히데요시 님의 셈법은 절대로 그렇게 단순하지 않습니다."

"그럼 다른 무슨 목적이 있습니까?"

"유곽을 옮겨 환락도시를 만드는 것은 도시의 인구를 빨리 유입시키는 가장 효과적인 방법입니다. 유곽의 여인들은 꽃이 되어 수많은 외로운 나비들을 유혹합니다. 수많은 여인이 몰리고, 축성공사비로 돈이 풀리면 도시는 금방 성장하게 됩니다. 그런데 그 도시의 주인은 누구입니까? 바로 히데요시 님 아닙니까? 그러면 히데요시 님은 오사카뿐만 아니라 규슈의 주인이 되지요. 그렇지만 도시를 건설할 돈은 누가 댑니까? 대륙정벌에서 공을 탐내는 지방 영주들이 대지요. 그야말로 손 안대고 코푸는 격이지요. 그렇기 때문에 히젠 나고야 성이 착공되거나 완성되었다고 해서 반드시 전쟁이 일어나는 것은 아닙니다. 다만, 전쟁의 가능성이 더 커질 뿐이지요."

39 장

전법

戰法

戰法

전법

대화가 너무 길어진 탓일까. 방 안의 일행은 이야기를 그치고 잠깐 목을 축이기 위해 술잔을 들었다. 그렇지만 영학은 하나라도 더 알아내고 싶다는 조급함에 다시 말문을 열었다.

"만약, 전쟁이 시작된다면 전술은 구체적으로 어떻게 진행될까요? 제가 이걸 알아야 내년에 조선에 가서 사람들을 설득시킬 수 있지 않겠습니까?"

이번에도 사쿠에몬이 대답했다.

"우선 전쟁은 봄에 시작될 것이 명백하고, 그 다음 전술의 전개과정은 크게 두 가지로 논의됩니다."

"그 두 가지가 무엇입니까?"

"하나는 가토 기요마사를 비롯한 주전파의 주장인데, 일본군이 기습적으로 전라도에 상륙하여 조선의 곡창지대를 장악하고, 식량과 보급품을 확보한 뒤 한양으로 진격하는 전술입니다. 다른 하나는 조선 백성들을 무서워하는 반전파들의 소극적 전술인데, 일본과 가장 가까운 부산포 부근에 상륙한 뒤 육전을 통해 북으로 진격하여, 조선의 백성들이 들고 일어나기 전에 얼른 한양을 점령하고 조선왕의 항복을 받는 전술입니다."

"그 두 가지 전술에 어떤 차이가 있습니까?"

"차이가 엄청나지요. 어느 전술을 채택하느냐에 따라 전투의 양상은 완전히 달라집니다."

"어째서 그렇습니까?"

"전라도에 상륙하는 전술이 성공하기 위해서는 우선 일본군은 조선의 수군과 싸워야 합니다. 그런데 제가 보기에 넓은 바다에서 일본과 조선의 수군이 싸우면 수적으로 열세인 조선의 수군은 상대가 되지 않습니다. 그렇지만 조선의 수많은 섬들에 둘러싸인 좁은 수로에서 싸우게 되면 일본군이 절대적으로 불리할 뿐 아니라 전쟁은 장기전이 되지요."

"싸우는 장소에 따라 그렇게 차이가 난단 말입니까?"

"그야 당연하지요. 지금 일본의 전함 수가 조선의 10배는 됩니다. 그렇기 때문에 넓은 바다에서 전투가 벌어지면 조선의 전함은 순식간에 포위공격을 당할 것입니다. 그렇지만 좁은 수로에서 싸우게 되면 소수의 조선 전함들과 길게 줄을 선 다수의 일본의 전함이 맞닥뜨리게 되는데, 그렇게 되면 일본의 병사들이 조선의 전함에 오르기도 전

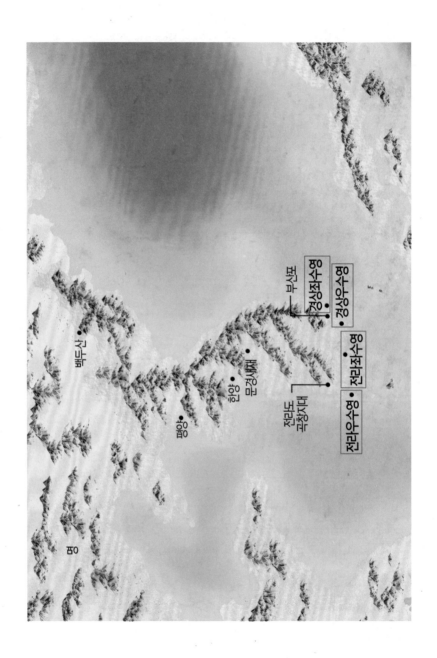

백두산 •

평양 ○

한양 •

문경새재

전라도
곡창지대

부산포

경상좌수영

경상우수영

전라좌수영 •

전라우수영 •

에 상당수가 먼저 조선의 함포공격에 격침될 것입니다."

"일본 전함에는 함포가 없습니까?"

"있기는 하지요. 그렇지만 정확도나 발사속도가 조선수군에 훨씬 뒤집니다."

그 말에 영학은 기분이 좋았지만, 그 이유를 몰라 물었다.

"조선과 일본의 함포 기술이 그렇게 차이가 많이 납니까?"

사쿠에몬은 한숨을 쉬면서 대답했다.

"정확히 말하면 함포기술의 차이가 아니라 선박 구조의 차이 때문에 그렇습니다."

사쿠에몬의 말을 듣고, 영학은 조선의 배는 용골이 두 개이지만 왜의 배는 용골이 하나라고 일러주었던 스승의 말이 떠올랐다. 그래서 아는 체를 하며 사쿠에몬에게 물었다.

"선박의 구조라면 용골의 수 차이에 따른 배의 안정성 때문입니까?"

영학의 말에 사쿠에몬은 조금 놀라는 듯한 표정으로 말했다.

"아니, 의원님이 어떻게 선박의 구조에 대해서 그렇게 잘 아십니까? 정확히 지적하셨습니다. 조선의 배는 용골이 두 개라 바닥이 우묵한 사발 모양이지만, 일본의 배는 용골이 하나라 쐐기모양입니다. 그래서 일본의 배는 속도가 빠르지만 흔들림이 많고, 뒤집어질 위험 때문에 급선회가 어렵지요. 특히 배가 속력을 늦추거나 정지할 때 일본의 배는 더 많이 흔들리지요. 그런데 이 차이는 함포의 운용에서 엄청나게 커집니다. 그래서 일본의 전함은 조선의 판옥선에 비해 함포의 조준이 어렵고, 발사속도가 조선전함의 절반도 되지 않습니다. 연속해서 함포를 쏘면 아예 배가 뒤집혀버리지요."

영학은 사쿠에몬의 말에 신이 났지만 겉으로 드러내지 않고 질문했다.

"그럼, 전쟁준비를 철저히 하는 히데요시는 왜 용골이 두 개인 배를 만들지 않습니까? 함포에서 그렇게 차이가 난다면 전함끼리의 싸움은 힘들 것 아닙니까?"

그러자 사쿠에몬이 더 깊은 한숨을 쉬면서 말했다.

"신하들 중 아무도 그 문제를 히데요시 님에게 보고하지 않습니다. 그런데다 일본의 조선 장인들은 자존심 때문에 그 차이를 인정하지 않습니다. 오히려 속도가 빠르면 됐지, 왜 쓸데없이 용골을 하나 더 대서 어렵게 배를 만드느냐고 따지고 들지요."

"조선이나 왜국이나 어디든 그 놈의 공명심이 문제로군요. 그렇지만 히데요시의 명령만 내려지면 용골이 두 개인 배를 만들 수 있지 않습니까?"

"용골이 두 개인 배를 조선수군의 판옥선 수만큼 만들려면 오랜 세월이 걸립니다. 용골이 하나인 배만 만들어 온 일본의 장인들이 용골을 두 개 덧대는 기술을 배우는 데만 해도 아마 수년이 걸릴 겁니다. 그렇지만 공명심에 눈먼 일본의 주전파들은 성급함에 사로잡혀 그 세월을 기다리지 못할 것입니다. 시간을 끌면 반전파들이 어떻게 나올지 알 수 없고, 그 사이에 조선이나 명이 정신을 차릴지도 모르며, 그무엇보다도 히데요시 님의 마음이 언제 바뀔지 모른다고 생각하니까요."

"사정이 그런데도 주전파들은 조선의 영토 깊숙이 침투하여 먼저 전라도를 점령해야 한다고 고집하고 있습니까? 그건 무슨 꿍꿍이일까요?"

"그들도 나름대로 생각이 있습니다. 그들은 조선의 영토 안에서 섬들 사이의 좁은 수로에 들어가지 않고 섬의 바깥쪽 넓은 바다를 건너 전라도의 땅으로 바로 침투하려고 하지요."

그 순간 영학은 낭패스런 표정을 지으면서 물었다.

"그럼 큰일이지 않습니까?"

"그렇게 하면 전라도 상륙은 가능하겠지요. 그렇지만 전라도와 경상도의 수많은 섬들에 숨어서 배후를 노리는 조선의 수군을 어떻게 감당하겠습니까? 무엇보다도 고니시 님은 조선 백성들이 들고 일어나는 것을 가장 두려워합니다. 조선 백성들이 들고 일어나면 아무리 군대의 수가 많더라도 얼마 버티지 못한다는 사실을 너무 잘 알고 있지요. 그 막강한 몽골제국도 강화도의 섬으로 피신한 고려왕을 제쳐 놓고 반도의 땅을 직접 정복하려고 몇 년을 애썼지만, 결국 수많은 장수와 군사들만 잃고 좌절하지 않았습니까?"

그 말을 듣고도 영학은 아무 대꾸를 할 수 없었다. 지금까지 고려나 몽골의 역사에 대해 깊이 공부한 바가 없었기 때문이다. 그래서 슬그머니 화제를 돌렸다.

"그러면 부산포로 침입하여 육로를 통해 한양으로 진격하는 전술은 수월합니까?"

사쿠에몬은 거침없이 대답했다.

"일단 부산포 상륙에 성공하면, 육로를 통해 한양으로 진격하는 것은 일사천리입니다."

사쿠에몬의 거침없는 대답에 영학은 단번에 김이 새는 느낌이었다. 그럴만한 이유가 있을 거라 생각했지만, 내심 기분이 나빠 따지듯 물었다.

"아무리 그래도 국가 간의 전쟁인데, 일사천리가 어디 있습니까? 그렇게 자신만만합니까?"

사쿠에몬이 정색을 하고 영학에게 되물었다.

"다 그렇게 말한 이유가 있습니다. 선생은 제승방략(制勝方略)이라는 전술을 아십니까?"

"군사에 무지한 제가 어떻게 그걸 알겠습니까?"

"제가 조금 아는 체하겠습니다. 제승방략이란 적군이 쳐들어오면 그 자리에서 맞서 싸우지 않고 미리 정해진 장소로 물러난 뒤, 다른 지역의 군사와 합세를 하고 중앙에서 파견된 지휘관을 맞이하여 그의 지휘를 받아 전투를 수행하는 전략입니다."

영학은 의아한 표정으로 물었다.

"중앙에서 다 생각이 있으니 그렇게 전략을 짠 것이겠지요. 겉으로 보기엔 아무런 문제가 없지 않습니까?"

그러자 사쿠에몬이 약간 비아냥거리는 표정을 지으며 말했다.

"제승방략은 조선의 군사전략이기는 한데 저로서는 이해가 되지 않습니다. 적이 쳐들어오는 긴급한 순간에 일단 그 자리를 피한 뒤 중앙에서 파견되는 지휘관을 기다리라는 게 무슨 작전입니까? 싸우라는 것도 아니고 그렇다고 도망가라는 것도 아니고, 참 애매모호합니다. 마치 귀에 걸면 귀걸이 코에 걸면 코걸이라는 조선의 법을 보는 것 같습니다."

영학은 얼른 이해가 되지 않아 사쿠에몬에게 좀 더 자세히 말해 달라고 청했고, 사쿠에몬은 제승방략에 대해 설명하기 시작했다.

얼마 전만 해도 조선의 국방체계는 진관(鎭管)체제였다고 한다. 진관체제란 지역방어개념으로서 적의 침투 예상 지역에 군대가 주둔하는 큰 진(鎭)을 설치하고, 지역의 행정을 책임진 지방관이 작은 진의 지휘관을 겸하는 체제로, 큰 진의 지휘관이 작은 진 지휘관의 협력을 받아 그 지역의 방어를 책임졌다. 그런데 얼마 전 진관체제는 제승방략체제로 바뀌었는데, 그 이유를 듣고 보니 영학은 기가 막혀 말이 나오지 않을 지경이었다.

국초에 조선의 양민 장정들 중 일부는 군복무를 했지만 다수의 장정들은 면포를 납부하는 대가로 군역을 면했다. 그런데 세월이 지남에 따라 국가의 재정이 고갈되자 조정은 군복무 중인 장정들을 강제로 면포를 납부케 한 후 집으로 돌려보내는 방군수포법(放軍收布法)을 시행했다. 그런데 진관체제 아래서 진의 지휘권을 가진 장수들이 방군수포로 인하여 군사의 수가 지나치게 줄어드는 데 반대하고 나서자, 조정에서는 그 반대를 봉쇄하기 위해 아예 진관체제를 폐지하고, 제승방략제로 바꾸어버렸다고 한다.

사쿠에몬은 군사 전문가로서 제승방략에 대해서 한마디로 평가했다.

"제승방략 아래서 장수가 목숨을 걸고 외적과 싸우는 것은 중앙의 명령을 무시한 중죄입니다. 적이 쳐들어오면 싸우지 말고 중앙에서 지휘관이 올 때까지 기다렸다가 그의 지시를 받아 싸우라는 게 대체 말이나 됩니까? 그러니 이는 단연코 외적을 유리하게 하는 제도이지 한 나라의 국방제도가 될 수 없습니다."

사쿠에몬은 덧붙여 제승방략의 폐단을 강조했다.

"조선의 실정으로 볼 때 제승방략의 가장 큰 폐단은 중앙에서 파견되는 지휘관이 국방상의 필요에 의해서가 아니라, 권력구조에 따라 결정된다는 것이지요. 이런 경우 그 지휘관은 국방을 위해 전술을 펴는 것이 아니라 자신의 정치적 입지를 얻기 위해 전술을 폅니다. 그렇게 되면 군사에 밝은 자의 의견이나 병사들의 안전은 도외시되고, 이로 인해 군사들의 사기는 저하될 수밖에 없어 패전은 불 보듯 뻔합니다."

영학은 그 말을 듣고 예전에 스승으로부터 들었던 토목보의 사건이 머릿속에 떠올랐다. 명의 황제가 이끈 50만 대군이 불과 7만의 오이라트 군사에게 참패를 당하고, 황제는 포로가 되었던 사건이다. 이 어이없는 패전은 황제의 신임을 받은 환관이 군사에 관한 아무런 지식이 없음에도, 군사전문가나 병사들의 의견을 완전히 무시하고 독단적으로 지휘권을 행사했기 때문이었다. 하물며 수적으로도 훨씬 불리한 조선의 군대가 몇 곱절이 넘는 왜의 정예 군사를 상대로 정규전을 고집하는 것은 누가 보더라도 미친 짓이다.

이런 생각에 이른 영학은 갑자기 등에 식은땀이 흐르는 것을 느꼈다. 더불어 하루빨리 조선으로 돌아가서 이런 사태를 막아야겠다는 다급한 심정이 들었다. 그렇지만 왜인들이 파악한 조선의 실정을 자세히 알 필요가 있다고 생각해, 체면을 차리지 않고 사쿠에몬에게 물었다.

"제승방략과 관련한 조선의 실정은 어떻습니까?"

사쿠에몬이 마치 손바닥을 보듯 자세하게 말했다.

"지금 조선의 왕에게는 장성한 왕자 둘이 있지만 이들의 생모인 공빈 김 씨는 일찍 죽었고, 지금 왕의 총애를 받고 있는 인빈 김 씨가 여러 명의 왕자와 공주를 두고 있는데, 이들은 모두 어립니다. 그래서 다음 왕위계승과 관련하여 정세가 상당히 어지럽고 복잡합니다. 이런 실정을 감안하면, 제승방략에서 중앙군을 지휘할 장수는 차기 왕권계승에 직접적 영향을 미칠 자가 임명될 것이고, 그 지휘관은 자기가 원하는 왕자를 왕으로 만들기 위해 반드시 큰 전공을 세우려 욕심을 부릴 것입니다. 그런데 장수가 전공의 욕심에 눈이 멀게 되면 선택할 수 있는 전술은 얼마 되지 않습니다. 그렇게 되면 백전노장의 일본군 장수에게 모든 수를 읽히게 되지요. 일찍이 나를 알고 적을 알면 백전백승이라 했기에, 그 전투의 결과는 뻔한 것 아니겠습니까? 그 때문에 조선은 서둘러 제승방략을 폐기하고 지역방어체제로 바꾸어야 합니다. 만약 조선의 국방체계가 바뀐다면 영리하고 현실적인 히데요시 전하께서는 전쟁을 포기할 가능성이 큽니다. 아니, 조선 조정에서 제승방략법만 폐기해도, 일본 내 반전파들이 일제히 들고 일어나서 주전파들의 입을 막아버릴 것입니다."

순간 영학은 심적으로 큰 부담감을 느꼈다. 그러나 전쟁의 참화를 막을 수 있다면, 개인의 고난쯤은 아무 문제가 아니라고 생각했다. 그리고 조선에 돌아가서는 무슨 일이 있더라도 국방제도를 바꾸어야겠다고 생각했지만 어떻게 해야 할지 방법을 알 수가 없었다.

영학은 그 방법에 대해 사쿠에몬에게 조언을 구했다. 그렇지만 사쿠에몬은 시큰둥한 표정으로 말했다.

"제승방략법을 폐기한다는 게 말처럼 쉬운 게 아닙니다."

"왜 그렇습니까?"

"제승방략법을 폐기하면 누가 제일 먼저 불만을 제기할까요?"

"그야 방군(放軍)을 못해서 수포(收布)를 못하는 한양의 벼슬아치들 아니겠습니까? 조선에서 포(布)는 돈의 역할을 하니까요."

"그것도 맞습니다. 그렇지만 제일 먼저 불만을 제기하는 사람은 벼슬아치들의 처첩과 자식들입니다."

"그건 아닌 것 같습니다. 조선의 사회에서 여자와 아이들은 아무런 발언권이 없습니다. 발언권도 없고, 아무 것도 모르는 아녀자들이 어떻게 나랏일에 이러쿵저러쿵 말을 하겠습니까?"

그 말에 사쿠에몬은 쓴웃음을 지으며 말했다.

"선생은 아직 혼인을 하지 않아서 마누라의 잔소리가 얼마나 지독한지 모를 것입니다. 그렇지만 혼인을 해서 자식을 낳게 되면 알게 되겠지요. 2,000년 전 서양의 그리스라는 나라에 소크라테스라는 현자가 있었습니다. 그런데 이 자의 아내가 얼마나 바가지가 심했던지, 그 바가지를 참고 살면서 저절로 체득한 인내심과 회의감이 그를 역사에 길이 남을 현자로 만들었답니다."

영학은 사쿠에몬의 말을 알아들을 수가 없었다. 그러자 옆에 있던 소요시토시가 웃으면서 말을 거들었다.

"마누라의 바가지라면 일본에서도 엄청납니다. 그대가 전에 만났던 일본의 숨은 실력자인 도쿠가와 이에야스의 장남은 마누라에게 밉보이는 바람에 결국 아버지의 손에 어머니를 잃고, 자신도 아버지의 강요에 따라 할복을 했습니다. 율곡 이이 선생의 아버지도 첩이었던 아내로부터 얼마나 시달렸습니까? 오죽했으면 아들이 금강산에 들어가서 중이 된다고 가출을 했겠습니까? 하다못해 히데요시 님만 해도 후처를 맞이하기 위해 본처인 네네 님의 눈치를 얼마나 보았습니까? 천하의 히데요시 님이라 해도 만약 네네 님이 낳은 아들만 있었다면, 요도기미 님을 후처로 맞아들이지 못했을 겁니다. 조선의 역사를 보더라도 여인들끼리의 싸움 때문에 역사가 바뀐 게 한두 번이 아니지요. 그리고 보면 사내라는 게 아무리 잘난 척 해봐도 절대로 제 마누라 치마폭을 벗어날 수 없는 것 같습니다. 조선에서 가장 힘 센 왕이었던 태종도 마누라의 잔소리가 얼마나 고역이었기에 왕비의 입을 다물게 하려고 처갓집 식구들을 몰살시켜 버렸겠습니까?"

사쿠에몬이 다시 말을 이었다.

"그렇습니다. 아무리 잘나고 똑똑한 사내라도 절대로 여인의 치마폭을 벗어나지 못합니다. 그런데 조선의 경우는 더더욱 그렇습니다. 왜냐하면 조선의 양반들은 아내 말고도 여러 명의 첩을 두고 있기 때문입니다. 첩이 둘이라 하면, 잔소리를 들어야 할 여인이 셋인 셈이지요. 다른 나라의 사내들은 마누라 한 명의 잔소리도 견디기 힘든데, 조선의 양반 사내들은 어떻게 서너 명의 잔소리를 감당해내는지 참 대단합니다."

영학은 사쿠에몬과 요시토시의 말이 조선의 문화를 비아냥거리는 것처럼 들려 기분이 나빠졌다. 그래서 언성을 높이면서 쏘아 붙였다.

"국방제도를 논하다가 왜 갑자기 여인의 잔소리가 나옵니까? 지금 이 자리가 쓸데없이 농담하는 곳입니까? 제승방략과 무지한 여인들의 잔소리가 무슨 상관입니까?"

사쿠에몬은 영학의 말에 갑갑함을 느낀 듯 탁자에 놓인 물을 벌컥벌컥 마신 후, 정색을 하면서 열변을 쏟아냈다.

"제가 지금 농담하는 것처럼 보이십니까? 조선의 제승방략법을 폐기하지 못하는 가장 큰 이유는 양반가 여인들의 불평불만과 잔소리 때문입니다. 현실을 바로 보십시오. 만약 조선의 조정이 제승방략법을 폐기하고 진관법을 도입하게 되면, 방군수포법 또한 폐기해야 합니다. 그런데 방군수포법을 폐기되면, 국고가 텅텅 빈 조선이 무슨 돈으로 관리들의 녹봉을 지급합니까? 상공업을 천시하는 바람에 산업이 피폐한데, 굶주리는 백성들로부터 다른 명목으로 받아 낼 세금도 없습니다. 국방을 개혁한다는 명분을 내세워 방군수포법을 폐기하면, 관리들의 녹봉이 깎이거나 못 받을 게 뻔한데, 그렇게 되면 집안에 틀어박힌 아녀자들이 뭐라고 하겠습니까? 남편의 면전에서 삿대질을 하면서, "명색이 양반이라고 나불대는 인간이 처자식도 부양하지 못하면서 무슨 나랏일이냐”고 바가지를 긁어댈 겁니다. 그 잘난 양반 사내들이 서넛이나 되는 처첩들로부터 쏟아지는 수모를 참고 견딜 재간이 있습니까? 당장 조정에 쫓아가서 “자고로 가화만사성 (家和萬事成)이라고 했거늘, 국방이고 나발이고 먼저 집안이 조용해야 하지 않느냐”고 떠들어댈 것입니다. 현실이 이러한데 왜 국방제도와 여인의 잔소리가 상관이 없습니까? 오히려 제일 큰 화근이지요.”

이에 영학도 발끈해서 대꾸했다.
“국방제도를 바꾸지 못하는 건 나라에 돈이 없기 때문이지, 그게 왜 여인들의 잔소리 때문입니까? 나라에 돈이 많아 관리들에게 충분한 녹봉을 주면, 여인들의 잔소리가 어디 입 밖에 나오겠습니까? 왜 애꿎은 여인들의 탓을 합니까? 그렇지 않아도 조선의 처첩제도 이야기만 나오면 외국 사람들 앞에서 부끄러워서 얼굴이 화끈거릴 지경인데, 이런 참담하고 부끄러운 내 심정을 알기나 합니까?”
사쿠에몬이 목소리를 낮추며, 변명하듯이 말을 이었다.
“선생의 심정은 충분히 이해합니다. 자리가 자리인 만큼 솔직하게 말하다보니 그렇게 되었습니다. 선생은 아까 나라에 돈이 많아 관리들에게 충분한 녹봉을 주면 된다고 했는데, 아무리 나라에 돈이 많아도 서넛이나 되는 여인을 거느리고 있는 사내들에게 충분한 녹봉을 줄 수 있는 나라는 이 세상에 없습니다. 저는 조선인이 아니지만 조선의 법이나 제도를 보면 저도 모르게 쯧쯧 혀를 차게 됩니다. 바로 이웃에 어떻게 저토록 한심하고 비인간적인 나라가 있을까 하는 생각을 하지요. 더욱이 일부 탐욕에 사로잡힌 일본인들이 이웃의 어려움을 틈타, 제 욕심을 채우려 자신의 백성들을 전쟁으로 내모는 참혹한 짓을 벌이는 상황까지 보게 되니 더더욱 그렇습니다."

사쿠에몬은 목이 마른지 다시 물을 마신 후 말을 이었다.

"저는 야소교인입니다. 야소께서는 인간이 상상할 수조차 없는 기적을 행하셨습니다. 그런데 그중 가장 큰 기적은 스스로의 희생이었습니다. 만약 야소께서 유대인들이 간절히 바라는 대로 로마 관원의 체포에 불응하고 로마와 맞서 싸웠다면, 얼마나 많은 사람들이 목숨을 잃고, 고통을 받았겠습니까? 그러면 야소께서는 힘이 없어서 로마의 관원들에게 저항하지 않았을까요? 다섯 개의 떡과 두 마리의 물고기로 수천 명을 먹여 살리고도 남을 어마어마한 힘을 가지신 분입니다. 그렇지만 당신께서는 인간들에게 고통을 주지 않으려고 그 끔찍한 십자가형을 혼자서 기꺼이 받아들였습니다. 모든 인간은 똑같이 하나님의 아들이라는 야소의 말씀을 저는 믿습니다. 그래서 조선의 신분제도와 사회에 만연한 차별을 보면 너무 안타까워 저도 모르게 언성이 올라간 것이니 너그러이 이해해 주시기 바랍니다."

그러다 잠시 틈을 두고 말을 이었다.

"제가 이런 말을 하는 것은 선생을 위해서입니다. 선생의 성품으로 보면, 선생은 조선에서 제승방략법을 폐기하기 위해 동분서주할 것입니다. 그러다 자칫 대동계의 정여립처럼 희생을 당할 수 있습니다."

영학은 자신의 결연한 의지를 보이고 싶은 마음에서 대답을 했다.

"저는 대동계 사건으로 인해 존경하는 스승과 형을 잃었습니다. 그리고 한때는 그분들을 따라 죽을 결심으로 가토 기요마사에게 결투를 신청하기도 했습니다. 그런 마음을 먹었던 제가 무엇을 망설이겠습니까? 양국의 평화를 위해서라면 목숨을 잃는 것쯤 두렵지 않습니다."

그런 대답을 예상했다는 투로 사쿠에몬이 말했다.

"대의도 좋지만 현실을 바로 보십시오. 결과적으로 볼 때 대동계의 몰락은 조선 사회의 병폐와 모순을 적나라하게 드러내면서 조선의 국방력을 형편없이 약화시켰지만, 한편으로는 일본의 전쟁광들에게 큰 용기와 자신감을 주면서 그들의 명분을 강화시켰습니다. 그들은 대놓고 '선량한 백성들을 거리낌 없이 학살하는 조선의 왕과 양반을 정의의 이름으로 타도해야 한다'고 목청을 올리고 있습니다. 그러니 선생마저도 일본의 전쟁광들에게 이용당하는 우를 범해서는 안 됩니다. 이것은 제 뜻이 아니라 여기에 계신 고니시 유키나가 님과 소 요시토시 님, 오토모 신조 님을 비롯하여 일본과 조선의 평화와 친선을 바라는 대다수 일본인들의 간절한 뜻입니다."

"그러면 제가 어떻게 하면 되겠습니까?"

"조선에서 물의를 일으키지 않고 조용하게 일을 하십시오. 조정의 실력자들을 은밀하게 만나 변법을 시도해보고, 여의치 않으면 일찌감치 손을 떼십시오. 대신 일본의 주전파들이 겁을 먹을 만한 일을 하시면 됩니다."

"그게 무엇인가요?"

"그야 한두 가지가 아니지요. 간략하게 말하면 조선이 일본의 침략을 예상하고 나름대로 대비를 하고 있다는 인상을 주는 일을 말합니다."

영학은 사쿠에몬의 말의 구체적인 의미를 몰라 난감함을 느꼈고, 고민을 하느라 한참 침묵을 지켰다. 맞은편에 앉은 고니시 유키나가는 시종일관 대화를 경청하면서, 이따금 고개를 끄덕거릴 뿐 여전히 말이 없었다. 그런데 그때까지 잠자코 듣기만 하던 오토모 신조가 말을 꺼냈다.

"현실적으로 조선의 조정이 제승방략책을 바꾸지 않는다 하더라도, 우리로서는 마냥 손을 놓고 있을 수는 없지 않습니까? 사쿠에몬 님께서는 군사전문가로서 최선이 아니라면 차선의 방법이라도 말씀해 주셔야 하지 않겠습니까? 오늘이 지나면 사쿠에몬 님이 문 선생과 대화할 기회가 없을 것 같습니다. 그러니 좀 더 상세하게 말씀을 해 주시지요."

오토모 신조의 말에 사쿠에몬은 고개를 들어 영학과 고니시 유키나가의 눈을 쳐다보았다. 고니시 유키나가는 말없이 사쿠에몬을 향해 고개를 끄덕였고, 영학도 계속 이야기해 달라는 의미로 간절한 눈빛을 보냈다. 그러자 사쿠에몬은 다시 이야기를 시작했다.

"제도를 바꾸지 못하더라도, 조선의 조정에서 일본의 주전파들이 겁을 먹을 수 있는 가시적인 조치를 취해야 합니다. 그건 많은 백성을 동원해서 성을 쌓거나 무기를 개발하는 그런 큰일이 아닙니다. 조선의 지형지물을 이용하고 전면대결보다는 기습과 매복을 이용하는 방어책을 수립하십시오."

"조선의 지형지물을 이용하고, 기습과 매복을 이용하는 방어책이라면 구체적으로 어떤 방법이 있을까요?"

영학의 진지한 경청에 사쿠에몬은 거침없이 말을 했다.

"옛날 제갈공명이 사마의가 이끈 군사를 호로곡으로 유인하여 화공을 펼친 이야기를 참고하십시오. 그리고 얼마 전 오토모 가문이 규슈에 야소교의 나라를 만들기 위해 4만의 군사를 일으켰다가 수천밖에 되지 않는 시마즈 가문 군사들의 기습매복에 참패한 과정을 자세히 알아보는 것도 한 방법입니다."

"그럼, 명의 영종이 이끄는 50만의 군사를 수만의 군사로 무찌른 오이라트 군의 기록도 참고가 되겠군요."

"그것도 괜찮지요. 그리고 앞으로 선생은 항해를 하면서, 전쟁에서 지형지물을 이용하고 기습과 매복으로 적을 쳐부수는 전술공부를 하십시오. 그 후 내년에 조선에서 많은 양반이나 군인들을 만나 술안주 삼아 재미로 이야기를 나누십시오. 그러면서 일본군 및 조선군의 장단점은 무엇일까라는 문제를 함께 토론해 보십시오. 하다못해 전쟁이 나면 어디로 가족을 피신시켜야 할까 고민해보는 것도 꼭 필요한 전술입니다. 구체적으로 예를 든다면, 높은 곳에서 낮은 곳에 있는 적을 공격하거나 바람을 등질 때는 화살이 총보다 사거리가 훨씬 더 깁니다. 그렇다면 어느 곳에서 어떤 지형지물을 이용해서 적과 맞서 싸우는 게 좋을지 논의하는 식으로 전쟁을 공론화하십시오."

"공론화한다고 해서 무슨 뾰족한 수가 나올까요?"

영학이 의아해 하자 사쿠에몬은 자신 있게 말했다.

"함께 고민하고 토론을 하다보면 답이 나옵니다. 뚜렷한 답이 나오지 않더라도 백성들이 전쟁에 대해서 미리 심각하게 고민한 것만 해도 실제 전쟁 시에 적지 않은 도움이 될 것입니다. 쇠못을 만들어 적군이 지나는 길목에 깔아 놓거나, 군데군데 함정을 파는 일을 한다면, 큰 고생 없이 아주 효과적으로 전쟁에 대비할 수 있습니다. 길가의 여러 곳에 기름을 묻힌 큰 짚단을 쌓아 놓는 것도 한 방법이고요. 수년 전 양사언 선생은 국경지대의 현감으로 있을 때 큰 웅덩이를 파서 그곳에 말이 먹을 풀을 보관하지 않았습니까? 그런데 이 풀은 북방의 여진족이 쳐들어 왔을 때 수비 군사들이 타는 말의 식량으로 아주 요긴하게 사용되었지요. 이처럼 어찌 보면 사소해 보이는 대비책이 나중에 조선군에게 큰 무기가 됩니다."

영학은 사쿠에몬의 의견에 공감했다. 그렇지만 지금까지 겪었던 조선의 사회 분위기가 걱정스러워 혼잣말을 하듯 중얼거렸다.

"하긴 전쟁을 미리 예측하는 것만 해도 나중에 큰 도움이 되겠지요. 그런데 과연 조선의 조정에서 백성들의 입을 그대로 둘지 그게 걱정입니다. 유언비어 유포를 막는다고 형벌기관을 동원하여 일별백계랍시고 백성들의 목을 자르지나 않을지…."

"그걸 막아야 합니다. 히데요시 님은 이미 조선과 명에 대한 전쟁을 선포했습니다. 최소한 조선의 백성들은 히데요시가 그렇게 선언했다는 사실만이라도 알아야 합니다. 그래서 조선의 백성들 사이에서 일본과의 전쟁이 공론화되어 있고 나름의 대비를 하고 있다는 소식이 첩자를 통해서 오사카와 교토에 보고가 되어야 합니다. 그런데 요즘 오사카나 교토에는 '조선의 백성들은 전쟁에 대해서 깜깜무소식이고, 왜군이 쳐들어오든 말든 신경도 안 쓴다'는 보고가 계속되고 있습니다. 이를 두고 히데요시 님은 조선의 백성들이 자신에 대해 거부감을 갖지 않는다고 오판할 여지가 있습니다."

사쿠에몬의 의견에 요시토시도 이해한다는 듯 고개를 끄덕거리며 말했다.

"일이 그렇게 될 수도 있군요. 백성들이 전쟁에 대해 무지한 것은 조정의 통제 때문이지 않습니까? 만약 히데요시의 발언이 조선의 조야에 알려진다면 전국이 시끌시끌할 텐데…. 그렇지만 마냥 피할 수만 없는 일이니 겪을 건 겪어야 하지 않습니까?"

40장 지혜

지
혜

영학은 사쿠에몬의 말을 듣고 전쟁준비라는 것도 정신을
차리고 보면 별 것 아닐 수도 있다는 생각이 들었다. 더욱이 침공이 아
닌 방어적 전쟁은 확고한 의지만 있다면 사소한 실천으로 성공할 수 있
다는 믿음이 생겼다. 그렇지만 세상의 이치를 아는 것은 삼척동자라도
가능하지만 행하는 것은 선현의 지혜를 모아도 힘들다.

조선이 전쟁을 공론화하기 위해서는 먼저 지금의 실상을 솔직하게
백성들에게 알려야 한다. 그러나 지금 조선의 형편으로 그것은 절대 불
가능하다. 백성들에게 실상을 알리기에는 왕과 양반들이 지금까지 너
무 많은 거짓말을 했기 때문이다.

이런 생각에 이른 영학은 무의식 중 고개를 좌우로 흔들었다. 이를
본 사쿠에몬은 답답한 듯 영학을 납득시키기 위해 길게 설명하기 시작

했다.

"사실 국가 간의 전쟁에서는 사소한 사건 하나가 전체 분위기에 엄청 난 영향을 주는 일이 빈번합니다. 조선의 백성들이 일본의 침략을 이미 예상하고 있다는 사실 하나만 해도 교토의 조정을 큰 고민에 빠지게 할 것입니다. 그렇기 때문에 실제 전쟁이 나서 방어를 하는 조선군이 기습이나 매복으로 큰 타격을 입히지 못하고, 적에게 겁만 주어도 그 효과는 엄청납니다. 예를 든다면, 외국에서 원정을 온 군대는 병사가 죽는 것보다 부상을 당할 때 전투력 저하가 몇 갑절 더 큽니다. 죽은 사람은 다음 전투에 영향을 주지 못하지만 부상병은 자신은 물론 전우의 손발을 묶어 버리지요. 그렇기 때문에 방어를 하는 조선군의 입장에서 굳이 큰 공을 세우기보다는 적군에게 약간의 부상이나 심리적 압박을 주는 게 가장 효과적인 전투를 수행하는 셈이지요. 그렇게 되면 적군의 진격은 늦어질 수밖에 없고, 이로 인해 물자나 식량의 보급에 대한 부담의 증가와 함께 사기가 저하되어 전투력이 형편없이 떨어지지요."

그 말을 들은 영학은 고개를 갸우뚱하면서 물었다.

"쇠못이나 함정 따위나 기습이나 매복 작전은 제승방략에서도 가능한 것 아닙니까? 그런데 아까 제승방략에 대해 얘기할 때는 왜 이런 말을 하지 않았습니까?"

사쿠에몬은 의미심장한 미소를 지으면서 말했다.

"아까 제가 제승방략의 지휘관은 군사적 필요보다는 정치적 필요에 의해 임명될 것이라고 말한 것을 기억하십니까?"

"예, 기억합니다."

"동서고금의 역사를 보면, 병사들은 그들과 생사고락을 같이 하는 장수에게는 기꺼이 복종합니다. 하지만 자신의 출세에 눈먼 장수는 믿지 않고 그의 면전에서 복종하는 시늉만 하지요. 그러고는 나중에 제 살길 찾는 데 급급하기 마련입니다. 그런데 제승방략의 지휘관은 한양에서 정치적 판단에 따라 파견된 장수이기 때문에 병사들과 생사고락을 함께해 본 적도 없고, 앞으로도 그럴 일이 없지요. 이런 상황에서 병사들이 불쑥 나타난 장수를 믿고 과연 목숨을 걸고 싸우겠습니까?"

"음, 생각해 보니 그렇군요. 기습이나 매복 작전에 나서는 군사들은 지휘관에 대한 굳은 신념이나 전우애가 없다면 단신으로 적진에 뛰어들 리 만무하지요."

"바로 그것입니다. 그렇기 때문에 제승방략에 의한 지휘관들은 거의 빠짐없이 맨 뒤에 독전병(督戰兵)을 배치하고, 전투 시 겁에 질려 대열을 빠져나오는 아군 병사의 목을 가차 없이 베어버립니다. 대개의 집단전에서 병사들은 어차피 독전병의 칼에 죽을 바에야 죽을 때 죽더라도 적에게 칼이나 한 번 휘둘러보자는 심정으로 전투에 나서지요. 그렇지만 기습이나 매복 작전에서는 마지못해 전투에 나서는 병사들은 아무런 힘이 되지 않습니다. 이 때문에 제승방략에서는 기습이나 매복 작전이 이루어지기 어렵습니다. 그래서 아까 제승방략을 논할 때는 쇠못이나 함정, 기습이나 매복 따위는 아예 말도 꺼내지 않은 것입니다."

열띤 토론을 벌이다 보니 시간이 벌써 자정을 넘어가고 있었다. 그렇지만 일행들은 어쩌면 이런 자리가 앞으로 두 번 다시 없을 지도 모른다는 생각에 자리를 털고 일어나기를 주저했다. 영학의 생각도 마찬가지였다. 그래서 격식을 따지지 않고 이것 저것을 물으며 대화를 이어갔다.

"고니시 유키나가 님은 고향이 어디이십니까?"

"저는 오사카에 붙은 사카이(堺) 출신입니다. 사카이는 글자 그대로 해석하면 '경계'라는 뜻인데, 이곳은 세쓰 국(攝津國), 가와치 국(河內國), 이즈미(和泉國) 국 3개 나라의 경계를 이루고 있습니다."

오사카에서 3년을 살았기 때문에 사카이를 잘 알고 있었던 영학은 고니시에게 아는 체를 했다.

"사카이는 참 풍요롭고 아름다운 도시이지요. 저도 유람삼아 두 번을 가 보았습니다. 북으로는 야마토(大和)강이 흐르고, 서쪽은 바다이며, 동쪽은 깊은 해자로 둘러싸인 물의 도시라 그런지, 갈 때마다 도시의 분위기가 아주 안전하고 포근하다는 느낌을 받았습니다. 그리고 역사와 전통이 깊은 3개국의 경계에 있어 도시의 분위기가 활달하고 개방적이면서도, 정치적으로는 독립성이 강하다고 들었습니다."

영학이 사카이를 좋게 말하자 고니시는 신이 나서 자신의 고향을 자랑했다.

"오사카보다 더 개방적이고 활달한 분위기의 도시이고, 행정적으로도 고도의 지방자치를 누리고 있습니다. 그래서 사카이에 둥지를 틀고 전국으로 장사를 하는 상인들이 많고, 혼슈(本州)에 있는 도시 중에서 서양인들의 출입이 가장 빈번한 곳이기도 합니다. 제 어린 시절, 가스피르 빌레라라는 포르투갈인도 사카이에서 아주 활발하게 야소교 선교활동을 했답니다."

"야마토강은 고대 문명의 중심지인 나라의 북서부에서 오사카의 중앙과 사카이를 지나지 않습니까? 이런 지리적인 특성을 보면 전통적으로 나라나 교토에 있는 중앙정부의 간섭을 많이 받았을 것 같은데, 어떻게 행정적으로 고도의 자치를 누릴 수 있었습니까?"

고니시는 밝은 목소리로 대화를 이었다.

"사카이가 중앙정부로부터 고도의 자치권을 인정받은 것은 그만큼 사카이의 상업이 발달했고, 돈이 많았기 때문이지요. 힘이 없으면 중앙정부의 잔섭을 피할 수 없는 게 현실이지요. 그런데 전통적으로 사카이의 상인은 일본 전국은 물론 외국과의 교역이 잦아 돈을 많이 벌었기 때문에 오사카나 교토 못지않은 힘이 있었지요. 교토의 궁궐에 진상하는 물품은 물론, 무로마치 막부에서 필요한 물품은 대부분 사카이의 상인들이 조달했지요. 이 때문에 사카이의 주민들은 자부심이 아주 강합니다."

영학이 고니시의 말에 동의한다는 듯이 고개를 끄덕이고 다시 물었다.

"제가 듣기로 고니시 님의 아버지는 약재상(藥材商)으로 큰돈을 벌었고, 지금도 도요토미 가문의 재정에 큰 도움을 준다고 들었는데, 그게 사실입니까?"

고니시는 자신의 신상에 대해 상세히 알고 있는 영학이 조금 의외라는 표정으로 대답했다.

"도요토미 가문의 대를 잇게 해주신 고명한 의원님께서 미천한 저희 가문을 알아주시니 너무 고맙고 영광입니다. 의원님이 알고 있는 게 사실입니다. 그런데 조선의 약재상은 깊은 산골에 들어가서 약초를 캐서 팔지만 일본의 약재상은 외국을 돌아다니면서 약재를 구합니다. 그러다보면 나라 안에 갇혀 지내는 사람들보다는 세상을 보는 눈이 좀 더 넓은 게 사실입니다. 저 역시 전 세계를 돌아다니는 아버지의 영향을 많이 받았지요."

"어떤 영향을 받았는지 제게 가르침을 주시겠습니까?"

"세상을 이곳저곳 다니다 보면 많은 사람을 만나게 됩니다. 명이나 조선 사람은 물론 류큐, 섬라, 천축, 아라비아, 포르투갈 등 이루 말할 수 없이 많은 사람들을 보게 되지요. 그중에는 키다리나 난쟁이인 사람도 있고, 피부가 까만 사람도 있으며, 머리가 노랗거나 붉은 사람도 있고, 눈동자가 푸른 사람 등등 별의별 사람들이 많습니다. 그런데 그런 사람들과 어울려 대화를 나누다 보면, 나중에는 나라나 인종, 피부색, 체구, 언어와 상관없이 모두 똑같은 인간이자 하나님의 아들이라는 생각이 들 때가 많더군요. 그러면서 그 사람들의 공통적인 가치와 삶의 목적을 인식하게 되었습니다."

영학은 고니시의 말에 점점 더 흥미를 느끼며 귀를 기울였다.

"그 공통적인 가치와 목적이란 모든 사람들은 누구나 다 자기 인생의 주체로서 자신의 사상을 갖고 있고, 개인의 행복을 추구한다는 것입니다. 구체적으로 말하자면 인간은 누구나 다 자신의 생명을 가장 소중하게 여기고, 가족을 자신의 목숨처럼 여기며, 그 다음에 이웃을 생각한다는 것입니다. 국가니 민족이니 하는 것은 가장 나중에 생각 한다는 것이지요."

그때, 잠자코 듣고 있던 소 요시토시가 입을 열었다.

"모든 인간이 자기 자신을 제일 잘났다고 여기기 때문에 자꾸 인간 세상에 문제가 생기는 것 아닙니까? 자신이 제일 잘났다고 생각하기 때문에 서로 의견이 충돌하고, 물산은 유한한데 인간들은 자기가 먼 저, 그리고 더 가져야 하며, 자신의 처자식을 남들보다 잘 먹고 잘 살 게 하려고 욕심을 부리다보니 서로 싸우게 되지요."

요시토시의 말에 고니시는 고개를 끄덕이며 점잖게 대꾸했다.

"인간들이 서로 싸우기 때문에 국가라는 조직이 그 싸움을 진정시키 기 위해 탄생한 게 아닌가? 그래서 국가는 인간의 욕망으로 인한 만 인의 투쟁 상태를 방지하고, 사회의 질서를 유지함으로써 모든 백성 들의 안전과 생명을 보호할 임무를 띠지. 그런데 지금의 일본은 백성 들의 욕망을 절제시키려 들지 않고, 오히려 부추겨 만인의 투쟁 상태 를 조장하고 있으니, 이게 보통 심각한 문제가 아닐세."

영학은 고니시의 말에 공감하면서, 조선의 입장에 대해서 말했다.

"그렇지만 조선은 백성의 생명과 안전을 보호할 임무를 포기하고, 인 간의 욕망을 지나치게 억압하여 만인의 감금상태를 만들고 있으니, 이 역시 보통 심각한 문제가 아니라고 봅니다."

고니시는 영학의 말에 고개를 끄덕이며, 결연한 눈빛으로 말했다.

"지금 전쟁이 발발한다면, 일본과 조선 사이에 꼬인 문제가 풀리기는 커녕 돌이킬 수 없이 악화될 것입니다. 전쟁 초기에는 적어도 육전에서만큼은 일본이 승승장구하겠지만, 이를 참다 못한 조선의 백성들이 들고 있어나면, 그때부터는 지옥문이 열릴 것입니다. 그렇기 때문에 무슨 수를 써서라도 전쟁은 막아야 합니다. 우리가 전쟁을 피해야 하는 이유는 자신과 가족, 정을 나누는 이웃의 생존을 위해서입니다. 나라와 민족을 생각한다는 것은 그 다음 일이지요. 그러니 문 선생이 조선에 가거든 눈을 감고 귀를 막고 있는 조선인들을 일깨우십시오. 조선의 조정이 제승방략의 법을 바꾸면 좋겠지만, 그것까지는 아니라도 최소한 전쟁의 참화를 막기 위해 백성들과 함께 진지하게 고민하는 모습을 보이게 하십시오. 그러면 이 고니시는 일본 주전파들의 무모하기 짝이 없는 탐욕을 일찌감치 좌절시킬 자신이 있습니다."

고니시의 진심 어린 말에 영학은 감동을 느꼈다. 입은 다물었지만, 강렬한 눈빛으로 고니시와 시선을 마주치며, 고개를 끄덕였다.

시간은 축시(丑時, 새벽 1시에서 3시 사이)가 지나고 있었다. 일행들은 그제야 대화를 마무리한 뒤 아쉬운 작별을 했다.

다음날 영학은 소 요시토시, 오토모 신조와 함께 포구로 나갔다. 나흘째가 되자 축제의 열기가 서서히 식어가는 것을 느꼈다. 대신 사람들의 표정에는 아쉬움과 긴장감이 감돌고 있었다.

포구에는 규슈 선단과 대마도 선단의 배에 실린 물건을 오사카 선단으로 옮겨 싣는 작업이 한창이었다. 그런데 옮겨 싣는 물품은 주로 무명, 삼베, 종이, 비단, 피혁, 도자기, 옹기를 비롯해, 인삼과 약재 등이 었으며, 놀랍게도 북어도 있었다. 소 요시토시는 이 물건들이 모두 조선으로부터 들여온 것이며, 남쪽의 류큐왕국에서는 부르는 게 값일 정도로 불티나게 팔린다고 했다.

그중 종이는 청송에서 생산된 것이 많은데 청송의 종이는 류큐의 고온다습한 날씨에도 눅눅해지지 않아 아주 인기가 있다고 한다. 또한 북어는 경상도 이북 동해의 차가운 물에서 사는 고기인데, 무슨 영문인지 따뜻한 바다를 낀 류큐왕국의 귀족들이 북어만 보면 아주 환장을 한단다. 그렇지만 영학은 바로 눈앞에 보이는 현실이 믿기지 않았다.

'조선은 지금 분명 해금과 쇄국을 엄격히 법으로 시행하고 있다. 그런데 수십 척이나 되는 큰 배에 가득 실려 있는 이 조선의 물화는 어떻게 왜국으로 왔을까? 그리고 조선의 물화가 얼마나 많기에 왜인들이 소비하고도 남아서 이를 다른 나라에 팔아먹을 정도일까? 그렇다면 조선의 해금과 쇄국, 이를 뒷받침하고 있는 법은 무엇이란 말인가? 조선의 법이란 탐욕스런 소수에게 독점을 통한 막대한 이익을 안겨주기 위해 선량한 다수의 손발을 묶는 착취의 도구가 아닌가?'

순간 영학의 가슴속에서 울컥 분노가 치밀어 올랐다. 법과 현실의 불일치 속에서 조선의 권력자들은 이런 말도 안 되는 사실을 숨기기 위해서 철저히 백성들의 눈과 귀를 가리고 입을 봉하고 있는 것이었다.

'생각해보면, 나라에 돈이 없다는 것도 말이 안 된다. 저렇게 많은 물화가 교역되는데, 왜 세금은 한 푼도 걷지 않는가? 몰라서 그런 것일까? 아니면 일부러 그런 것일까?'

영학은 깊은 한숨을 내쉬었다.

저녁 무렵, 뜻밖에 고니시 사쿠에몬이 영학의 숙소로 찾아왔다. 어제 밤에 묻고 싶었지만, 좌중의 분위기가 너무 진지하고 심각해서 말을 꺼내지 못했다면서 자문을 청했다. 그는 주로 원양선의 선원들에게 많이 생기고, 동양인들보다는 서양의 선원들이 자주 걸리는 병에 대하여 물었다.

이 병의 심리적 증상은 만사가 귀찮아지는 심한 권태감과 식욕부진, 우울증을 보이고 신체적 증상은 온몸이 붓고 쉽게 멍이 들며, 심한 입마름과 안구건조증이라고 말했다. 그리고 선원들이 이러한 고통을 겪다가 뼈가 부러지고 이가 빠져서 끝내 말라죽는다는 것이었다. 더 심각한 문제는 이 병이 한두 명이 아니라 집단적으로 발병한다는 것이다. 선원들이 전염을 두려워 한 나머지 일찌감치 병에 걸린 선원을 버리고 배를 탈출하는 경우도 많아, 먼 바다에는 적지 않은 유령선이 유골을 싣고 떠돌아다닌다고 한다. 이 때문에 간혹 간담이 큰 왜의 선원들이 유령선을 나포하여 뜻밖의 횡재를 하는 경우도 종종 있다고 한다.

영학으로서는 처음 들어보는 병이었기에 자세히 물었다.

"선원들이 항해를 시작하고 난 후 언제쯤 주로 발병합니까?"

"배를 탄 지 두세 달 후에나 발병이 되고, 그전에는 아무 증세가 없습니다. 그런데 특이한 것은 이렇게 심각하던 증세가 뭍에 상륙해서 음식을 먹으면 마치 언제 그랬느냐는 듯이 하루 이틀 만에 싹 나아버린다는 것입니다."

영학은 사쿠에몬의 말을 듣고, 필히 돌림병은 아닐 것이라 판단했다.

영학은 갖고 있던 의방유취요결을 뒤적거렸다. 30권의 요결서 전체도 아닌 18권에 불과하지만, 의방유취를 만들 때만 해도 국제적인 원양항해가 흔하게 이루어지던 때라 그 괴질에 대한 증상과 처방이 있을 것이라고 믿었다. 더욱이 의방유취는 전 세계적인 원양항해가 일상적으로 이루어지던 고려시대의 의서까지도 망라한 책이기 때문이다. 그러나 영학이 가진 18권 중에는 그 증상이 없었다.

그때 영학의 머릿속에서 '동절양채(冬節養菜)'란 단어가 문득 떠올랐다. 동절양채는 식물이 성장을 하지 않는 겨울에 채소를 기른다는 말로, 의방유취의 편찬에 참여한 어의 전순의가 산가요록(山家要錄)이라는 책에 적어 놓은 온실농법이다. 영학은 영민하고 경험 많은 의원이 식물의 성장이 멈춘 겨울에 굳이 구들장에 장작을 떼어가면서까지 채소를 재배하려고 한 것은, 채소나 과일이 인간의 생존에 꼭 필요한 영양소이기 때문일 것이라고 짐작했다.

영학은 스승이 입버릇처럼 강조하던 식약동원(食藥同原)이라는 말도 떠올렸다. 약과 음식의 근원은 같다, 즉 음식은 약과 같은 효능을 낸다는 뜻이다. 그러면서 스승은 이 세상에 음식으로 치료하지 못할 병이 없다고 했다. 그런데 서양인들은 밥보다 고기를 주식으로 먹는다고 한다. 그렇다면 식물성 영양소가 부족한 식생활을 할 수도 있다. 더욱이 길게는 몇 년씩 걸리는 긴 항해를 해야 하는 서양 선원들은 식물성 영양소가 부족한 식생활을 피할 수가 없다고 추측되었다.

그러고 보면 인간은 참 까다로운 동물이다. 왜 인간은 초식동물이나 육식동물들처럼 살지 못하고, 먹는 것조차 그렇게 까다롭게 구는 것일까? 밥과 고기는 물론 반찬에다 야채와 과일까지 먹어야 한다. 그러고도 음식으로 섭취하는 영양소가 부족하다고 때때로 약을 먹어야 한다.

그뿐만이 아니다. 인간이 태어나서 어른이 되기까지는 다른 동물의 생애 주기만큼 긴 세월이 걸린다. 잘 먹어야 되고, 사랑도 충분히 받아야 하며, 제대로 교육도 받아야 한다. 그중 하나만 부족해도 비뚤어지기 십상이다. 그런데 세상에 태어나 잘 먹고, 충분히 사랑받고, 좋은 교육을 받는 사람은 과연 열에 한 명이나 될까?

잠시 생각에 잠겨있던 영학은 사쿠에몬에게 확실한 것은 아니지만 추측컨대 발병을 잠재울 수 있는 방법이 떠올랐다고 말했다.

"먼 항해를 하는 선원들에게 식물성 영양소가 부족하기 때문에 생긴 병으로 추측됩니다. 따라서 소금과 양념으로 절인 무나 배추, 곶감, 차를 먹게 하고, 지나는 섬이나 뭍에서 야채나 과일을 조달해서 먹이면 그 괴질은 발병하지 않을 것입니다."

그러자 사쿠에몬은 무릎을 치면서 반가워했다.

"아, 그렇구나. 그런데 왜 저는 미처 이런 생각을 하지 못했을까요? 하여튼 잘 알겠습니다. 그럼 저는 이제부터 동료들에게 "앞으로 유령선을 발견하거든 그 배의 유골들은 돌림병으로 죽은 것이 아니고 식물의 영양소 부족으로 변고를 당했으니, 고인에 대한 예를 표한 후 안심하고 그 배를 접수하라"고 해야겠군요."

사쿠에몬의 말에 영학은 미소를 지으며 화답했다. 그러나 그는 그에 만족하지 않고 푸념 섞인 말을 하면서 또다시 질문을 던졌다.

"이곳 규슈 사람들은 잦은 태풍과 지진으로 돌림병에 시달리고 있습니다. 태풍으로 지붕이 날아가고 지진으로 집이 무너져 내리는 바람에 사람들은 떼를 지어 한동안 길거리에서 살아가야 하는데, 돌림병까지 창궐하게 되면 그 고통과 공포는 이루 말할 수 없습니다. 그럴 때 백성들은 하늘이 내린 재앙의 원인을 인간의 불경 탓으로 돌려 원망을 퍼붓는 경향이 있습니다. 이럴 때 지방을 다스리는 영주는 불안해서 좌불안석이 되지요. 수년 전 구마모토를 다스린 삿사 나리마사가 죽음을 당한 것도 토착민의 반란 때문이었습니다. 그때 약삭빠른 도요토미 히데요시는 삿사 나리마사를 할복케 함으로써 토착민의 불만을 달래고, 규슈에 대한 영향력을 겨우 지킬 수 있었지요."

"삿사 나리마사의 영지를 넘겨받은 고니시 유키나가 님과 가토 기요마사도 토착민의 여론에 아주 신경을 곤두세우고 있겠군요."

영학의 말에 사쿠에몬은 고개를 끄덕이면서 말했다.

"100년 전에 일어났던 오닌(応仁)의 난을 아시지요? 이 난으로 인해 무로마치 막부가 힘을 잃고 연이어 일본의 내전시대가 도래한 것 아닙니까? 그래서 일본의 통치자들은 백성의 여론에 아주 민감할 수밖에 없지요. 고니시 님과 가토 님도 예외가 아니지요. 더욱이 이들은 지금까지 규슈와 아무런 인연이 없는 히데요시의 명령으로 하루아침에 규슈의 영주가 되지 않았습니까? 이 때문에 더더욱 토착민들의 여론에 신경을 곤두세울 수밖에 없습니다. 그런데 고니시 님과 가토 님은 토착민을 대하는 태도가 너무 달라서 충돌하는 일이 비일비재

합니다."

"얼마나 다르기에 그렇습니까?"

"정치관은 물론 종교관까지 다르니 그렇지요. 고니시 님은 원주민에
게 신앙의 자유를 주고, 인내와 설득으로 불만을 해소하려고 하지요.
그렇지만 가토 상은 야소교인을 탄압하고, 일벌백계를 통해서 원주
민들의 불만이 입 밖에도 못 나오게 하지요. 이 때문에 같은 구마모
토 지역 안에서도 가토의 탄압을 피해 고니시 님의 영토로 오는 사람
이 많은데, 가토는 이들을 잡는다는 이유로 심심하면 고니시 가문의
영토를 침범합니다. 이러다가는 두 분 다 히데요시 님으로부터 질책
을 피하지 못할 것입니다."

"중앙정계에서 반전파와 주전파로 나눠 대립하는 태도가 그대로 규
슈로 이어졌군요."

사쿠에몬은 주저 없이 영학의 말을 인정했다.

"그렇습니다. 교토에서야 말싸움에 그치지만, 규슈에서는 칼부림이
일어나니 그게 문제지요. 그건 그렇고, 고니시 님이 규슈를 잘 다스
려 히데요시 님의 인정을 받기 위해서는 눈에 띄는 공로가 필요합니
다. 그래서 고니시 님은 제게 돌림병 문제를 의원님과 상의하라고 당
부하셨습니다."

영학은 별다른 고민 없이 곧바로 대답했다.

"돌림병은 거의 다 물 때문에 생깁니다. 집이 무너져 바깥에서 생활
하는 사람들은 먼지와 오염된 물건에 노출되어 많은 물을 필요로 하

지만, 태풍에 우물이 오염되고 지진으로 우물의 물이 마르기 때문에 사람들은 더러운 물이라도 쓸 수밖에 없지요. 이 때문에 물을 통해서 병이 전염됩니다."

그 말에 사쿠에몬이 성급하게 대꾸했다.

"우리도 그 정도는 알지요. 그런데 태풍이나 지진으로 인한 우물의 오염이나 고갈을 막을 방도가 없지 않습니까? 그리고 그 우물이 오염되었는지 아닌지를 미리 알 수가 없지 않습니까? 무슨 묘수가 없을까요? 예를 들면 빗물이나 우물을 정화시키는 약이라든지 그런 것 말입니다."

그 말에 영학은 의기양양하게 대답했다.

"빗물이나 우물을 정화시키는 약은 없지만 방법은 있습니다."

영학의 말이 끝나기 무섭게 사쿠에몬은 눈을 동그랗게 떴다. 그러고는 침을 삼키면서 다급하게 물었다.

"그게 뭡니까?"

"아주 간단합니다. 큰 물통의 바닥 맨 밑에 모래를 다섯 치쯤 깔고 그 위에 조약돌을 다섯 치쯤 올린 뒤, 참숯 다섯 치를 놓고 맨 위에 대나무 숯을 다섯 치 까십시오. 그리고 물통의 바닥에 대롱을 달아서 숯과 자갈, 모래를 통과한 물을 사용하면 물로 인한 돌림병은 걱정하지 않아도 됩니다. 태풍이 불 때 폭우가 동반되니 빗물은 얼마든지 있을 것 아닙니까? 그렇지만 병약한 자에게는 그렇게 정화시킨 물이라도 끓인 뒤 식혀서 마시게 하는 것이 좋습니다."

어두웠던 사쿠에몬의 얼굴이 환하게 펴지자, 영학이 물었다.

"지극히 간단하고 상식적인 것을 말했을 뿐인데, 왜 그리 좋아하십니까? 그렇게 좋아하시니 제가 오히려 부끄러워지는군요."

그 말에 사쿠에몬이 응대했다.

"지극히 간단하고 상식적인 것이 아닙니다. 우리 일본인들은 아직 이런 방식을 전혀 모릅니다. 이곳 구마모토에는 사실 물 문제가 보통 심각한 게 아닙니다. 오죽했으면 가토 기요마사는 자신의 영지 내에 일천 개나 되는 우물을 파라고 명령을 내렸겠습니까? 가토의 생각에는 일단 우물을 많이 만들어 놓으면 태풍이나 지진이 일어나더라도 모든 우물이 오염되거나 고갈되지 않는다고 생각하는 모양이지요. 그렇지만 오염된 우물인지 아닌 눈으로 가려낼 수 없으니 그게 문제지요. 이제 우리는 우물보다는 물을 정화시킬 수 있는 큰 물통을 만드는 데 주력해야겠군요. 땅 속 깊이 우물을 하나 파는 노력으로 수십 개의 물통을 만드는 게 훨씬 더 수월하지 않습니까? 참으로 의원님은 질병은 물론 세상의 이치에 관해서도 모르는 게 없군요. 감히 말하건대 화타나 편작도 선생 앞에서는 울고 갈 것입니다."

그 말에 영학은 쑥스러우면서도 기분이 좋았다. 사실 숯과 모래, 자갈로 물을 맑고 깨끗하게 만드는 방법은 스승이 고안하여 지리산의 마을에서 오래전부터 사용하고 있었다. 그래서 단지 본 대로 말했을 뿐인데, 자신을 화타와 편작과 같은 신의에 비유를 하다니, 스승의 지혜와 공로를 가로챈 것 같아 부끄러울 따름이었다.

사쿠에몬이 돌아가고 난 뒤, 스승에 대한 그리움이 영학의 가슴속을 파고들었다. 이제 다시 볼 수 없다고 생각하니 더욱더 그립고 슬펐다. 영학은 이번 항해를 마치고 고향으로 돌아가면, 만사를 제쳐두고 스승의 묘소부터 찾겠다고 다짐했다. 무덤 앞에서 지금까지 겪었던 모든 일을 미주알고주알 다 털어 놓고, 통곡을 하면서 가슴속에 맺힌 한을 풀고 싶었다.

원통하게 돌아가셨지만 그나마 다행인 것은 그 황망한 와중에도 오토모 가문 무사의 도움으로 하동 관아의 감시를 피해 스승의 시신이나마 수습해서 지리산 자락인 산음 땅에 모셔놓은 것이다. 그리고 시게 노부는 고맙게도 스승의 무덤 바로 아래 선돌의 무덤도 만들어놓았다. 사형을 집행한 관의 서슬에 눌려 머리와 몸통은 찾을 수 없었지만, 선돌의 어머니가 갖고 있던 선돌의 머리카락과 손톱, 발톱이나마 묻을 수 있었다.

영학은 갑자기 몰려드는 그리움에, 가족을 떠나 먼 항해를 시작해야 하는 왜인들의 아쉬움은 눈에 보이지도 않았다. 한시라도 빨리 항해를 마치고 고향의 그리운 사람들을 보고 싶을 뿐이었다. 영학은 어서 내일이 지나 한시라도 빨리 왜의 땅에서 벗어나기를 목을 빼고 기다렸다.